La memoria

1155

Antonio Manzini

Ah l'amore l'amore

Sellerio editore
Palermo

2020 © Sellerio editore via Enzo ed Elvira Sellerio 50 Palermo
e-mail: info@sellerio.it
www.sellerio.it

Questo volume è stato stampato su carta Palatina prodotta dalle
Cartiere di Fabriano con materie prime provenienti da gestione fore-
stale sostenibile.

Manzini, Antonio <1964>

Ah l'amore l'amore / Antonio Manzini. - Palermo: Sellerio, 2020.
(La memoria ; 1155)
EAN 978-88-389-4021-7
853.914 CDD-23   SBN Pal0322813

CIP - Biblioteca centrale della Regione siciliana «Alberto Bombace»

Ah l'amore l'amore

I vasi sanguigni renali erano stati legati, poi furono sezionati i vasi gonadici e dell'uretere. Il dottor Negri si apprestava ad asportare il rene. Improvvisamente l'incisione xifo-ombelicale cominciò a perdere sangue copiosamente e se ne riempì impedendo la visione del campo operatorio. «Aspirazione!» ordinò il chirurgo. L'emorragia colse l'équipe di sorpresa. L'anestesista montò lo spremisacca per iniziare la trasfusione massiccia al paziente. Petitjacques, l'assistente, cercava insieme alla strumentista di tamponare il sangue. Il chirurgo guardò il monitor dei parametri. La pressione arteriosa scese in maniera vertiginosa e il battito cardiaco arrivò a 150. «Ha una reazione trasfusionale». L'anestesista osservò la sacca appesa al gancio. L'etichetta riportava 0 Rh negativo, lo stesso gruppo del paziente. «Non è possibile!» disse, «la sacca è questa! C'è il nome del paziente» e ordinò una soluzione fisiologica e prednisone. La ferita continuava a buttare sangue, guanti, camici e teli erano lordi di macchie scure. L'anestesista chiuse il deflussore della trasfusione. Tolse la sacca e ne afferrò un'altra per sostituirla. Lo scenario non cambiò, i parametri vita-

9

li continuavano a scendere, l'emorragia non si fermava. «Pulsazioni 176, pressione arteriosa 54».

«Tampona, Gerardo» ordinò il chirurgo.

Non si arresero, tentarono con l'adrenalina, il massaggio cardiaco prolungato, ma a nulla valsero gli sforzi di tutta l'équipe.

Alle ore 22 e 21 minuti il chirurgo dottor Filippo Negri annunciò il decesso del paziente.

MORTE DI UN INDUSTRIALE

Roberto Sirchia doveva subire una nefrectomia radicale presso l'ospedale cittadino quando una crisi improvvisa causata probabilmente da un errore trasfusionale lo ha stroncato in sala operatoria. I parenti minacciano una denuncia all'équipe del professor Filippo Negri, primario del reparto. «Non capisco come sia successo» dice il chirurgo, «abbiamo rispettato tutti i protocolli, come sempre, e non riusciamo a comprendere la causa dell'errore, perché un errore c'è stato. Sirchia aveva il gruppo 0 Rh negativo e quello era il gruppo sanguigno presente nella sacca trasfusionale». Qualcosa di simile è accaduto qualche anno fa all'ospedale di Torino; infermiere e chirurgo furono riconosciuti colpevoli di omicidio colposo. La magistratura è al lavoro su un ennesimo caso sanitario esiziale. Non grideremo certo da queste pagine alla malasanità, per un'operazione andata male ce ne sono migliaia che riescono, certo però non possiamo non pensare che in sala operatoria un solo errore costa la vita di una persona. E si riapre il dibattito sulla funzione dei primari all'interno dei nosocomi. Sempre meno medici e sempre più amministratori, oberati da problemi di costi e risparmi, li si costringe a fare di conto e a dimenticare quindi la loro funzione principale, che è quella di salvare vite e curare le persone. Ogni volta che governi centrali o regionali si apprestano a tagliare fondi alla Sanità pubblica, si ricordino che probabilmente è altrove che c'è da risparmiare, non certo su un servizio a guardia della salute dei cittadini. La redazione e il giornale esprimono il cordoglio ai familiari di Roberto Sirchia.

SANDRA BUCCELLATO

Giovedì

Santo Stefano, 26 dicembre, terzo giorno di pioggia. L'acqua accarezzava il vetro creando una tenda opaca che impediva la vista all'esterno. Il questore Costa con l'aria stravolta per un'ennesima notte in bianco, prima o poi avrebbe dovuto affrontare i problemi allo stomaco, teneva la cornetta incastrata con il mento ascoltando in silenzio mentre finiva di leggere l'articolo della sua ex moglie. Gettò via il giornale sparpagliando i fogli sul tappeto. «Va bene, va bene, certo dottor Baldi, certo...».

Antonio Scipioni, in piedi davanti a lui ormai da cinque minuti, stava osservando il volto del Presidente della Repubblica incorniciato. Pensava a chissà quanti scatti c'erano voluti prima di trovare una fotografia che comunicasse serenità e pacatezza, in tempi in cui il paese tutto era fuorché pacato e sereno. Sentì una vibrazione in tasca. Gli sembrava inopportuno leggere il messaggio davanti al questore, ma la sensazione di essere trasparente agli occhi del superiore era così forte da fargli prendere in mano il cellulare per controllare.

Era Serena, direttamente da Senigallia. Lo lesse. «C'è una cosa importante. Ti devo parlare. Vengo da te».

Sbiancò.

Da quando era in servizio ad Aosta Antonio Scipioni era stato attentissimo a non accavallare gli incontri con Lucrezia Serena e Giovanna, le sue tre fidanzate ignare ognuna della presenza dell'altra nel cuore del poliziotto. Sapeva che prima o poi avrebbe dovuto prendere una decisione virile, cioè quella di lasciarne due. Decisione virile che di solito gli uomini procrastinano all'infinito. In particolare lui aveva il terrore di tre reazioni. La prima: le lacrime. Non le sapeva affrontare, davanti a una lacrima che scendeva sulle guance di una donna era pronto a ritirare tutto. La seconda: la crisi isterica. Urla e minacce lo facevano sentire una merda e si prendeva sulle spalle tutte le colpe e gli sbagli possibili, anche della politica estera di Putin. La terza reazione che lo atterriva era la sua, ma non era pronto ad ammetterlo a se stesso. Non avrebbe sopportato di vedere Lucrezia Serena o Giovanna fra le braccia di un altro. Era il suo problema, nato e cresciuto con tre sorelle più grandi e una madre chioccia, viziato dalle donne fin dalle prime pappe, Antonio Scipioni mal sopportava di non essere al centro dell'attenzione femminile. Un vigliacco di prima, insomma, lui che ne tradiva tre non era pronto a essere ripagato con la stessa moneta. «Non si possono amare tre donne contemporaneamente?» aveva chiesto una volta al viceispettore Caterina Rispoli. Quella l'aveva guardato come una blatta e neanche gli aveva risposto. Ora Serena minacciava l'arrivo perché aveva qualcosa di importante da riferirgli. Ma c'era un problema. Aveva promesso il weekend a Lucrezia. Digitò in fretta un messaggio: «Lucrezia, perdonami, ma questo weekend non puoi salire. C'è una rottura di coglioni del decimo livello e sono operativo h24». Lo rilesse e lo spedì. Si sentì un verme.

«Quando si deciderà ad ascoltarmi mi avverta, che so?, con un fischio, oppure mi mandi un messaggino».

Costa lo guardava con gli occhi furenti.

«Scusi dottore, si tratta di mia madre, non sta molto bene» sapeva che la mamma era un ottimo grimaldello.

«Mi dispiace. Niente di grave, spero».

«No no, solo un po' di pressione alta» ancora il verme.

«Allora, adesso che ha vinto il concorso come la devo chiamare? Viceispettore Scipioni?».

Antonio sorrise.

«Bene, complimenti, sono felice. Dal momento che il caro Schiavone... vabbè, lei lo sostituisce fino a nuovo ordine con la squadra».

«Sì...».

«Quindi deve andare all'ospedale perché c'è la denuncia, ero al telefono con la procura. Prenda un agente con lei. Sa cosa deve fare?».

«Sequestrare il materiale della sala operatoria, poi le cartelle cliniche...».

«Eccetera eccetera eccetera e porti tutto in questura».

«Signorsì, ricevuto».

Antonio si girò, Costa lo richiamò. «Viceispettore... dispiace a tutti, ma qualcuno dovrà pur farlo il lavoro di Schiavone».

«Certo dottore, certo...» se uno è all'altezza, si disse uscendo.

Entrò nella sala agenti. Appena lo videro D'Intino e Deruta scattarono in piedi facendogli il saluto militare. «C'è il viceispettore!» gridò D'Intino. «At-tenti!».

Anche Casella lasciò il computer e si portò la mano di taglio alla fronte. L'unico che sembrava impermeabile alla facezia era Italo Pierron che guardava malinconicamente fuori dalla finestra. «Andate affanculo» fece Antonio. «Uno deve venire con me all'ospedale. C'è stata una denuncia».

«Vengo io» disse Casella prendendo il giubbotto.

«Subito a leccare il culo ai superiori eh?» disse Deruta ridendo, ma Casella non lo degnò di risposta e seguendo Antonio uscì dalla stanza. Passarono davanti all'ufficio di Rocco. Il cartellone delle rotture di coglioni era sempre lì, fuori dalla porta. Casella scosse la testa. «Mi manca...» disse. «Pure Lupa che corre in mezzo ai corridoi. L'avresti mai detto?».

«No» rispose Antonio, «soprattutto con una rogna del genere... non lo so se sono all'altezza».

«Anto', so' anni che sto in polizia, faremo le cose per bene...» lo rassicurò il collega. «Senti, ma ora che sei viceispettore quanto prendi di più al mese?».

«Mi ci compro una villa a Courmayeur» gli rispose.

«E ne valeva la pena?».

Il vicequestore Rocco Schiavone posò il giornale sul letto e si affacciò alla finestra. Solo pioggia, pioggia, pioggia e Aosta. Un tempo simile sarebbe stato sopportabile esclusivamente a Parigi, pensò. Venti anni prima.

«Il pranzo!» urlò l'infermiera Salima entrando in camera.

Rocco neanche si voltò, sguardo fisso sui tetti delle case che spuntavano dal cortile interno dell'ospedale e dalla strada. Anche oggi l'uomo era lì, riparato sotto l'ombrello. Fumava, questo lo poteva notare, ma erano due giorni che stanziava all'angolo vicino al ferramenta. Una volta l'ombrello, una volta un berretto di lana calzato in testa, non era mai riuscito a vedergli il viso. Chissà chi era, si era domandato. Si comportava come un agente di sicurezza, o una guardia giurata, ma la divisa non l'aveva.

«Dottor Schiavone, oggi abbiamo brodino con stelline e vitella. Poi una bella mela». Salima depositò il vassoio sul tavolino con le rotelle accanto al letto numero 12. «Invece per lei, signor Curreri, stiamo leggeri. Un potage e succo di frutta».

Il vicino di letto mormorò qualcosa di inintelligibile, appoggiò i gomiti sul materasso per tirarsi su. «Che c'è? Cos'è che non va, signor Curreri?» chiese paziente Salima.

«Sencre 'ste schi'ezze» fece l'uomo. «Quando 'i 'ortate una 'ella 'asta al sugo?» aveva difficoltà a parlare. Glielo impediva un taglio a zig zag sul labbro inferiore, ancora gonfio per l'intervento. Scuro di carnagione, capelli ricci, la bocca enorme e gli occhi infossati pareva una tsantsa, quelle teste tagliate e rimpicciolite dagli indigeni del bacino del Rio delle Amazzoni. «E lei, dottor Schiavone? Non mangia?».

Ma Rocco non rispose. Prese un cardigan di lana appoggiato sulla testiera del letto.

«Dove va? E il pranzo?». Rocco si poggiò le mani sui muscoli lombari e si stirò. Si toccò il cerotto sopra la pancia, raggiunse il suo armadio azzurrino e dal loden tirò fuori un pacchetto di sigarette. «Oh no, dottor Schiavone, va a fumare?». Rocco si infilò il cappotto e tirò dritto. «Dotto', se arri'a giù al 'ar mi 'rende un dolce? Una 'rioche!».

«Non la può mangiare la brioche, signor Curreri!» lo redarguì l'infermiera. «Non gliela compri, dottor Schiavone».

«Non ne avevo nessuna intenzione».

«Giochiamo a tressette, dotto'?».

«Solo se fai er morto e non mi rompi i coglioni» e uscì dalla stanza.

C'erano ancora gli addobbi natalizi in quei giorni incerti fra la ricorrenza della nascita di Gesù e il nuovo anno. Si aggirava per l'ospedale da giorni, un'infezione postoperatoria lo aveva costretto ad allungare la degenza. Non aveva dolori, il suo rene era cenere e l'unico ricordo era la cicatrice.

L'aver letto che tale Roberto Sirchia per una operazione simile ci aveva appena lasciato le penne lo faceva riflettere sulla casualità della vita. Sandra Buccellato avrebbe potuto scrivere il suo coccodrillo che sarebbe stato letto in questura fra finte lacrime e facce di tristezza di convenienza. Gli avrebbero fatto il fune-

rale? Chi avrebbe letto il discorso? Il questore, probabilmente, magari uno dei suoi agenti. Pensò che lasciare la pelle sotto i ferri non era un brutto modo per andarsene. Sotto anestesia, sarebbe passato dal sonno in-
dotto a quello perenne. Chissà, magari si continua a sognare. Attraversò il corridoio. Nel reparto c'era qualche viso nuovo, salutò con un gesto il baffone ex infermiere della stanza numero 3. «Ciao Damiano».
«Ciao dottor Schiavone, bella la vita eh?». In confronto a quella di Damiano sicuramente: 74 anni, una gamba amputata, una moglie impossibile e tre figli presen-
ti solo per lasciare nipoti urlanti.

Rocco aprì la doppia porta, prese l'ascensore e scese al piano terra. Evitò di guardarsi allo specchio. In
bocca un sapore amaro e ostinato, misto di sangue e caffè
riscaldato. Restava da scoprire da quale arma fosse
partita la pallottola che lo aveva ferito nella sparatoria
sul piazzale della ditta Roversi quando, insieme alla sua
squadra, aveva arrestato la banda di falsari e rapinato-
ri responsabili di un duplice omicidio a Saint-Vincent.
Era l'alba, pochi secondi di fuoco poi un pizzico, la pun-
tura di un'ape, e si era ritrovato per terra. La mano piena di sangue e Italo che lo guardava con gli occhi sgranati. Poi il buio e la certezza di essere passato dall'altra parte. Invece si era risvegliato in corsia, col faccione di Fumagalli che gli sorrideva. Un proiettile di metallo, piccolo e infido, gli aveva frantumato il rene. Chissà chi l'aveva sparato. Confidava nella pignoleria della Gambino e nella sua precisione maniacale per una
risposta al quesito.

Nella hall il solito viavai di pazienti, parenti, medici e infermieri. Il bar a quell'ora era vuoto. Lo detestava ma sicuramente offriva cibi migliori della pastina in brodo o la suola di cuoio che quelli del vitto si ostinavano a chiamare fettina di vitella. Si piazzò davanti alla vetrina dei salati. Qualche panino incellofanato, per Schiavone orrore puro, vomitava un'insalatina stitica schiacciata su un ripieno di un colorito violaceo tendente al grigio roseo. Rocco era convinto si trattasse dei resti della sala chirurgica, fegati, polmoni, aorte, grassi di liposuzione. Magari avevano messo anche il suo rene quattro giorni prima nei sandwich. Niente di quello che vedeva aveva un aspetto commestibile, niente somigliava neanche vagamente a un tramezzino di Roma, di quelli conservati sotto il tovagliolo umido, morbidi e freschi, col tonno, i carciofini, i pomodori, l'uovo sodo o l'insalata di pollo. «Un caffè» disse al barman. Quella era la sua dieta da almeno tre giorni, caffè e brioche la mattina caffè e brioche a pranzo caffè e brioche con aggiunta di tavoletta di cioccolato a cena. Il primario, Filippo Negri, lo aveva prima scongiurato poi avvertito infine minacciato di mangiare qualcosa di solido e nutriente, di smetterla di ingoiare solo fumo caffè e zuccheri raffinati, ma il vicequestore non ci pensava neanche lontanamente. «Si rimetterà prima» gli aveva detto il professore. Mi rimetterò prima per cosa?, si era chiesto Rocco. Tornare in ufficio? A casa dove ormai s'erano incistati Gabriele e Cecilia?

Poi gli vennero in mente il viso e le labbra di Sandra Buccellato che aveva baciato neanche due settimane prima. Quando ancora aveva due reni.

Potresti tornare per lei?, si chiese.

«Dottore, il suo caffè» fece il barista, un ragazzo di una trentina d'anni con la faccia sveglia. Rocco ne prese un sorso. Era imbevibile. Alzò il viso e notò sulle scansie in alto, sopra i liquori, tre panettoni ancora in vendita.

Al riparo sotto la pensilina dell'ingresso, fumava e guardava la pioggia cadere. Qualche passante osservava quella strana figura in loden e ciabatte con un panettone in mano e tirava dritto, un'infermiera scosse la testa, poi arrivò Filippo Negri, i capelli bianchi pettinati come un vecchio senatore della Democrazia Cristiana, basso, cicciottello, con il naso che sembrava attaccato direttamente agli occhiali, gli ricordava uno gnomo delle favole, quei personaggi piccoli e industriosi di cui ti puoi fidare ciecamente. «Vedo che segue con estrema cura i miei consigli per la dieta» gli disse mentre scuoteva l'acqua dall'ombrello.

«Che è successo?» gli chiese aspirando una boccata di fumo.

«Si riferisce al giornale? Stanotte abbiamo avuto un incidente». Prese un respiro. «Niente di buono. Non mi rendo conto di come sia potuto accadere».

«L'articolo parla di un errore di trasfusione».

«Impossibile. Usavamo il sangue del paziente».

«Quindi?».

«Quindi attendo con ansia l'avviso di garanzia» e guardò Rocco con occhi spenti, rossi. Stanchi.

Rocco annuì e gettò lontano la cicca. «Brutta storia».

«Bruttissima».

«Chi era il paziente?».

«Un industriale della zona. Ora avrò figlio e moglie che mi inseguiranno e mi malediranno. Me ne dia una».

Rocco offrì una Camel al medico. «Che rischia?» fece scattare l'accendino per accendergli la sigaretta.

«Parecchio» rispose. «Uno schifo...».

«Cosa, la Camel?».

«No, questa è buona. Lo schifo è tutto quello che vede qui intorno. Ci reggiamo solo sulla nostra responsabilità e bravura, fosse per le amministrazioni avremmo chiuso baracca e burattini da tempo. Ma lasciamo perdere questi orrori, mi dica di lei. Come si sente oggi?».

«Ho pisciato».

«E mi sembra una buona notizia. Altro?».

«Mi sono rotto i coglioni».

«Vediamo di farla uscire al massimo dopodomani».

«Ah che bel regalo, passo il Capodanno fuori!» disse Rocco.

Il medico lo guardò. «Noto un certo sarcasmo».

«Nota bene, dottor Negri».

«Anch'io lo odio. Di solito vado a letto alle undici».

«Copia conforme» fece Rocco.

«Allora sa cosa? Se le si abbassa la febbre per la cena del 31 viene a casa mia. Siamo solo io lei e mia moglie che di solito alle dieci e trenta è già a letto. Sarà un onore averla ospite. Lei per qualche giorno è stato un eroe, lo sapeva? Hanno telefonato il sindaco, il questore, il Presidente della Regione per sincerarsi della sua salute. Ho saputo anche che ha avuto un encomio».

«Mi riempie d'orgoglio...».

«Immagino...».

«Senta, Negri, dove devo firmare per levarmi di torno?».

Il chirurgo gli diede una pacca sulla spalla. «Stare qui fuori non è il massimo per chi ha qualche linea di febbre. Vado in reparto. Si faccia trovare, così la visito».

«Basta che non comporti la consumazione del vitto».

Sorridendo il chirurgo entrò in ospedale. Rocco con un pugno spaccò la confezione, infilò una mano, lacerò la plastica e strappò via un boccone di panettone.

Era buono.

Carico di burro e zucchero, ebbe qualche difficoltà a deglutirlo. Mentre masticava vide arrivare Ugo Casella e Antonio Scipioni coi giubbotti fradici di pioggia. Appena si accorsero del vicequestore sorrisero e si avvicinarono.

«Dottore, come si sente?».

«Così così» rispose Rocco. «Ma voi un ombrello no?». Offrì un bel tocco di panettone a Casella che subito lo infilò in bocca. Antonio rifiutò. «Vengono i brividi per questa storia. Hai fatto la stessa operazione qualche giorno fa».

«Eh già...».

«La sa una cosa?».

«Dimmi, Ugo».

Casella mollò una pacca sulla schiena di Antonio.

«L'hanno promosso viceispettore. Mo' lui la sostituisce fino a quando torna in servizio».

«Bravo Anto', non lo sapevo che avevi fatto il concorso interno».

«È stato facile» fece l'ex agente vergognoso.

«Perché siete qui?».

«Dobbiamo andare a sequestrare il materiale».

«Bravi, mi raccomando cerchiamo di non fare una figura di merda».

Un po' offesi Casella e Antonio si allontanarono. Rocco afferrò un altro brandello di dolce.

«L'omicidio del ragioniere Favre è stato risolto, colpevoli e mandanti sono assicurati alla giustizia e attendiamo solo l'inizio del processo che si concluderà con un verdetto che non lascerà sorprese». Il questore in piedi guardava i giornalisti seduti nella sala conferenze. Giocherellava nervoso con una penna. Seduto alla sua destra l'agente Italo Pierron perso nei suoi pensieri. L'ufficio delle pubbliche relazioni della questura era come sempre affidato alla giovane e scattante Silvia Dionisio, l'unico scudo fra il sarcasmo del questore e le punzecchiature della stampa. «Posso dirvi che il pubblico ministero ha pronta una cartella di prove decisive per inchiodare Guido Roversi, Ljuba Simović, Paolo Chatrian e Arturo Michelini».

Sandra Buccellato alzò la mano. «Quello che vorrei sapere...».

«Prego» la invitò la Dionisio.

«Ci sono novità sulla salute del vicequestore Schiavone?».

Costa prese un respiro profondo, poi senza guardare la sua ex moglie rispose: «Perché non glielo chiede direttamente? So che vi frequentate anche fuori dagli orari di lavoro».

Una cappa di ghiaccio scese nella sala.

La Buccellato incrociò le braccia e lo guardò con un sorriso appena accennato sulle labbra. «Quello che faccio nella vita privata non credo sia un argomento che la riguardi» rispose Sandra.

«Non vedo perché debba fare il bollettino medico di un mio sottoposto quando può andare lei a sincerarsi della cosa».

La Dionisio cercò di dare la parola all'anchorman di Tele Vallée, ma la Buccellato proseguì: «Continua a mischiare i suoi sentimenti al lavoro, dottor Costa, cerchi di essere più professionale».

Il questore poggiò i pugni sul tavolo, gli si gonfiarono le vene del collo e il viso divenne rosso. «Lo stesso posso dire di lei, signora Buccellato».

«Dottoressa».

«Ah!» gridò Costa battendo le mani. «Non pensavo che una laurea in Lettere con 93 desse il diritto di professarsi dottore!».

«Anche 100 in Giurisprudenza non è il massimo per un questore».

A interrompere la diatriba familiare intervenne con un certo nervosismo Riccitelli dell'Ansa. «Allora glielo chiedo io! Come sta Schiavone?».

«Bene» rispose Costa sorridendo. «Come sapete, e se non lo sapete chiedete alla *dottoressa* Buccellato, dopo la nefrectomia c'è stata una leggera complicazione che si dovrebbe risolvere con qualche giorno di degenza in ospedale. Gli abbiamo conferito una ricompensa per comportamento lodevole».

Qualcuno scoppiò a ridere.

«Che c'è da ridere?» disse severo il questore. La Buccellato alzò ancora la mano. Nessuno si prenotò, tutti volevano ascoltare e speravano nel prosieguo della schermaglia. «E lo sviluppo sullo scandalo alla casa da gioco di Saint-Vincent? Ci sono stati avvisi di garanzia. Ci può ragguagliare anche su questo?».

«Come sapete l'operazione è stata condotta insieme alla polizia amministrativa e ovviamente alla procura, non ho dettagli ulteriori».

«E la chiude così?».

«E come dovrei chiuderla?».

«Ci dica almeno se i tanto annunciati arresti avranno luogo e se i cittadini vedranno restituiti i milioni sottratti» gridò Sandra.

«Come le ho già detto», Costa puntò gli occhi carichi di rabbia sulla giornalista, «non sono autorizzato a svelare dettagli. Presto avrete notizie».

«Sempre così» disse un cronista dal fondo della sala. «Appena si toccano politici e funzionari pubblici, bam! Cala un velo pietoso su tutta la faccenda».

«Chi è?» chiese il questore sottovoce alla Dionisio.

«Maretti, giornale del sindacato».

«Senta Maretti, eviterei sottotesti e accuse velate. La giustizia ha i suoi tempi e i suoi modi ma arriva dove deve arrivare. Cercate invece di non scribacchiare ambiguità per indottrinare l'opinione pubblica!».

Si alzò un boato da stadio. I giornalisti in piedi cominciarono a inveire contro il questore. Pierron risvegliato dai suoi pensieri si alzò in piedi cercando di sedare l'agitazione. «Oh! Buoni! Buoni!» urlava. Silvia Dionisio con le mani protese in avanti continuava a gridare: «Calmatevi, per favore, calmatevi, il dottor Costa non intendeva offendervi».

«Ah no? E che voleva dire?» urlò un uomo barbuto. «Che dobbiamo scrivere quelle quattro boiate che ci dice lui?».

«Boiate?» rispose Costa rosso in viso.

La conferenza stava per trasformarsi in un tumulto di piazza.

«Noi abbiamo il diritto di chiedere qualsiasi dettaglio, dovremmo essere ancora liberi di farlo, oppure c'è un nuovo corso che impedisce la libertà alla carta stampata?».

«Tanto non la legge nessuno!». Costa buttava benzina sul fuoco.

«Lei di sicuro no, analfabeta!».

«Cialtrone».

«Stronzo!».

Il questore gettò la penna sul tavolo e uscì dalla stanza insieme a Pierron lasciando la Dionisio sola contro tutti. «Per favore! Per favore!».

Sandra Buccellato sorrise. Mise la cartellina e il bloc-notes nella borsa e fra le urla concitate dei colleghi si avviò verso il corridoio.

Curreri, quello del letto 11 con le labbra tumefatte, dopo aver tempestato Schiavone di domande s'era addormentato. Russava profondo e cavernoso, come tutte le notti che mandava Dio sulla terra. Rocco, steso sul materasso, guardava il soffitto. Non aveva voglia di leggere, aveva provato a fare un cruciverba di Bartezzaghi ma era riuscito a risolverne solo una metà scarsa. Sul comodino i due libri che gli aveva portato Gabriele, *Desperation* di Stephen King e *La progenie* di Chuck Hogan e Guillermo del Toro. La noia era una presenza costante che gli stringeva la gola. E un rene andato. Cammino, posso bere, pensava, respiro e scendo le scale. Per ora. La prossima? La vita ti porta via un pezzo alla volta. Come ci arrivo al traguardo? Quante parti mancheranno all'appello? «Cos'altro devo perdere?» aveva chiesto sottovoce all'infermiera giorni prima nel dormiveglia mentre cercava di riprendersi dall'anestesia, ma quella non aveva risposto, non aveva capito la domanda. Provò a deviare i pensieri su qualcosa di erotico, per vedere se riusciva a sentire una voglia sopita, un fremito fisico. Si concentrò sul viso della Buccellato. Sul seno, le labbra che aveva baciato.

Niente. Tutto taceva.

Sarà la febbre, pensò. Oppure sarà che non me ne frega più niente. A un passo dalla morte, ogni giorno si chiedeva cosa avesse provato. Paura? Non poteva dirlo. Smarrimento, semmai. Quando era passato dal buio al risveglio in ospedale e aveva visto il viso sorridente di Fumagalli avrebbe dovuto provare sollievo, tirare un respiro. Aveva vergogna a dirlo, ma in quel momento si era quasi dispiaciuto. Sono ancora vivo, aveva pensato. E basta. Si era cullato in quel limbo buio e indefinito, nella speranza di poter rivedere Marina, toccarla, magari abbracciarla. Sarà poi così?, si disse fissando la spia rossa del televisore spento attaccato alla parete. Certo che no. Lo sapeva, Marina l'aveva sognata solo perché era vivo, altrimenti gli toccava dare ragione al principe danese che si chiedeva: «... in quel lungo sonno di morte, da quali sogni saremo visitati?», suonava più o meno così. Da nessuno, si rispose. Sei morto, il cervello è fermo, e con lui i pensieri, le immagini, le pulsioni. Sei nulla, come prima di venire al mondo. Si ha una coscienza prima di nascere? No, altrimenti avremmo ben presente una vita prenatale. E Rocco era convinto che tutti i ricordi anche ancestrali arrivavano insieme al DNA. Sua nonna una volta gli aveva raccontato una specie di favola. «Lo sai Roccuccio?, quando uno sta per nascere allora tutti i nonni, i bisnonni, i trisavoli morti si avvicinano al bambino e je portano un regalo. Tutti je portano un regalo co' le proprie mani, e il bambino se li pija e se li porta nella vita». Se la spiegava così l'ereditarietà nonna Franca. Ma era vero, era nel giusto. Insieme al colore degli occhi, ai capelli e alla pigmentazione della pelle, arrivavano anche i ricordi, le emozioni, virus e batteri, regali che centinaia di uomini e donne prima di lui avevano accumulato nei secoli nel sangue e nelle cellule. Era convinto che ci doveva essere un modo per riaccendere le memorie antiche, altrimenti come faceva a spiegarsi che nei sogni visitava case, paesi, campagne dove non era mai stato eppure li conosceva a memoria?

«Schiavone, come si sente?». Era entrato l'assistente del dottor Negri. Alto e magro, tendeva a ingobbirsi. Portava i capelli cortissimi di un biondo quasi albino e aveva un cognome stranissimo che Rocco faticava a mandare a memoria. Anche il vicino del letto 11 si era svegliato. «'Uongiorno dottore» l'assistente si avvicinò a controllare il taglio sul labbro del signor Curreri. Un'infermiera piccola e scattante entrò nella stanza dietro il medico. «Mi 'a male il larro» bofonchiò Curreri.

«La ferita sta benissimo, signor Curreri. Febbre?» chiese l'assistente rivolto all'infermiera.

«Non ne ha. Mangia e protesta».

«Più che altro rompe i coglioni!» intervenne Rocco. «Pure quando dorme. Prima lo dimettete meglio stamo tutti!».

«Io 'rotesto 'erché è un mio diritto!».

«Ti sbagli Curreri» lo aggredì Rocco, «non è un tuo diritto. E ora ti spiego perché, una volta per tutte. Sei in un ospedale e neanche l'hai pagato. Lo sai quanto è costato il tuo intervento, mentecatto? Quello che guadagni in nero in sei mesi, perché le tasse tu non le paghi».

«Che c'entra?» si oppose Curreri.

«C'entra, fa' conto che quest'operazione te l'hanno regalata tutti i cittadini che le tasse invece le pagano, brutto idiota. Ti meritavi di nascere negli Stati Uniti

d'America dove le medicine te le paghi da solo. Da mo'
che eri morto in un fosso. Te e gli imbecilli come te».

«Si calmi Schiavone» intervenne Petitjacques.

«Ma mi calmo 'sto par di coglioni. Curreri, lo sai
quanto costa solo l'anestesia che bontà loro ti hanno fatto? Io per addormentarti t'avrei dato 'na botta in testa
con la clava a te e a quelli come te. Quindi non ti lamentare, non rompere i coglioni, sta' zitto e ringrazia».

L'assistente sorrise. Curreri invece la prese male. «'Erché mi odi? 'Erché mi lamento?».

«Io odio la gente che si lamenta, la gente che si lamenta è al nono livello delle rotture di coglioni, lo sapevi? Curreri, tu non hai il diritto di lamentarti. Punto e basta!».

«Lei è una 'ersona 'i medda!».

«Mai detto il contrario!».

L'infermiera si era avvicinata a Rocco per infilargli
il termometro. «E lei dottor Schiavone? Anche lei si
sta lamentando, no?».

«Non mi sto lamentando, ma se Curreri si levasse di
torno starei meglio».

«Allora Schiavone, mi ha detto il dottor Negri che
lei non mi mangia» fece il medico.

«Se la mangiassi sarei un cannibale».

Il giovane assistente fece una smorfia.

«Non mangio perché qui dentro la roba fa schifo. Ba-
di che non mi sto lamentando, infermiera, rispondo a
una domanda».

«38 e 4» fece la donna riprendendo il termometro.
«Come si sente? Le gira la testa?».

«Un po'».

«Si regge bene sulle gambe? Intanto si tolga la maglietta, vediamo come sta».

Rocco eseguì. L'assistente chirurgo levò delicatamente la benda e la consegnò all'infermiera. Rocco guardò la ferita. Nera. Con qualche punto che si affacciava. Le mani abili del medico sfioravano appena la pelle del vicequestore. Non aveva la fede e un vistoso cerotto gli avvolgeva l'anulare destro. Un po' di sangue aveva macchiato la garza.

«Anche lei dottore perde sangue?».

Il giovane medico si guardò il dito. «Sì, una sciocchezza. Invece dei punti ho messo le strip. Mi sa che non fanno un granché».

«Però è comodo» fece Schiavone.

«Cosa è comodo?».

«Lei è un chirurgo e i punti se li può mettere da solo».

«Vero, se non ci riuscissi mi caccerebbero dall'ospedale».

«E invece il dottorino è la nostra migliore speranza» gorgogliò di piaggeria l'infermiera.

«Parliamo della sua ferita che mi sembra più interessante» cambiò discorso Petitjacques.

«Dice? A guardarla fa schifo».

«Andiamo bene, Schiavone. Il colore scuro che vede è il disinfettante» rispose infastidito. «Per favore, Brunella, mi rifaccia la medicazione». L'infermiera uscì di scatto dalla stanza.

«Non si offenda, dottore, io non ricordo mai il suo cognome...».

Quello sorrise. «Sì, non è molto comune. Petitjacques. Mi chiamo Gerardo Petitjacques. Mi chiami Jerry e semplifichiamo».

«Se penso che per la stessa operazione che ho fatto io qualcuno ci ha appena lasciato la pelle... fa venire i brividi, no?».

Petitjacques divenne scuro in volto. «Può succedere, ma non è stata colpa nostra».

«Vero, Jerry, ma Erre Esse è morto, glielo vada a spiegare».

«Lo spiegheranno i magistrati. Il dottor Negri si sente tranquillo».

«Chi c'è sul caso, lo sa?».

«No» rispose freddo.

«Senta, dottore, ma anch'io quando mi avete operato ho perso tutto quel sangue?».

Petitjacques prese un respiro profondo. «No, lei no, diciamo nella norma, non c'è stato bisogno di trasfusione. Con il dottor Sirchia deve aver ceduto qualcosa».

«Capisco... capisco...» continuava a guardare il medico sorridendo.

«C'è altro che vuole chiedermi?».

«Sì. 'Sta febbre, sarà mica per tutta quella caterva di pillole che mi date?».

«Schiavone, lei ha un'infezione batterica. Senza antibiotici sarebbe morto. Vuole provare con cure sciamaniche?».

«No».

«Allora il medico sono io, lei è un paziente. Non azzardi consigli, non si confronti con me sulle medicine e sulle cure, a meno che lei non mi si laurea, mi si specializza e poi ne possiamo parlare».

«Forte e chiaro, Jerry. Però non piji d'aceto, era solo una domanda».

L'infermiera rientrò con un piccolo carrellino. «Bene. Allora mi segua la dieta per piacere e prenda le pillole che le somministriamo. Più obbedisce e prima la mandiamo via. Guardi, non è che ci teniamo a tenerla qui. Anzi, glielo dico in tutta sincerità, i letti servono. Di solito i pazienti nelle sue condizioni li mandiamo a casa, solo che con lei non possiamo. E sa perché?».

«Mi dica».

«Ordini dall'alto!».

«Cioè mi trattenete…?».

«Qualcuno ci tiene alla sua guarigione, pare che lei sia una persona importante. Quindi lavoriamo affinché questa avvenga al più presto e lasci il letto a chi ne ha davvero bisogno. Arrivederci».

«Ciao Jerry» fece Schiavone mentre Brunella cominciava a disinfettare la ferita.

«T'ha 'atto il culo!» commentò Curreri contento, ma il sorriso gli stirò le labbra provocando una fitta di dolore.

«Incazzoso, eh?» chiese Rocco all'infermiera.

«No, è solo un po' scontroso e stanco. Però è una brava persona».

«Fallo esse pure cattivo. Ma starà mica così per quello che è successo ieri notte?».

«'Erché, che è successo?».

«Fatti i cazzi tuoi, Curreri».

«Non lo so» rispose Brunella. «Quella è una brutta storia. Ma a rimetterci saranno il primario e l'anestesista e forse la mia collega per quella sacca di sangue sbagliata».

Pomeriggio inoltrato e fuori era già buio. Rocco, seduto sul divanetto della sala d'attesa accanto a Damiano sulla sedia a rotelle, guardava senza nessun interesse un programma televisivo. «Non è venuta tua moglie?».

«Per fortuna no» rispose l'uomo lisciandosi i baffi. «In compenso è arrivato mio figlio con quell'impiastro di mio nipote che è saltato sul letto e mi ha dato una botta alla cicatrice» e si indicò l'addome. «Mi hanno portato subito giù a rimettere un punto».

«Eh, la famiglia...» sospirò Schiavone. «Ma da ex infermiere, come ci si sente paziente in ospedale?».

«Lo odio. Come lo odiavo quando ci lavoravo. La sai una cosa, dottore? A te la posso dire» aprì il marsupio che portava sempre con sé e prese una caramella. «Io non mi volevo sposare, non volevo fare figli, non volevo nipoti. Prima di fare l'infermiere ero guardaparco su al Gran Paradiso. Andavamo in altura io e il cane, soli, una settimana a dormire fra i rifugi a controllare che qualche turista non si perdesse o accendesse fuochi e a vedere se c'erano bracconieri, all'epoca qualche figlio di buona donna sparava ai camosci e ai lupi... ce n'erano, sai? Da solo, senza che nessuno mi rompesse le scatole... io e la natura, il vento, sole e neve e il silenzio, veramente era un gran paradiso». Gli occhi nostalgici si voltarono verso la finestra a guardare le luci annacquate dei palazzi di fronte. «Invece la vita mi ha costretto a stare dentro un ospedale perché non ce la facevo con lo stipendio a mantenere una famiglia. Credo che la gamba l'ho persa per autopunirmi della mia vigliaccheria».

«Come l'hai persa?».

«Incidente. Ormai sono passati vent'anni. Ogni tanto, soprattutto la mattina appena sveglio, mi sembra di avere ancora il piede attaccato».

«A me succede con le persone» rispose Schiavone, «quelle che ho perso. Come se ci fossero ancora». Improvvisamente risuonò l'inno alla gioia.

«Bella la suoneria» commentò Damiano mentre Rocco si alzava per allontanarsi.

«Brizio?».

«Come ti senti?».

«Sto ancora dentro, pare che me so' beccato un'infezione».

«Che poi non ho capito come cazzo è 'sta cosa che dentro gli ospedali uno se pija le peggio cose».

«Boh... allora? Notizie di Seba?».

«Macché, niente, e da quello che mi dice Furio pure i carabinieri non sanno dove può essere. Sta dietro a quell'infame de Baiocchi, sicuro».

«Brizio, facesse quello che cazzo crede. Io stavolta non gli vado appresso».

«Invece ho incontrato quel tuo amico, Sasà, il magistrato. Te porto i suoi saluti».

Fu grazie a Sasà d'Inzeo che seppe il nome del dirigente che gli aveva messo addosso Caterina: Mastrodomenico. «M'ha detto che quando hai cinque minuti je dovresti fa' 'na chiamata».

«Ricevuto. Tu come stai?».

«Come quando hai un cinque a sette e mezzo. Così. Sto. A chiede carta rischio che sballo. Però ho una bella notizia».

«E dimmi un po'?».

«Ho trovato il compratore per casa tua. Offre il prezzo intero senza trattare».

«Bene» disse Rocco con una incrinatura nella voce.

«Direi di sì. Poi al più presto scendi. Il notaio ha la delega ma al rogito ce devi sta'».

«Ma tanto non c'è fretta, no?».

«No. Tranquillo, l'anno prossimo».

«E allora ci vediamo l'anno prossimo».

«Te saluto. Vado co' Stella a Ikea».

«Allora sto mejo io con l'infezione».

«E me sa. Ciao Rocco».

«Ciao Bri'...».

Tornò a sedersi accanto a Damiano. «Hai cambiato faccia, dottore, brutte notizie?».

«No. Pensieri» rispose Rocco. Ripresero a guardare la trasmissione. Ma la mente di Rocco era tornata a Roma. Mastrodomenico, dirigente del Viminale, da sempre suo nemico personale, era il faro, la guida di Caterina. Da giorni, da quando Sasà d'Inzeo ne aveva rivelato l'identità, si chiedeva perché quell'uomo ce l'avesse a morte con lui. Dai tempi del trasferimento ad Aosta, era quello più incattivito, il più spietato. Voleva per Rocco una punizione molto più severa di un trasferimento al Nord, chiedeva addirittura processo e condanna. E Rocco non aveva mai capito il motivo. Mastrodomenico lo odiava con tutto il cuore. Si erano incontrati solo due volte ma non era riuscito a comprendere che razza di uomo fosse. La sensazione era che l'avesse offeso in un'altra vita. Sempre Mastrodomenico gli aveva messo addosso il viceispettore Caterina Rispoli per spiarlo, tenerlo sotto controllo. Perché? Cosa voleva da lui il dirigente? Caterina era stata brava, lo aveva marcato stretto senza farsi scoprire. E Rocco c'era caduto nella trappola, non riusciva ad ammetterlo neanche a se stesso, ma oltre alle informazioni quella ragazza gli aveva carpito il cuore.

Chissà dov'era ora. L'aveva chiamato per avvertirlo della fuga di Baiocchi. «Stanne fuori, fatti un favore e fallo anche a me. Spero un giorno di poterti raccontare come stanno le cose» gli aveva sussurrato l'ultima volta al telefono, a Rocco sembrava fossero passati mesi, invece neanche una manciata di giorni. Baiocchi era scomparso, Sebastiano era scomparso, probabilmente sulle tracce del bandito che era libero e con estrema facilità sarebbe potuto venire a fargli visita in ospedale per chiudere la partita.

«Damia', mi gira la testa. Io me ne torno a letto».

«Vai, dottore, tanto qui lo squallore è totale» disse indicando il televisore. Poi lo sguardo divenne attento. «Senti un po'?» alzò il volume. Inquadrato dalla telecamera un uomo sui trent'anni, biondo, riparato da un ombrello, parlava con il giornalista proprio davanti all'ospedale. Rocco si mise in ascolto. «È una vergogna! Mio padre se n'è andato per l'incuria di qualche luminare che non sa neanche distinguere una sacca di sangue da un'altra».

Rocco si rimise seduto. Il sottopancia annunciava che l'uomo si chiamava Lorenzo Sirchia.

«È il figlio dell'industriale» fece Damiano.

«Abbiamo denunciato l'équipe e l'ospedale perché questi casi di malasanità devono finire» gli occhi di Lorenzo erano freddi, quasi vitrei. «Io e mia madre abbiamo fiducia nella magistratura. L'unica speranza è che ci restituiscano presto il corpo di papà per potergli dare una sepoltura degna».

La linea tornò allo studio dove un conduttore imbalsamato passò alla notizia di un paio di turisti dispersi sul Monte Bianco.

«Tu come la vedi, dotto'?».

«Mah, ci devo riflettere, Damiano. Tu che sei stato infermiere, è possibile un errore simile?».

«Prendere una sacca di sangue al posto di un'altra? Non lo so, forse se qualcuno sulla cartella ha sbagliato a riportare il gruppo del paziente, ma così, un sangue per un altro...».

«Negri mi ha detto che la sacca era quella giusta».

Damiano lo guardò. «Cioè la sacca riportava il gruppo del paziente?».

«Così dice».

Damiano fece una smorfia. «Allora fossi in te un'occhiata in giro la darei».

Rocco gli mollò due pacche sul braccio e si alzò.

Saltò la cena senza neanche guardare le pietanze. Salima provò a fermarlo ma Schiavone aveva un bisogno che non poteva procrastinare.

«Secondo me ha l'a'ante» commentò Curreri mentre il vicequestore usciva dalla stanza. Salima fece spallucce. «Ma quale amante, Curreri!». L'infermiera magrebina sapeva dove era diretto. Terzo piano, Terapia intensiva, scale di sicurezza. Ce l'aveva visto fin dal primo giorno.

E infatti Rocco era lì, poggiato alla balaustra di ferro, chiuso nel suo loden mentre la pioggia sembrava non voler dare tregua alla città. Dalla tasca del cappotto tirò fuori le cartine. Sbriciolò un pizzico generoso di marijuana sul palmo, lo unì al tabacco, rotolò il ripieno nella cartina che poi leccò. L'accese. Era eccezionale. Dolce, calma e tranquilla, si spandeva nei polmoni e correva nel sangue come una carezza. Il cervello si rilassò, i pensieri finirono in un garage e percepì solo il freddo della sera e l'umidità della pioggia sul viso. Da quando era ricoverato preferiva fumarsi le canne dopo il tramonto. La mattina non ne aveva voglia, non aveva bisogno di pulire i pensieri, meglio la sera per scansare la noia e portare sul cuore di Rocco un'indolente nostalgia. L'ospedale gli pareva un aeroporto. Con decolli e atterraggi. Nascita e morte, guarigioni e complicazioni, sorrisi e pianti. Una massa umana dolorante o sanata, piena di speranze o di illusioni. E intorno a loro i camici bianchi che aveva cominciato ad apprezzare ogni giorno di più. Uomini e donne col viso stanco, bruschi, sempre di fretta, rughe e occhiaie. Non avrebbe mai potuto fare il medico. Sapeva che sotto lo strato di cinismo, leggero come i camici che portavano, in fondo doveva esserci una sorta di amore. Altrimenti perché dedicare una vita a curare gli esseri umani? Rimetterli in pista? Lui gli esseri umani li detestava, fatta salva qualche eccezione. E non sopportava i lamenti e le ansie che gli altri gli scaricavano addosso come immondizia puzzolente.

Lo vide attraverso il vetro. Un giubbotto nero, il volto pallido, lo cercava con lo sguardo. Baldi, coi capelli bagnati, sorrise quando i suoi occhi incrociarono quelli di Rocco.

«Che palle...» mormorò gettando mezza canna sulla grata delle scale, la vide rimbalzare perdendo lapilli fino al piano terra. Il magistrato aprì la porta a vetri. «Schiavone! Mi hanno detto che l'avrei trovata qui».

«Buonasera, dottor Baldi. Sì, preferisco prendere una boccata d'aria piuttosto che mangiarmi quei pezzi di cadavere che servono ai pasti».

Baldi annusò intorno a sé come un segugio. «Cos'è? Fanno una grigliata in ospedale?».

«Può essere, ma non m'hanno invitato».

«Sono venuto per la storia dell'operazione andata male e ne ho approfittato per fare un saluto».

«Ce l'ha lei?».

«Già. Storia scomoda. Si sta profilando un'incuria medica».

Rocco annuì silenzioso.

«C'è la denuncia dei parenti, e insomma sequestro di materiale, sacche di plasma, video di sorveglianza eccetera eccetera. Routine noiosa e anche un po' vigliacca. Non mi piace, proprio per niente».

«La capisco».

«Quando esce?».

«Non appena mi passa la febbre».

«Se sta qui fuori a prendere freddo la vedo dura».

«Anche io, ma non ne posso fare a meno. È stato nella mia stanza?».

«Sì».

«Dunque ha conosciuto il mio vicino di letto. Secondo lei, quanto posso resistere accanto a quel tizio?».

Baldi mise una mano in tasca e prese una sigaretta. Ne offrì una a Schiavone che declinò.

«S'è rimesso a fumare?».

Il magistrato l'accese senza commentare. «La storia di Saint-Vincent è chiusa. Non ho avuto occasione di farle i miei complimenti. Prima era svenuto, poi l'operazione, insomma non mi sembrava il caso. Le porto gli auguri del sostituto procuratore e del presidente della Regione».

«Cosa dovrei farci?».

«Li porti al bagno con sé». Il fumo della sigaretta si andò a perdere fra le gocce di pioggia. «Dobbiamo scoprire da quale arma è partito il colpo che l'ha ferita. Qualcuno si prenderà anche tentato omicidio».

«Sì, è una curiosità che ho anche io. Ci sta lavorando la Gambino».

«In gamba quella. Pazza, ma in gamba» poi abbassò la voce. «E ho la sensazione che si stia facendo una storia con Fumagalli. D'altra parte Dio li fa...».

A Rocco pettegolezzi e maldicenze interessavano assai poco. «I parenti di Roberto Sirchia?» chiese cambiando discorso.

«Il figlio Lorenzo e la moglie Maddalena».

«Sì, il figlio l'ho visto al telegiornale».

«Ora l'attività resterà in mano a lui, credo. Insomma, è ben avviata ed esportano salumi in mezza Italia. Soprattutto la mocetta. Sa cos'è?».

«Dopo un anno in Valle direi di sì».

«Io la mangio col miele».

«Poteva portarmene un po', no?».

Baldi gettò la sigaretta. Con qualche giravolta fra gli scalini di grata finì al piano terra. «Ops... speriamo che non ho fatto danni».

«No, sono quattro giorni che butto cicche da quassù e non si è mai lamentato nessuno. Ma questo Sirchia era ricco?».

Baldi guardò Rocco negli occhi. «A cosa sta pensando?».

«Il curriculum di Negri».

«Non la seguo».

«Ha le mani d'oro. Pubblicazioni, cattedra all'università. Come fa a dare al poveraccio un sangue incompatibile?».

«La stanchezza, o l'età?».

«Ha 57 anni».

«Errare è umano, Schiavone. Lei non ha mai sbagliato?».

«Odio le domande retoriche, lo sa».

«Invece vorrei sapere cosa s'è messo in testa» gli occhi del magistrato erano diventati severi.

«Niente. Vede, non ho un cazzo da fare, quindi penso».

«Mi va sul cartesiano?».

«Più complesso. Giro ad mentula canis ergo cogito ergo sum».

«Vedo che ripassare il latino con quel ragazzo, come si chiama, Gabriele?, a qualcosa serve. Torni in ufficio, almeno si concentrerà su qualcosa di concreto. Anzi, a proposito, io però le vorrei parlare subito di qualcosa di più concreto. Possiamo andare in un luogo più asciutto?».

La sala d'attesa a quell'ora era deserta. Nessun parente e i degenti se ne stavano nelle stanze a dormicchiare o a guardare la televisione. Baldi si passò una mano fra i capelli che poi asciugò sui pantaloni. «Voglio parlarle di una storia che lei non ama molto ascoltare. Si tratta di Enzo Baiocchi».

Rocco alzò gli occhi al cielo.

«Lo so, Schiavone. Ma è scomparso, sono sicuro che ne è al corrente. Come sono sicuro che lei sia al corrente che anche il suo amico Sebastiano Cecchetti è sparito. Questo Sebastiano, mi corregga se sbaglio, il giorno dell'arresto del Baiocchi era proprio lì, rivoltella in pugno, a fare cosa? Lei disse: mi stava dando una mano per fermare Baiocchi. Insomma lo spacciò per un suo collaboratore, un informatore, ecco, mi pare che lo definì così».

«Posso continuare io? Lei ha da sempre sospettato che io avessi qualche traffico losco con Baiocchi, addirittura sono stato velatamente accusato di aver ucciso suo fratello. Baiocchi vi avrebbe anche svelato il luogo della sepoltura ma, sorpresa!, lì sotto non c'era un cazzo di niente. Avete sventrato il patio di una famiglia di poveracci per trovare terra e un po' di rifiuti. Può proseguire lei se ne ha voglia».

«Certo che ne ho voglia. En passant lei mi ha anche rivelato del viceispettore Rispoli che qualcuno dagli Interni le avrebbe messo addosso per spiarla. E qui la questione si fa grave».

«Direi di sì».

«Da quando me l'ha detto ci penso su, me lo rigiro nella mente ma una risposta non l'ho trovata. Lei sa chi può essere questo fantomatico uomo degli Interni che le ha piazzato addosso quella cimice? Se così si può definire una bellissima ragazza come il viceispettore Rispoli?».

«Non so chi possa essere» mentì Rocco. «Non conosco il motivo. Sono solo un vicequestore della polizia di Stato, un pessimo vicequestore, un poco di buono, ma addirittura scomodare gli Interni...».

Baldi lo guardò. «Già, come se non avessero niente a cui pensare».

Si misero a fissare il linoleum del pavimento. Fu Baldi a riprendere la parola. «Eppure continuo a pensarci, non posso farci niente. Lei esclude di sapere dove sia finito il suo amico Sebastiano Cecchetti?».

Per tutta risposta Rocco prese il cellulare dalla tasca e lo consegnò al magistrato. «Guardi, guardi pure le telefonate che ho fatto e ricevuto. Non ne troverà nessuna a Sebastiano Cecchetti in entrata o in uscita da giorni. Guardi i numeri, li segni, li controlli».

Baldi con una smorfia restituì il cellulare a Schiavone. «La faccia finita».

«Le sto dicendo la verità, dottor Baldi».

«E dal momento che stiamo avendo un bel dialogo, senza maschere e senza inganni, lei pensa che Sebastiano Cecchetti sia sulle tracce di Enzo Baiocchi?».

«Di sua iniziativa non lo farebbe mai. Le ricordo che Cecchetti è un mio informatore, fui io a chiedere il suo aiuto».

«E Adele Talamonti? La compagna del Cecchetti uccisa proprio da Baiocchi nella sua casa a rue Piave? Non può essere abbastanza per spingere il suo amico a cercare vendetta?».

Rocco allargò le braccia. «Vede, Sebastiano è un ladro, un bandito anzi, può rapinare, può truffare ma non può uccidere».

«Come lei?».

Rocco si avvicinò al magistrato e abbassò la voce. «Io non ho mai ucciso nessuno».

«E per gli altri capi d'accusa?».

«Sono un poliziotto».

Baldi si alzò. «Non c'è niente da fare, io e lei saremo sempre su un crinale, possiamo solo scivolare da una parte o dall'altra, me ne sono fatto una ragione. In passato l'ho aiutata, Schiavone, lei lo sa e sa anche quanto. Le avevo anche promesso ai tempi dell'arresto di Baiocchi che sarebbe stata l'ultima volta. Se è a conoscenza di qualcosa è il momento di dirla».

«Niente, mi creda».

«Buonanotte» bofonchiò e veloce si voltò incamminandosi lungo il corridoio. Rocco aspettò di vederlo sparire dietro l'angolo del corridoio, poi se ne andò in stanza.

«Michela?».

Il sostituto della scientifica a quell'ora della notte era ancora nel suo laboratorio sotterraneo fra luci a led, tavoli di metallo ergonomici e monitor 4K che troneggiavano dalle pareti di cristallo. Sul tavolo retroilluminato riposavano camici, guanti, mascherine, soprascarpe, ferri chirurgici. «Rocco, neanche tu dormi?».

«No, neanche io. Stai lavorando?».

Il sostituto si passò la manica del camice sugli occhi stanchi. «Sì, sui materiali della sala chirurgica. Ho passato le sacche ad Alberto per le analisi, io sto sgobbando su tutto il resto. Camurria. C'è sangue dappertutto, ci metto secoli a capirci qualcosa. Comunque per ora niente di strano. Meglio, qualcosa di strano c'è. Le macchie di sangue su un camice per esempio sono di due gruppi diversi: 0 Rh negativo, quello del paziente, e poi un A Rh positivo».

«Primo indizio che la sacca non conteneva lo 0 Rh negativo di Sirchia...».

47

«Bensì A Rh positivo, un piccolo dettaglio che l'ha ucciso».

«Bene, Michela».

«Ma per la conferma dobbiamo aspettare le analisi di Alberto. Lì avremo la certezza».

«Ti ringrazio. Chiamami per qualsiasi novità».

«E certo. Senti, ho dovuto sospendere le ricerche sul proiettile, quello che ti futtìo il rene».

«Per ora è meno importante».

«Lo so, Rocco, ma ti assicuro che ti darò una risposta precisa al 99 per cento. Ora sono a pezzi. Me ne vado a dormire».

La notte in ospedale era il momento più severo da affrontare. Non riusciva a chiudere occhio mentre Curreri grattava con la gola emettendo ruggiti. Ma la cosa che più lo agghiacciava erano i gemiti dei vecchi. Delle grida improvvise, roche, lamenti infernali senza corpo. Ogni tanto diventavano parole sconnesse, discorsi senza capo né coda che viaggiavano nel silenzio dei corridoi. Qualcuno immaginava di parlare con la moglie o un familiare, altri sembravano invocare qualche divinità, poi i discorsi smozzicati diventavano lamenti e le parole, come picchi di un elettrocardiogramma che si appiattiscono su una linea continua e monotona, si scioglievano in lunghe vocali informi. Ogni tanto i passi silenziosi dell'infermiere di turno, una porta che sbatteva, il ronzio di qualche macchinario o delle maschere per l'ossigeno. Un'umanità dolente in attesa di attraversare una porta, fosse quella principale dell'ospedale o quella verso il nulla perenne. Lì dentro il tempo era sospeso, a regolare l'esistenza e la cadenza temporale erano i dolori, le pillole, analisi e prelievi. E le visite. Mogli, mariti, fratelli e fidanzati che ogni giorno si presentavano nelle stanze, un traffico continuo di bottiglie d'acqua, dolcetti, giornali e riviste che cercavano di nascondere l'ansia e la paura. Turnazioni di amici o parenti con lo stesso sorriso a mezza bocca e le stesse domande sulla salute, le stesse notizie di chi è fuori e prosegue nella sua quotidianità. Portavano l'odore familiare ai pazienti per accompagnare la guarigione o per non lasciare solo chi stava per abbandonare la vita. Un piccolo e insignificante scampolo di memoria che potesse accendere nel moribondo anche un solo minuto di sollievo. Amore puro che ti faceva lasciare casa e impegni e dare tutto il tuo tempo al malato nutrendolo con la speranza, coi sorrisi, anche solo con la presenza fisica. «Sono qui, non ti lascio solo, puoi aprire gli occhi e vedermi accanto a te, questa lotta ce la facciamo insieme». L'ultima spiaggia della medicina l'amore, pensava Rocco, disperata ma che a nessuno doveva mancare. Lui visite non ne aveva ricevute, se si escludevano le incombenze lavorative e Gabriele. Gli venne da sorridere. «Il mio sarà tra i funerali più scarni della storia» mormorò. A seguire il feretro poteva contare solo su Brizio, Furio e Sebastiano. Se non se ne fossero andati prima di lui, altrimenti neanche quei tre. Sei solo, Rocco, pensò, e il motivo lo conosci. Aveva sempre detestato l'umanità e quella ricambiava tutti gli sforzi da lui compiuti e lo teneva a distanza. Non s'aspettava altro, niente di diverso, se vivi fra i ghiacci del polo difficile incontrare persone.

Dolori, pillole, analisi, prelievi, visite e i pasti. Tutto fuori orario, l'ospedale era un microcosmo che obbediva a regole che niente avevano a che fare con la vita prima del ricovero. La scansione temporale serviva forse a distrarre i malati, farli vivere in una dimensione diversa e assuefarli un po' come si fa con le divise quando si parte per la leva. Tutti uguali, tutti anonimi, tutti con l'orologio della caserma. Andarsene al più presto da quella dimensione disumana e tornare alle proprie case era l'unico desiderio, pensiero fisso costante che abitava quei corpi stremati, anche nei sogni notturni. L'unica concessione alla normalità era l'avvicendarsi del giorno e della notte, anche se la notte in ospedale durava molto di più che fuori, di questo Rocco ne era convinto. Era come la storia di quelle foglie autunnali sugli alberi, pensava ricordando la breve poesia scritta dentro una trincea, e in fondo quello era il nosocomio: una trincea dove le bombe erano silenziose, il nemico senza nome te lo portavi dentro e ogni giorno rosicchiava un po' di vita. Sconfiggerlo era solo la vittoria di una battaglia, la guerra sarebbe proseguita con una sconfitta disastrosa.

Guerra del cazzo. E quando l'ho dichiarata?
«Il giorno che sei nato».
È la sua voce, ma ancora non la vedo. La stanza è buia, c'è solo un alone azzurro lì in fondo. Non c'è, non è qui.

Fammi andare via senza questa tortura. Quando toccherà a me vorrei chiudere gli occhi e passare dall'altra parte, senza questo calvario.

«Ci sono tanti modi per andarsene, migliaia, a volte terribili a volte banali, tanto non sarai tu a scegliere».

Eccola lì Marina, in fondo al letto, mi guarda con le mani poggiate in grembo.

«Ha smesso di piovere?».

«Sì».

«T'ho vista, qualche giorno fa, non potevo toccarti...». *Marina si aggiusta i capelli, lo faceva sempre quel gesto quando era nervosa o per prendere tempo prima di dare una risposta.*

«Lo sai qual è il problema, Rocco? Hai paura di lasciarti amare. Tutto qui».

«Cazzo dici?».

«Ho una parola nuova per te».

«Dimmi un po'?».

«Eupeptico».

«Eupeptico? Che vuol dire?».

«Vattelo a guardare. È la parola nuova di questa notte. Ed esci da questo letto, qui non è il tuo posto».

«Ho la febbre».

Marina ride. «Stavolta ci credo. Ce l'hai per davvero».

«Quando dico che ho la febbre è sempre vero».

«Piantala» *si gira verso Curreri. Fa una smorfia.* «Devi uscire di qui, amore mio...».

«Me ne vado, ti giuro che me ne vado».

«Cos'hai, amore mio? Ti sei intristito?».

«È il prezzo da pagare».

«Per cosa?».

«Quando uno ha un rapporto esclusivo, tende a cacciare tutto e tutti, il mondo intero. È quello che abbiamo fatto. Solo che il mondo poi rientra da una finestra, e te la fa pagare. Ti ricordi?».

Marina mette una mano davanti come se mi volesse fermare. «Basta, basta così. Il nuovo patto è che alla parola ricordi me ne vado».

«Te ne vai?».

«Sì».

«Dove?».

Diventa seria. Se ne va davvero.

Accese la luce notturna e provò a leggere uno dei libri che Gabriele gli aveva lasciato.

Il piccolo Abraham s'illuminò in viso e subito trovò che il borscht di verza nella scodella di legno era più gustoso o almeno non sapeva troppo d'aglio. Era un bambino pallido, magro e malaticcio...

«Ma che cazzo...» mormorò. Chiuse il libro che posò sul comodino. Preferì cercare di prendere sonno in compagnia dei suoi pensieri e spense la luce.

Guardò in alto. La finestra della stanza numero 5 si era spenta, solo un fievole chiarore blu della luce notturna disegnava appena i contorni della tenda. Pioveva. Teneva l'ombrello con la mano sinistra, con la destra la sigaretta. Un'ambulanza silenziosa passò schizzando l'acqua con gli pneumatici. Buttò la cicca e si rimise il guanto. Decise di spostarsi verso l'ingresso del pronto soccorso. Lì c'era un ottimo riparo sotto un portone con la pensilina. Si appoggiò al muro e si mise ad aspettare.

Venerdì

Il vicequestore non si aspettava che l'ufficio del primario fosse una stanzetta di pochi metri quadrati dove a malapena entravano una scrivania e una sola sedia. Un computer obsoleto stava in bilico su una pila di libri di medicina. Sui muri nessun attestato, nessun cedimento alla vanità. Un calendario di un rivenditore di auto, un disegno di un bambino e il giuramento di Ippocrate. L'unica nota eccentrica un cranio di plastica su una mensola coi denti anneriti e una candela piantata sopra. Filippo Negri era seduto sulla sedia con l'imbottitura dello schienale screpolata. Se l'ufficio era la rappresentazione del disordine l'aspetto del chirurgo era l'esatto contrario. Appena sbarbato e pettinato, le mani pulite con le unghie perfettamente tagliate, camicia di bucato sotto un maglione di cachemire. Rocco poggiato al muro accanto alla porta era molto più intonato all'ambiente. Dal loden sbucavano i pantaloni del pigiama e le ciabatte. Portava una maglietta bianca con il logo di una squadra di basket, regalo di Gabriele, la barba di tre giorni, capelli in disaccordo fra loro.

«Mi dica che almeno ha fatto colazione».

Rocco alzò le spalle.

«Lei così non mi aiuta. È già molto difficile da queste parti, lo sa?».

«Io apprezzo tantissimo il lavoro che fa, mi creda, ma quella roba non la posso mangiare».

«Di cosa si è nutrito?».

«Caffè e panettone. Ci sono uova, burro, zucchero».

«Lasciamo stare. Mi dica, sono in ascolto».

«Prima cosa, perché Sirchia è stato operato il 25 dicembre sera?».

«L'operazione dovevamo farla già il mese scorso, poi la salute del Sirchia ha subito un mezzo tracollo. Il tumore era aggressivo e abbiamo concordato che aspettare ancora poteva essere rischioso per la salute del paziente, ecco perché l'abbiamo operato il 25. È stato un incubo, mi creda».

«Com'è che succede? Durante un'operazione come la mia, intendo».

«In un'operazione come la nefrectomia può esserci una grossa perdita di sangue. Roberto Sirchia poteva ricevere sangue solo dal suo gruppo sanguigno, per questo sei giorni prima gli avevamo prelevato due sacche e depositate in emoteca. Lei Schiavone invece è più fortunato, avendo AB Rh positivo è compatibile con tutti i gruppi sanguigni».

«Quindi, se ho capito bene, Sirchia poteva prendere soltanto sangue suo...».

«O di un donatore 0 Rh negativo» concluse Negri strizzando un poco gli occhi.

Rocco si infilò le mani in tasca. Aveva voglia di una

sigaretta ma posacenere in quella stanza non ce n'erano. «Come funziona? Cioè uno scende in emoteca...».

«Esatto. C'è un medico che controlla le sacche di plasma e firma il documento».

«Chi è andato a prendere il sangue?».

«Alle 20 più o meno ho mandato Ilaria... Ilaria Giovannelli» prese una foto dalla scrivania e la mostrò al vicequestore. Ritraeva l'équipe di Negri. Tutti sorridenti e con le cuffiette in testa. «Ecco, è questa ragazza qui. La foto l'abbiamo fatta qualche mese fa». Rocco gliela restituì. «A quell'ora però all'emoteca non c'era anima viva. Ilaria aveva le chiavi, sapeva dov'era il sangue, l'ha preso e l'ha portato su».

«Ed era 0 Rh negativo».

«Scherza? Certo! Era la sacca che conteneva il sangue del paziente stesso».

«Com'è possibile?».

«Non lo capisco». Negri si passò una mano fra i capelli. «Era etichettato, controllato e messo in frigo. Perché mi fa tutte queste domande?».

«Sono un poliziotto non molto intelligente, però sento gli odori».

Negri sorrise. «Tipo un setter?».

«Esatto. E io qui non sento un buon odore».

«Lei non frequenta gli ospedali. La situazione non è facile. Errori simili possono accadere. Una distrazione, un po' di stanchezza. Non dovrebbe succedere, invece lo vede? Spesso i giornali riportano notizie simili. È il prezzo di un mestiere come il mio. E le dirò la verità. Sono anche molto, molto stanco». Il chirurgo si lasciò andare sullo schienale della sedia. Teneva una penna in mano e si mise a fissarla, sembrava intento a scoprire come smontarla. «Spesso mi chiedo se valga la pena, a volte ho la sensazione di lottare contro i mulini a vento. Ce la metto tutta, Schiavone, ma pare che non basti mai. Guardi qui» e indicò i fogli sparsi sulla scrivania. «Conti, conti e ancora conti. Hanno scambiato l'ospedale per una ditta. Pericoloso il mondo dove alla salute si preferisce il profitto, non trova?».

«Direi».

«E allora io, lei, che le paghiamo a fare le tasse?».

«Per offrire le cure anche agli evasori fiscali, no?».

Stettero in silenzio per qualche secondo. Poi il chirurgo riprese: «Ecco perché le dico che se è arrivato il momento di mollare io mollo. Procura o non procura, processo o meno, non le nascondo che ne ho le scatole piene. E poi, sia detto per inciso, non ho molti amici. Diciamo che sono uno un po' scomodo, se mi levo di torno faccio felice un sacco di gente. Soprattutto in amministrazione. Sa che le dico? Mollare mi farebbe bene alla salute».

«Anche io mi dico spesso la stessa cosa. Poi però...».

«Poi però c'è una vocina dentro che mi dice di alzarmi la mattina, venire in ospedale e operare. A volte basta la lettera di un paziente cui hai salvato la vita a ridarti un po' di forze. Succede anche a lei così?».

«No, per me è diverso, ma lei è una persona pulita, io no».

«Addirittura?».

«Non sa quanto».

Il professore sorrise. «Lei mi ricorda un cugino. Non aveva un'alta opinione di sé, invece era un uomo generoso. Faceva il carabiniere. È morto per salvare una famiglia intrappolata in un'auto durante un'alluvione».

Rocco scosse il capo. «Mi creda, non sono quel tipo d'uomo. Potrei raccontarle cose di me che le farebbero cambiare idea e magari pentire di avermi salvato la vita».

«Le dirò una cosa. Se all'ospedale arrivano su una barella Totò Riina e un ragazzo e io ho una sola sala operatoria, su chi interverrei per primo?».

«Spero sul ragazzo».

«No. Su chi sta peggio. Io non giudico la vita in base alla persona».

«Professionalmente. Ma umanamente?».

«Il mio giudizio umano non può e non deve interferire con quello professionale».

«Per me non è così. Vede? Se in questura arrivano Totò Riina e un altro delinquente e io ho una sola cella, ce li sbatto tutti e due».

Il chirurgo sorrise. «Lei è un tipo strano, Schiavone».

«Ma parecchio».

«È la noia del ricovero o qualcos'altro che la sta incuriosendo?».

«Dottor Negri, io e lei in fondo lavoriamo nello stesso campo. Lei deve evitare che una persona diventi un cadavere, io devo capire chi quel cadavere l'ha prodotto. Due anelli di una stessa catena. Le sue mani mi hanno salvato la vita, ora tocca a me».

Negri fece un piccolo inchino col capo.

«'Ndo sta 'st'emoteca?».

«Piano terra».

Attraversò il corridoio senza incrociare anima viva. La luce livida della finestra rimbalzava sul pavimento azzurrino e sulle porte prive di scritte. Sembrava un'ala abbandonata. Poi passò davanti a uno studio nel quale ferveva una certa attività. C'erano tre tende verdi che chiudevano alla vista altrettanti lettini. Una donna stesa della quale vedeva solo le gambe stava probabilmente donando il sangue assistita da un'infermiera giovane e grassottella. Un medico compilava dei fogli. Nessuno si accorse della sua presenza. Superò l'ambulatorio e finalmente su una porta con una serratura blindata lesse «Emoteca». Si girò e notò una piccola telecamera lampeggiante. Bussò. Nessuna risposta. Attese e bussò ancora. Gli aprì un uomo sui trent'anni. Gli occhi distanti a forma di biglia, le narici grosse e all'insù e un curioso ciuffo di capelli a spazzola verdastro identificarono l'individuo nella mente di Schiavone come la tartaruga *Elusor macrurus*, The Mary River Turtle. Non era un animale presente nell'enciclopedia che sfogliava da ragazzo, la specie era stata classificata solo nel 1994, l'aveva vista in un bellissimo documentario in televisione. Sembrava un chitarrista punk un po' in ritardo coi tempi, la stranezza e la simpatia del volto erano in contrasto con il pizzo lungo e aggressivo e la bocca senza labbra, seria, sprezzante. Lo sguardo freddo e distante non invitava alla conversazione. «Dica»

59

fece muovendo il collo magro chiuso nel camice, proprio come una tartaruga, pensò Rocco.

«Chi è lei?».

«No, chi è lei!» fece l'uomo.

Rocco tirò fuori il tesserino. «Vicequestore Rocco Schiavone».

Quello lo guardò dal basso in alto. «In ciabatte e pigiama?».

«Ripeto la domanda. Lei chi è?».

«Giuseppe Blanc...».

«Lo sa che ha i capelli verdi?».

Quello si passò la mano sulla spazzola. «Sì».

«È un fantasista? Fa spettacoli nelle piazze?».

«Suono in un gruppo e tengo i capelli come cazzo mi pare, dal momento che il mio lavoro non ha a che fare col pubblico».

«E quale sarebbe il suo lavoro?».

Sbuffò. «Sono il tecnico all'emoteca. Finito?».

«Abbiamo appena cominciato, Peppe». Lo scansò e entrò nella stanza.

C'erano due frigoriferi con lo sportello di vetro, dentro campeggiavano le sacche di sangue pronte per le trasfusioni. Un desk occupava il centro della stanza ricolmo di buste di plasma ancora intatte, etichettatrici, lacci emostatici, un registro. «Qui lavora lei?».

«Certo».

«Solo lei?».

«In questi giorni è il mio turno. Sennò c'è Saverio, l'altro tecnico, ma è ancora in ferie».

«Che strumento suona?».

«Il basso. C'entra qualcosa?».

«Peppe, risponda senza rompere il cazzo». Rocco prese un'etichetta ancora vuota. «Spieghi un po'?».

Giuseppe Blanc alzò gli occhi a forma di biglia al cielo, poi prese in mano l'etichetta e la mostrò al vicequestore. «Allora, in alto il nome dell'ospedale, sotto il codice identificativo della donazione, sarebbe questo codice a barre. Poi la data del prelievo e in fondo la scadenza. Questo quadrante qui, vede?, riporta dettagli come le tipologie di emocomponente, composizione di eventuali soluzioni additive utilizzate, insomma sono specifiche della lavorazione. In alto è riportato l'elenco ed esito negativo dei controlli infettivologici, queste cifre in grande sono la cosa più importante: il gruppo sanguigno e il fattore Rh».

«È lei che etichetta?».

«Tutto quello che proviene dall'ambulatorio dei prelievi lo etichetto, lo ordino e lo sistemo in quei frigoriferi. Mi dica la verità, è per la storia della morte di Sirchia?».

«Già...».

«Vuole sapere il mio parere?».

«Sto qui apposta!».

«Un errore è impossibile, hanno usato il sangue del paziente. E l'ho classificato io, di persona, sei giorni prima dell'intervento. No, commissario...».

«Vicequestore».

«Come?».

«Sono vicequestore».

«Vicequestore, un errore simile è impossibile, mi creda». Rocco sembrava soddisfatto. «Senta un po', Peppe, chi controlla quella telecamera fuori?».

«Quelli della sicurezza. Stanno giù vicino alla porti-
neria».

«Grazie mille». Arrivò alla porta. «Chi ce l'ha le chiavi di qui?».

«Io, il medico di turno e gli infermieri che ha visto
nell'altra stanza».

«La notte?».

«Se la notte la sala operatoria è aperta ce le ha il responsabile dell'équipe medica. E visto che parliamo del-
l'operazione Sirchia, le aveva proprio lui».

«Che musica suona?».

«Con la band facciamo cover dei Sex Pistols, Gang
of Four, degli Hüsker Dü, conosce?».

«Roba forte. Siete dei punk nostalgici».

«Già, secondo noi è stato l'ultimo momento creati-
vo della storia del rock».

«Opinabile ma in parte ha ragione. Siete anarchici?».

«Magari» rispose Blanc, «faccio il tecnico in ospedale, ma quale anarchico...».

«Intanto i capelli li ha verdi. E forse dentro, in fondo al cuore...».

«Lì c'è anarchia totale, dottore. Lì nessuno mi può dire niente e non mi devo guadagnare il pranzo e la cena».

«Mi stia bene, Giuseppe... and God save the Queen».

«Sì, facciamo anche quella!».

Era la casa più grande e lussuosa che Antonio avesse mai visto. Solo la sala era tre volte il suo piccolo appartamento. Il cameriere cingalese in livrea a righe
bianche e blu li aveva pregati di aspettare ed era spa-

rito con i passi attutiti dai grandi tappeti stesi sul pavimento del corridoio. Casella s'era fissato a guardare un quadro enorme con una cornice d'oro appeso sopra un'étagère, rappresentava una natura morta. Talmente vera che sembrava poter uscire dal quadro, veniva voglia di strappare un paio di acini d'uva e mangiarseli. «È un'opera di Evaristo Baschenis» una voce li fece voltare. Maddalena Sirchia era apparsa alle loro spalle uscendo da una sala in cui si intravedeva un pianoforte a coda. «Piaceva molto a mio marito». Era pallida, magra, vestita con una gonna e un maglione a collo alto carta da zucchero, sembrava reduce dal parrucchiere. Ce l'avrà in casa o magari il cingalese fa pure quello, pensò Antonio. Gli occhi neri e allungati denunciavano qualche ritocco chirurgico. «Cosa posso fare per voi?».

«Viceispettore Scipioni» disse Antonio ancora non abituato a quella qualifica accanto al suo nome, «e l'agente Casella. Ci manda la procura. Volevamo chiederle se lei fosse in possesso delle cartelle cliniche di suo marito prima del ricovero».

«Cartelle?».

«Sì, analisi, pareri medici, qualunque cosa per fare luce sul fatto».

Apparve un sorriso sinistro sul viso della donna. «E che c'è da fare luce? Me l'hanno ammazzato, non vi basta?».

«Sì signora» prese la parola Casella, «ma dobbiamo seguire l'iter che...».

«Va bene, ho capito, ho capito!» lo fermò la vedova. Poi senza aggiungere altro li superò e sparì dietro una doppia porta di legno.

«E adesso?» chiese Casella una volta soli.

«Aspettiamo, Ugo». Dal fondo del corridoio apparve il cameriere cingalese che si inchinò appena e passò in un'altra stanza. «Ma tu ci vivresti in una casa così?» chiese Casella.

«Io e altri sei amici! Qua c'entra un esercito».

«Vale molto 'sto Baschenis?». Casella era tornato a guardare il quadro.

«E che ne so? Controlla su Google».

Casella prese il cellulare. Una pendola lontana batté dei colpi. La porta del salone si riaprì, ma stavolta ne uscì un ragazzo sui trent'anni, biondo, con gli occhi chiari. Appena vide i due poliziotti frenò l'impeto e li guardò. «Chi siete? Che fate qui?».

«Questura di Aosta. Siamo venuti a prendere dei documenti».

«A chi li avete chiesti?» la rabbia del giovane fece quasi sentire in colpa Casella. «A... a una donna...».

«Mamma!» gridò il ragazzo e sparì anche lui nel corridoio.

«Deve essere il figlio» fece Casella.

«Ma va?» rispose ironico Antonio.

Il cameriere in livrea passò un'altra volta in fondo al corridoio sempre salutando con un leggero inchino. Stavolta portava un vassoio. Poi altri cinque minuti di silenzio assoluto.

«Comincio a rompermi le palle» sussurrò Casella.

«Pure io...».

Antonio avanzò di due passi e sbirciò nel grande salone. Era pieno di mobili. Poltrone e divani damascati, quadri alle pareti, un tavolo di quercia lungo almeno dieci metri con dodici sedie tutt'intorno. «Oh!» fece Casella controllando il cellulare. «Evaristo Baschenis... manco dice quanto vale, ma pare un sacco di soldi».

«Pensa un po'...». Finalmente rispuntò fuori il ragazzo. Sembrava più calmo, in mano aveva solo il cappotto, nessuna busta o cartella. «Scusate se vi abbiamo fatto aspettare, ma non possiamo darvi nulla».

«Come?».

«Nulla. Qualsiasi richiesta dovete inoltrarla al nostro avvocato» e allungò una mano consegnando ai poliziotti un biglietto. Antonio lo lesse.

«Carlo Crivelli... ha lo studio in centro».

Antonio si mise in tasca il cartoncino. «Riferiremo al magistrato».

«Bravi» fece con un tono secco e offensivo il ragazzo. Antonio lo guardò negli occhi. «Io sono il viceispettore Scipioni, il mio collega è l'agente Casella. Posso sapere con chi ho parlato?».

«Lorenzo Sirchia» rispose quello gelido.

«Buona giornata» e Antonio voltò le spalle seguito da Casella.

Attraversarono il patio coperto per poi risalire in macchina. «Più sono ricchi più sono stronzi» fece Antonio ingranando la marcia.

«Non mi piacciono neanche un po'» concordò Casella. «Tie', guarda che bosco! Foggia un parco del genere non ce l'ha».

L'auto proseguì per due minuti prima di arrivare al cancello che immetteva sulla strada provinciale.

Nella stanza degli agenti aleggiava uno strano odore di caramella misto a sapone per i pavimenti. Antonio era solo e guardava le postazioni dei suoi colleghi. Aveva incontrato solo Deruta indaffarato con una denuncia di furto in un'auto parcheggiata davanti alla Regione. Squillò il telefono.

«Viceispettore Scipioni» rispose Antonio al telefono.

«Suona bene... viceispettore Scipioni» la voce roca del vicequestore vibrò nella cornetta.

Antonio sorrise. «Dimmi tutto, capo».

«Hai sequestrato anche i video della sorveglianza?».

«Sissignore. Li vuoi vedere?».

«Mi piacerebbe, ma solo quelli del corridoio dell'emoteca. Come si fa?».

«Vengo da te col computer e ce li guardiamo. Chiaramente io...».

«Non me l'hai neanche proposto. Ti aspetto. Fai venire pure Italo».

«Se lo trovo» e Antonio si guardò intorno. «Da quando stai in ospedale a parte Casella non si vede nessuno».

«Porta Casella o Italo, insomma sei occhi so' meglio di quattro» e agganciò.

Antonio posò la cornetta, poi con le mani in tasca si avviò all'archivio.

Italo Pierron ci pensava da giorni, da quando il conto in banca era di nuovo in rosso e nessun'altra soluzione sembrava poterlo aiutare. Attraversò la strada e si trovò davanti al villino di Kevin. Non si sentivano da quando li aveva smascherati con l'aiuto di Brizio e s'era ripreso i soldi che gli avevano sfilato barando al tavolo. Era stata una serata da incubo insieme all'amico di Rocco, che a barare era meglio di Kevin Santino e Cristiano messi insieme. Ancora ricordava con un brivido quando il trasteverino aveva tirato fuori la pistola, un ferro enorme, e gli occhi gli erano diventati due punte di spillo. Delinquenti ne aveva visti, ma la paura che Brizio gli aveva lasciato addosso lo aveva debilitato per due giorni. Guardava il campanello senza decidersi. La pioggia aveva smesso di cadere e nuvole basse nascondevano le case dei vicini e la strada che saliva verso la montagna. Alzò l'indice e premette il pulsante. Passarono dieci secondi, poi si sentì la voce catarrosa di Kevin: «Chi è?».

«Italo».

Quello non rispose. Aprì solo il cancello del giardino che Italo Pierron spalancò. Due passi sul prato zuppo d'acqua e Kevin apparve sull'uscio della porta di casa. Aveva la pipa in bocca e la barba sudicia. «Hai un bel coraggio a farti vedere da queste parti!» gli disse serio, con le braccia conserte e a gambe larghe a difesa della sua abitazione.

«Senti Kevin, è andata come è andata. Voi mi avete preso per il culo sfilandomi un sacco di soldi e io mi sono vendicato. Secondo me è pari e patta».

«Hai rotto il naso a Santino».

«Incidenti del mestiere».

Kevin guardò la strada. «Ti sei portato il romano con la pistola?».

Italo allargò le braccia. «Come vedi sono solo».

«E che vuoi?».

«Una proposta, ma forse è meglio in casa?».

«No, è meglio qui fuori, c'è una bell'aria frizzante. Allora?».

«Tu Cristiano e Santino è da tanto che mettete in mezzo la gente col poker. Dimmi se sbaglio».

«Non sbagli, lo sai».

«E so anche che Cristiano s'è tirato fuori. L'ho incontrato, quindi non provare a mentirmi».

«E allora?».

«Io prendo il posto di Cristiano».

Kevin sembrò riflettere. «Vieni» gli disse.

Salima entrò nella stanza con due vassoi, come sempre qualche minuto prima di mezzogiorno. «Il pranzo». E come sempre Rocco indossò il loden e uscì senza guardare il cibo. «Neanche vuole sapere cosa c'è per pranzo?».

«Apprezzo il suo ottimismo nel chiamare pranzo quelle masse tumorali».

«Pastina in brodo e sogliola».

Rocco la guardò. «Sta scherzando, spero».

«Quando ni 'ortate 'na 'ella 'asta al zugo?».

«Curreri, non ci si metta anche lei!» fece Salima spazientita mentre gli lasciava il vassoio sul tavolino.

«'Er 'ortuna tra qualche giorno esco, e 'i 'angio tanta 'ella ro'a!».

«Meno male Curreri, torna a casa e vai a magna'».

Appena il vicequestore sparì dalla stanza Salima si avvicinò al degente del letto 11. «Curreri, un po' il vicequestore ha ragione. Lei è proprio uno scocciatore».

«'Erò ti amo».

«Latabesh bead, Curreri!».

«Che 'uol dire?».

«Non rompere, Curreri!».

Il solito giro per i corridoi. Damiano era sempre davanti alla televisione. «Ciao Schiavone».

«Ciao Damia'... me ne vado giù al bar. Serve qualcosa?».

«Se ti capita portami un gelato, grazie. Cornetto, per favore».

«Perché, esistono altri tipi di gelato?» e sorridendo andò a prendere l'ascensore.

Come sempre panini incellofanati dal dubbio contenuto, merendine colorate, quel giorno addirittura avevano sfidato la sorte con un'insalata uova sode e pomodori rosa. «Fammi un caffè. E dammi il panettone» indicò l'ultimo superstite. «Ne avete altri?».

«No dottore» rispose il barista, «finito questo, niente più panettoni. Se lo faccia durare».

«E poi mi dai un cornetto Algida, per favore».

«Subito».

«No, ora mi siedo al tavolino, mangio, e me lo dai dopo, sennò si squaglia».

Prese il caffè e il panettone e andò a sedersi ad uno dei tre tavolini di formica addossati alla parete coperta con una grande vetrina. All'interno c'era un misto di oggetti utili ai degenti. Rasoi usa e getta, schiuma da barba, tovagliolini profumati, fazzoletti di carta e poi una serie di mercanzie senza senso: una gondola, un cavallino di legno, una confezione di bocce. Gli venne voglia di comprarle e provare a sfidare Damiano nel corridoio di Chirurgia per vedere l'effetto. Sfondò il cartone e strappò un pezzo di dolce. Masticare quel bolo burroso gli chiuse lo stomaco. Doveva restituire al corpo qualcosa di più genuino. Negri aveva ragione. Prese il cellulare: «Anto', state arrivando?».

«Sì» rispose la voce del viceispettore.

«Fate il favore, fermatevi in una cazzo di rosticceria e prendetemi, che ne so?, mezzo pollo, du' patate, un morso di pizza che qui vado avanti a panettone da giorni. Vi aspetto al bar dell'ospedale».

«Ricevuto. Cinque minuti e siamo lì».

Mise a posto il telefono e nel bar entrò l'assistente di Negri, Petitjacques, insieme a due uomini in giacca e cravatta e occhiali, una divisa a metà fra i necrofori e i burocrati. Due infermiere e un medico che se ne stavano a chiacchierare uscirono dalla sala con lo sguardo basso, così fece anche un addetto alle pulizie. Come a rispondere a un ordine muto il bancone fu lasciato ai nuovi arrivati che parlavano fitto senza accorgersi di chi avevano intorno. Solo ora che lo osservava di profilo fuori dalla stanza Rocco si accorse della somiglianza quasi imbarazzante fra il medico e un tapiro sudamericano. Il naso prominente quasi gli finiva in bocca e gli occhi, grandi e distanti, lo imparentavano, proprio come quel mammifero, con i rinoceronti e i cavalli. Beveva il caffè ma a Rocco pareva che stesse ruminando. Quello si sentì osservato e girò la testa verso il tavolino. Vide Rocco e neanche sorrise al saluto che il vicequestore aveva accennato alzando la mano destra. Mise mano al portafogli, pagò e uscì seguito dai due individui lugubri.

«No, Piero, non ti do proprio niente!» gridò il barman a un uomo obeso che nonostante il clima era vestito con pantaloncini e una maglietta slabbrata che a malapena conteneva i rotoli di grasso. I piedi sformati giacevano in un paio di scarpe da jogging lacere. Quello insisteva sottovoce ma il barman era inflessibile. «No! Il dottore l'ha vietato!», ma Piero non si staccava dal bancone. Il ragazzo alzava gli occhi al cielo e scuoteva il capo. Poi chiamò Petitjacques che s'era fermato nel corridoio a chiacchierare. «Dottore? Per cortesia, può venire ad aiutarmi?». Quello tornò dentro e si avvicinò al paziente. Lo prese sottobraccio per allontanarlo ma il ciccione resisteva. «Andiamo, signor De Santis, venga con me per favore...».

Il degente cacciò un urletto acuto e si liberò dalla presa del medico. «Se voglio morire sono fatti miei!».

«Non qui dentro. Qui fa come dico io. Mi mangia poco, sano, senza grassi e zuccheri, fuori poi faccia quello che vuole».

Il ciccione tornò al bancone. Rocco s'era rotto i coglioni di quella scena da asilo infantile. Si alzò e raggiunse De Santis sotto lo sguardo stupito di Petitjacques. Si avvicinò all'orecchio e gli bisbigliò: «Te chiami Piero, vero?».

«Chi è lei?».

«Stammi a sentire, Piero. Tornatene a letto. Stai spaccando il cazzo a tutto il bar».

«Ma cosa vuole?».

«Se non muovi il culo entro dieci secondi stanotte vengo e ti strozzo nel sonno».

De Santis sbiancò. Guardò gli occhi del vicequestore. Qualcosa di vero dovette leggerlo, perché sgusciò fuori dal bar spaventato. Rocco guardò Petitjacques. «Non voleva morire...» disse, «a parole so' tutti eroi».

«Grazie» gli disse Petitjacques, poi abbassò la voce, «grazie anche per aver evitato una figura ancora peggiore».

«A chi si riferisce?».

Sorridendo il medico lasciò il bar.

«Ma che gli ha detto?» gli chiese il barman.

«Niente, l'ho pregato gentilmente di non piantare grane. Se lo avesse fatto poi gli avrei portato una brioche in premio».

«E ha intenzione di...».

«Sono un uomo che non mantiene le promesse».

«Ha fatto bene a sedarlo... c'erano gli alti papaveri qui» e con il mento indicò Petitjacques e i due uomini che si avviavano verso la porta dell'ospedale.

«Mi paiono dei cassamortari. Chi sono?».

«Ah, non lo sa? Quello più alto è il direttore amministrativo, l'altro è l'assessore alla sanità. Staranno cercando una linea difensiva».

«Per l'operazione di Sirchia?».

«Esatto. Oppure...».

«Cosa?».

«Oppure stanno trattando per il sostituto di Negri se l'ospedale non si decide a una difesa decente in sede istruttoria».

«E tu com'è che sai 'ste cose?».

«Sto qui otto ore al giorno e sono laureato in Scienze della comunicazione».

«Ah» fece Rocco guardandolo. «Non hai trovato niente di meglio?».

«No. Aspetto a darle il gelato?».

«Grazie, sì» e il ragazzo si mise a sciacquare le tazzine. Rocco tornò al tavolino, neanche pochi secondi e entrarono Scipioni e Casella. «Buongiorno dottore!» fece Casella che portava il computer e una borsa a tracolla, Antonio invece depositò il pacchetto della rosticceria sul tavolino. «Ecco qui». Rocco aprì l'involto. Due pomodori al riso e una vaschetta di patate al forno fredde e rinsecchite. «'Cci vostra» disse, «che cazzo m'avete portato? Io odio i pomodori al riso. E 'ste patate? Se ricordano mi' nonno in Cirenaica».

«Suo nonno ha fatto la guerra di Cirenaica?» chiese Casella stupito, ma Rocco neanche gli rispose. Schifato richiuse l'involto. «Annamo in stanza, va'...» poi si rivolse al barman: «Mi dai il gelato, per piacere? Tranquillo, non è per Piero».

«Chi è Piero?» chiese Antonio.

«Lascia perdere. Uno il tempo lo deve pure passare, mica te poi rincojoni' davanti alla televisione».

«Va' fuori dalle palle» disse Rocco appena entrato nella stanza.

«'Erché?» chiese Curreri dal suo letto.

«Questa è una riunione della questura di Aosta. Uno. Due, se non sparisci ti infilo la testa nel cesso».

Curreri si alzò e rapido sparì in corridoio.

«Chiudi la porta, Ugo». Casella obbedì. Antonio intanto aveva piazzato il portatile sul tavolino liberandolo dal vassoio del pranzo. «Un'occhiata l'ho data ai filmati di quella sera, ma non c'è niente di interessante». Schiavone si piazzò sul letto, Casella e Antonio presero due sedie per mettersi accanto a lui. «Che cerchiamo?» chiese Casella.

«La sera dell'operazione. Voglio vedere che traffico c'è stato in emoteca».

Antonio mandò il video. Le immagini erano in bianco e nero. Si vedeva il corridoio, in sovraimpressione l'orario. «A che ora è cominciata l'operazione?» chiese Scipioni.

«Verso le nove. Puoi andare avanti?».

Antonio eseguì. Alle 19:30 si vide Giuseppe Blanc uscire dal deposito del sangue.

«Che capelli ha questo?».

«Pensa, Antonio, sono verdi».

Casella aveva aperto il vassoio del pranzo. «Non lo mangia?».

«Sei pazzo?».

Casella arrischiò la sogliola. Sul monitor c'era sempre il corridoio deserto.

«Non è male, dotto'... è fresca» fece Casella.

«Per fortuna siamo in ospedale, Ugo» fece Rocco, «se te pija un infarto alla panza il pronto soccorso è qui sotto. Va' un po' avanti, Antonio».

Casella continuava a masticare il cibo.

Alle 20:00, come da orario sul monitor, apparve una donna di spalle. Mise le chiavi nella serratura, dopo una ventina di secondi uscì con due sacche di plasma.

«Ferma l'immagine!».

Il viso era chiaro e visibile. Sulla trentina, bionda, capelli corti.

«Chi è?».

«È Ilaria Giovannelli, l'infermiera della sala chirurgica» fece Rocco. «Riparti».

«Certo» rispose Scipioni.

Antonio mandò avanti il video. Si vedeva solo il corridoio deserto e non successe niente fino a quando il counter segnò le 22:21 e Rocco disse: «Puoi spegnere. È l'ora del decesso di Sirchia».

I tre poliziotti si guardarono. «Che abbiamo capito?» chiese Rocco.

«Che nessuno ha preso sacche dall'emoteca a parte quell'infermiera» rispose il viceispettore Scipioni.

«E che, è stato proprio un errore dell'ospedale?» azzardò Casella.

«Oppure...» disse Rocco.

«Oppure?».

Il vicequestore non rispose.

La fotografia della moglie di Baldi volò a velocità sostenuta fino a schiantarsi sulla libreria. Una pioggia di vetri precipitò sul tappeto, la cornice si spaccò in due punti. Baldi in piedi respirava a fatica guardando il risultato del lancio con gli occhi lucidi e i pugni stretti lungo i fianchi. Mentre era immerso in quello stato d'ira suonò il telefono. Come un panno su una macchia di grasso, il trillo ebbe la capacità di cancellare dal viso e dal cuore del magistrato tutta la rabbia e la frustrazione restituendogli il sorriso e una buona dose di serenità. «Chi parla?» disse con tono flautato.

«Dottore...» all'altro capo del filo la voce roca di Schiavone. «Ce l'ha due minuti? Devo parlarle».

«Mi dica, Schiavone, sono qui apposta».

«Dovremmo fare una ricerca patrimoniale sulla famiglia Sirchia».

«Posso conoscerne il motivo?».

«Il motivo è sempre lo stesso. A me qualcosa non quadra». Rocco era steso sul divanetto della sala d'attesa, in stanza proprio non riusciva a stare. Teneva una gamba sul tavolino e osservava gli altri pazienti. Damiano passò spingendo la sedia a rotelle. Si salutarono con un mezzo ghigno.

«Lei continua a non credere nell'incidente».

«No, per niente. Negri è un grande chirurgo, e anche il suo staff è di alto livello. A una leggerezza del genere non solo non ci credo, ma sento puzza».

«Non ricominci coi suoi odori, Schiavone». Baldi si era alzato per avvicinarsi alla fotografia della moglie. «Io la ricerca la faccio, ci metto un nanosecondo, spero che ci porti da qualche parte. Basta che lei mi dica che non s'è messo a indagare perché si annoia e non ha come passare il tempo».

«In realtà forse è anche così» rispose Rocco. «Però su questo incidente continuo ad avere questo pensiero fisso, non è un pensiero fisso magari, ovvio, però...».

«Però a volte le cose più ovvie sono quelle giuste» lo interruppe il magistrato guardando a terra la fotografia della moglie sorridente. «Avevo un amico, tanti anni fa. Faceva il musicista. Componeva canzoni. Non le dico il nome, un po' di successo l'ha avuto».

Schiavone alzò gli occhi al cielo. «Interessante» mentì.

«Lui mi diceva sempre: caro Maurizio, la sai una cosa? Alla fine i motivetti più scontati, i primi che ti vengono in mente sono quelli che funzionano meglio. Ha presente, Schiavone?».

«Dipende dalla musica che uno fa. Non vale per tutti 'sto discorso».

«No, ma spero che valga per noi. Magari ha ragione lei, il motivetto che sente è quello giusto. Le faccio sapere».

«Grazie dottore» e si rimise il cellulare in tasca.

«Schiavone!». La voce di Salima lo fece trasalire. «Ho visto che ha mangiato il pranzo!».

«No, Salima, l'ha mangiato un mio agente e se dovesse essere ricoverato denuncerò l'ospedale per tentato omicidio».

L'infermiera magrebina si avvicinò sorridente. Profumava di olio alle mandorle. «Vuole che le porti qualcosa da casa?».

Rocco la osservò interessato.

«Oggi è il compleanno di mio marito, mia suocera ha preparato la Rfissa. Sa cos'è?».

«No, ma suona bene».

«Allora si prepari a mangiare il paradiso».

«Senta Salima, può farne due porzioni? Sto chieden-do troppo?».

«Ma no, si figuri. A Casablanca cuciniamo sempre per un esercito».

«Pure a Roma». Con un sorriso l'infermiera lo lasciò nel salottino.

Dal fondo del corridoio apparve una figura femmi-nile in controluce, Rocco non riusciva a distinguere il viso ma la camminata e il corpo erano inconfondibili. Incedeva sui tacchi, elegante, come fosse sotto i riflet-tori. Poi il viso prese luce e riconobbe Sandra Buccel-lato. Lo guardava fisso con un mezzo sorriso e Rocco sentì un calore leggero salirgli dallo stomaco fino al vi-so. Quando fu a poco più di due metri la donna si fermò. «Posso sedermi?».

«Ci mancherebbe» disse Rocco invitandola sulla pol-troncina di fronte al suo divanetto.

«Non hai una bella cera».

«No, infezione in corso».

«E non dovresti stare a letto?».

«Non posso. Il mio vicino me lo impedisce».

«Qui prendi freddo».

S'era fissato a guardarle la bocca. Non comprese in pie-no quello che gli stava dicendo. In quel momento era sul divanetto avvinghiato a lei leccandola dalla punta dei pie-di alla cima dei capelli. Di tutto il discorso comprese so-lo «... questo... mi piacerebbe... capisco... bella cosa».

«Tu che mi dici?» chiese la donna.

«Scusa Sandra, non ho capito una beneamata di quello che hai detto».

«A cosa pensavi?».

«Meglio che non te lo dico, potresti ripetere?».

«Stavo dicendo, questo Capodanno mi piacerebbe passarlo insieme a te. Capisco se dici di no, però sarebbe una bella cosa».

«Ci sono tre problemi».

«Spara».

«Primo, non so se sarò fuori. Secondo, ho un mezzo invito dal dottor Negri. Terzo, io il Capodanno lo odio, è all'ottavo livello delle rotture di coglioni».

«Sopra il Natale?».

«A pari merito. Capodanno, Natale, Pasqua, Epifania, tutti sullo stesso gradino del podio».

«Ti smonto tutti e tre i problemi. Primo, credo che per Capodanno sarai fuori di qui, basta che te ne stai a letto. Secondo, è meglio non frequentare il chirurgo sul quale stai indagando...».

«Come fai a...».

Sandra lo fermò con un gesto della mano. «Terzo, ti giuro che anche io odio il Capodanno ma questa è un'occasione speciale».

«Cos'ha di speciale il Capodanno del 2014?».

«Niente. Speciale è dove lo passeremo».

«Posso avere un'anticipazione?».

«Fidati». Infilò una mano nella borsa e tirò fuori una cartellina trasparente. «Non sei persuaso che si tratti di un incidente, vero?». La giornalista saltava da un argomento all'altro con l'agilità di uno scoiattolo fra i rami.

«Diciamo che sono cazzi miei?».

Sandra sorrise. Gli consegnò la cartellina. Rocco la aprì. «Bello, vero? È il dépliant di una casa d'aste».

Rocco sfogliava le pagine di carta lucida. C'erano mobili, quadri, lampade. Sotto ogni foto la descrizione dell'oggetto. «Secrétaire riccamente intarsiato Luigi XVI base d'asta 3.000 euro... Coppia di vasi policromi Gibus & Redon seconda metà dell'Ottocento base d'asta 800 euro, natura morta con liuto di Evaristo Baschenis base d'asta 80.000 euro» alzò lo sguardo sulla giornalista. «Di che si tratta?».

«Più della metà delle opere che vedi in catalogo sono della famiglia Sirchia».

Rocco le restituì il catalogo.

«Dà da pensare, no?».

Il vicequestore annuì. «Quand'è che la fanno?».

«Lunedì mattina. Allora, per il Capodanno sei dei nostri?».

«Dei nostri chi?».

«È un favore che ti chiedo. Mi toglieresti dai guai se venissi con me».

«Che tipo di guai?».

«Familiari».

Si preparava un'altra notte di veglia in compagnia dei pensieri che tendevano a sfuggire ogni volta che un degente lanciava il suo urlo disperato al nulla. Un effetto inspiegabile, dipendente da chissà quale legge fisica o chimica, gli faceva aprire le palpebre appena poggiava la testa sul cuscino. Una specie di riflesso condizionato che non riusciva a risolvere, anche provando a chiudere gli occhi con forza, quasi a strizzarli. Niente da fare, si spalancavano offrendo alla vista un panorama avvilente. Il volto di Curreri coi labbroni e la bocca spalancata che russava come una sega circolare, il piccolo televisore spento appeso al muro, la porta aperta del bagno e il leggero ma insistente sciacquìo per una perdita del bidet, la giacca da camera lisa del suo vicino e le ciabatte di finta plastica intrecciata. Cos'ho davanti? Rieccolo quel pensiero fastidioso, torbido e malinconico. È iniziata la fase del decadimento? Non riusciva a non pensare al rene perduto. Si può campare anche con un solo rene, gli aveva detto Negri, e bene. Attenzione alla dieta, all'acqua, allo stress. Fatto sta che perdeva pezzi. Ricordava la sigla di un programma televisivo di comiche che mandavano in onda il sabato all'ora di pranzo. C'era un'auto o forse un camioncino che correva e man mano che affrontava strada e curve perdeva pezzi. Da bambino rideva, mai si sarebbe aspettato che fosse un'azzeccata metafora dell'esistenza. Un parafango, uno sportello, una ruota, un altro parafango, il tettuccio... Restava la scocca nuda e cruda, poi cominciavano i cortometraggi di Stanlio e Ollio e Charlie Chaplin. Anche lui perdeva parti del corpo, si lasciava dietro pezzi di carne, sangue, amori, amici, la sua città. Aveva sentito dire a suo padre decine di volte: «Dio mio, quando tocca a me fammene anda' via tutto intero». Rocco credeva che si riferisse agli arti, al suo corpo. Invece parlava anche di sua moglie, dei suoi figli. «Fammene anda' via tutto intero» per primo, cioè, integro nel fisico e negli affetti. A suo padre era riuscito. A lui no e non c'era modo di tornare indietro. Se n'erano andati tutti, uno alla volta, e lo stillicidio pareva non finire mai.

Si alzò, tanto di dormire non era cosa. Infilò il loden e uscì dalla stanza. Un lamento arrivava dalla camera numero 1. Doveva essere il generale. Lo davano in fin di vita da giorni ma quello asserragliato in trincea non avrebbe mollato fino all'ultimo uomo! Un atto eroico che non sarebbe stato riportato in nessuna cronaca. Si affacciò alla finestra. All'angolo col ferramenta c'era di nuovo l'ombra. Immobile, fumava una sigaretta, poteva vedere la brace. Chissà chi era, cosa aspettava, giorno dopo giorno, a orari impossibili, quell'uomo se ne stava lì, come se avesse a disposizione tutto il tempo del mondo.

Il corridoio era deserto, la porta del reparto chiusa. Passò davanti alla stanza delle infermiere. Salima era di turno. Aveva infilato gli occhiali e leggeva una rivista. Le passò davanti. Quella alzò appena lo sguardo. «Faccio un giro» mormorò Rocco, «non riesco a dormire». Lei annuì e tornò a leggere. Aprì la doppia porta e si ritrovò sul pianerottolo degli ascensori. Lesse la leggenda. Dove voleva andare? Chirurgia donne? Terapia intensiva? Ortopedia? Scese le scale fino al piano terra. La hall era buia a parte il riflesso bianco e rosso del neon esterno, le porte dell'ospedale chiuse, come il bar illuminato solo dal frigorifero delle bibite. Si affacciò dai vetri che davano sulla strada. Accanto al ferramenta l'ombra non c'era più. Avrà finito il turno, pensò Rocco, qualunque cosa quel tizio stesse controllando là fuori. Proseguì la passeggiata. Raggiunse gli uffici dell'amministrazione a quell'ora chiusi. Controllò e vide la telecamera della sicurezza puntata proprio su di lui. Peccato, si disse. Entrò nel bagno lì vicino. Accese la luce e si sciacquò le mani. La finestra sopra i lavandini era lunga e stretta. Salì sul lavabo e l'aprì. Dava su una chiostra interna. A sinistra, dietro delle enormi vetrate smerigliate si vedevano le scale che portavano ai piani, sulla destra invece finestre che dovevano portare ai bagni dell'amministrazione sotto le quali passava un tubo di metallo, probabilmente dell'aerazione. Non erano distanti, la soglia del davanzale era a mezzo metro da lui. E non avevano serrande.

Bene, si disse.

Scese, si rilavò le mani e uscì dal bagno. Nei corridoi lo attendeva una guardia giurata. Anfibi, un cinturone e una radio sulla spalla, abbigliamento ricopiato ai poliziotti dei telefilm americani, avanzò verso Rocco con uno sguardo severo. «Cosa sta facendo?» la voce bassa e potente della figura buia risuonò nella hall.

«Vicequestore Rocco Schiavone, questura di Aosta. Lei chi è?».

«Sicurezza interna. Perché gira a quest'ora di notte?».

Finalmente Rocco distinse il volto. Aveva dei baffetti da scemo, poteva avere 25 anni. «E da quando una guardia della sicurezza fa le domande a un vicequestore?» gli disse. «Sto facendo il mio lavoro, lei veda di farsi i cazzi suoi».

«Per quanto ne so io lei dovrebbe stare in reparto a letto a fare la ninna».

«Per quanto ne so io lei invece dovrebbe stare a casa a farsi le pippe davanti alla televisione». Rocco si avvicinò a pochi centimetri dalla faccia. «E non mi pare di aver sentito il tuo nome».

«Matteo».

«Non ce l'hai uno straccio di cognome, Matteo?».

«Matteo Blanc».

«Ma che sei il fratello di quello che lavora all'emoteca?».

«Sissignore».

«E perché non hai pure tu i capelli verdi?».

La guardia giurata lo guardò stranita.

«Matteo Blanc, torna alla guardiola e non scassarmi il cazzo». Rocco riprese la passeggiata notturna, ma l'uomo in divisa non mollava. «Lei non è autorizzato a girare per l'ospedale a quest'ora di notte».

«Un vicequestore è autorizzato a fare quello che gli pare, a qualsiasi ora del giorno e della notte, non lo sapevi? Anzi, siccome non ascolti domattina vengono due agenti a prelevarti e te ne vai un po' in questura. Che ne dici? Hai mai sentito parlare di intralcio alle indagini?».

«Indagini? Quali indagini?» il viso di Matteo si aprì in una smorfia di stupore.

«E che vuoi sapere, Matteo Blanc? Sei una guardia giurata, non puoi infilare il naso negli affari della polizia di Stato. Invece dimme un po'? Quelle porte che sono?».

L'uomo della sicurezza guardò alla sua destra. «Ambulatori, per le analisi e tutte le operazioni in day hospital».

Rocco proseguì la camminata. Arrivò in fondo al corridoio. «Questa porta?».

«Questa è dei sotterranei. Serve per passare da un'ala dell'ospedale all'altra».

Rocco la aprì. C'erano delle scale che scendevano, la richiuse. «Cioè se devo andare alla morgue posso passare di qui?».

«Esatto» rispose la guardia.

«Stamme bene, Matteo Blanc».

«Buonanotte» gli rispose quello e Schiavone tornò alle scale.

Quella breve passeggiata lo aveva fiaccato. Ripassò davanti alla stanza delle infermiere, Salima era ancora seduta, assorta nella lettura. Appena rientrato nella stanza si accorse che il suo posto era occupato. Tornò in corridoio e controllò. Non aveva sbagliato, era la stanza numero 5, la sua e di Curreri. Raggiunse il letto dove c'era un uomo molto vecchio che lo guardava con gli occhi spaventati e si era tirato le lenzuola fin sotto il mento. La bocca senza labbra leggermente aperta, mostrava i denti privi di gengive. «Chi sei? Che ci fai nel mio letto?» gli chiese Rocco, ma quello non rispose. Stringeva con le mani rugose la coperta e sembrava tremare dal freddo. «Questa non è la tua stanza» gli mormorò dolcemente, «non dormi qui. Dove dormi?».

Il vecchio deglutì un po' di saliva. «Dov'è Vincenzo?» chiese.

«Non lo so. Chi è Vincenzo?».

«Sei tu Vincenzo?».

«No, non sono Vincenzo. Sono Rocco».

«E Mariangela?».

Rocco sospirò. «È uscita, torna dopo. Come ti chiami?».

«Dobbiamo spegnere l'innaffiamento del giardino».

«Su questo ti do ragione».

«Glielo dici tu a Mariangela?».

«Domani, quando la vedo. Ora vieni con me, questo non è il posto tuo».

Il vecchio si guardò intorno, sperduto. «Dove... sono?».

«Nella stanza 5. Se mi dici come ti chiami ti porto al tuo letto».

«Primo».

«Primo è il tuo nome o è una posizione in classifica?».

«Primo Barenghi, generale di corpo d'armata Barenghi Primo, classe 1924».

L'uomo aveva 90 anni.

«Generale, è lei? Finalmente ci conosciamo. Sono Rocco Schiavone, venga, la porto al suo posto. Lei è nella stanza numero 1».

Il generale abbassò le palpebre. Un'onda di vergogna gli riempì gli occhi. «Mi scusi... mi scusi... mio Dio che figura» lento uscì dalle coperte. Era magro come uno spaventapasseri. Rocco lo aiutò a recuperare le pantofole. «Ero andato al bagno e...».

«Non si preoccupi, generale, ora la riporto a letto».

Il vecchio si agganciò al braccio di Rocco. Leggero come una libellula, era ridotto a un'idea di uomo. Curreri aveva smesso di russare. «Venga Primo, venga con me» lenti uscirono dalla stanza. Il generale non arrivava alla spalla di Rocco e si guardava i piedi come a voler controllare che non sbagliassero il passo. «Che ho detto prima?» gli chiese.

«Mi ha chiesto se ero Vincenzo oppure Mariangela».

Il generale emise un lamento.

«Chi è Vincenzo?».

«È mio fratello maggiore. È morto a El Alamein. Di certo non poteva essere lei» e un ghigno apparve sulle labbra secche e tirate. «Mariangela è mia moglie».

«È a casa?».

«Credo di sì. Poverina, è anziana, ha 85 anni» poi le spalle del generale ebbero delle piccole convulsioni. Stava ridendo. «Io che dico anziana a mia moglie, fa ridere, no?» e guardò Rocco. Aveva gli occhi chiari e umidi. «Ma forse è giusto. Il tempo non mi riguarda più, lo lascio a voi. È una variabile senza senso per me. Vede? Ora mi è tutto chiaro, sono quasi lucido, ma dura poco. Si sbrighi a portarmi a letto. Non le ho neanche chiesto come si chiama».

«Rocco».

«Rocco. È un bel nome».

«Ha figli?» gli chiese il vicequestore.

Il generale fece una smorfia e sbuffò. «Avevo un figlio».

«Morto?».

«Per me sì. È da qualche parte in Francia. Non lo vedo da...» si mise a pensare. Portò una mano ossuta e piena di vene davanti agli occhi. Il polso era ricoperto di lividi e sangue pesto. «... da più di quarant'anni. Chissà se è ancora vivo».

«Se ha preso dal padre scommetterei di sì».

Il generale strinse il braccio di Rocco e lo guardò con occhi duri, disperati, violenti. «Non ha preso niente dal padre, niente! Mi creda, i figli non sono una benedizione del cielo. Non li faccia!».

«Pericolo scampato».

«Bravo».

«Siamo arrivati, la 1» fece Rocco. Il compagno di stanza, una massa informe, dormiva sotto le coperte. In silenzio raggiunsero il letto del generale. «Ecco qui» sussurrò Rocco.

Primo si tolse le ciabatte e si lasciò andare sul materasso, a Rocco sembrò che emettesse un fischio, come un materassino del mare che si sgonfia alla fine della stagione. Lo coprì. «Buonanotte, signor generale».

«Fosse quella giusta» disse. Il viso nella penombra era illuminato dalla luce fredda e azzurrina di un neon del piazzale e gli scavava le guance e gli zigomi. «Ne ho viste tante, Rocco, tante che non puoi neanche immaginare. E la sera mi tornano in mente pezzi di vita, brandelli che non so più se appartengono a me o a qualcun altro. La sai una cosa? Però deve restare un segreto. Io nel '45 ero tenente. Ma ho preso il fucile e sono salito in montagna. In montagna, hai capito?».

«Sì, Primo. Ho capito».

«È servito?» chiese con gli occhi chiari puntati sul soffitto.

«Un po' sì, generale, un po' è servito».

«Non mi pare». Il vecchio chiuse gli occhi. Rocco gli sorrise e voltò le spalle. Non arrivò alla porta che il generale lo richiamò. «Vincenzo? Sei tu Vince'? C'è mamma!».

«Ciao Primo!» disse.

«Mamma?» sospirò il vecchio. «Mamma?».

Rocco uscì dalla stanza.

L'ombra aspettò ancora qualche ora riparata sotto la pensilina del pronto soccorso. Scartò una merendina zuccherosa e l'addentò famelica, poi infilò le mani coperte dai guanti in tasca. Solo quando il chiarore dell'alba l'avvertì che un nuovo giorno stava per spuntare si mosse e sparì rapida dietro l'angolo del palazzo.

Sabato

Un'infermiera magra come una lastra dei raggi alzò le serrande alle sei gridando «Buongiorno!» con una voce cinguettante e ottimista, di quelle che trapanavano le orecchie e scatenavano in Schiavone una furia cieca, aggravata dalle due ore scarse di sonno. «Ma che te strilli!». L'infermiera rimase al centro della stanza a bocca aperta.

Curreri invece si sedette sul letto e si stiracchiò emettendo un lamento assordante. «Curreri, chiudi quella fogna!» gli gridò Rocco.

«'Erché? Che ho 'atto mo'?».

«Sbadigli e lanci urla come 'na foca! Ma quand'è che ti dimettono?».

Curreri si alzò in piedi. «'Ado al 'agno. 'Osso?».

«Ma magari ce muori!» gli augurò il vicequestore.

«Vedo che anche oggi s'è svegliato con il piede giusto, Schiavone. Fra un po' arriva la colazione» fece l'infermiera uscendo.

«E sticazzi» rispose Rocco chiudendo gli occhi. Ma ormai i rumori dell'ospedale avevano sostituito il lugubre silenzio notturno e la luce della stanza era talmente forte da cancellare ogni ombra. Decise di alzarsi e andare al bar per la colazione. Caffè e brioche erano sicuramente meglio della roba che portavano al reparto. Si sedette sul letto e si toccò appena la ferita. Non sentiva dolore, ma avrebbe voluto togliersi almeno il cerotto e tenere la pelle all'aria. Si voltò a guardare fuori dalla finestra. Lo scroscio a cascata dei giorni precedenti aveva lasciato il campo a una pioggia leggera e costante, britannica. Lo sconosciuto era in piedi al solito angolo del ferramenta a fumare una sigaretta. Staccò il cellulare dalla ricarica, prese il loden e lasciò la camera. Nessun paziente nel corridoio. Si affacciò alla stanza 9. «Donato, vado al bar. Vuole niente?».

«Magari Schiavone» rispose quello che era ancora a letto.

«Cappuccino?».

«Sì. E se hanno una brioche alla crema» e passò la lingua rapida fra le labbra.

«Ricevuto. Mo' arrivo».

Si allungò per prendere il marsupio. «Poi però mi deve dire quanto spende, non è la prima volta che...».

Rocco alzò una mano. «Offre la casa, Dona'» e sorridendo raggiunse la porta del reparto.

L'ospedale riprendeva vita. Una notte in più per qualcuno, una in meno per altri, dipendeva dai punti di vista. Scese le scale. Il calore non arrivava fin lì, stringendosi nel cappotto raggiunse la hall e il bar.

Era ancora chiuso, guardò l'ora. Mancavano dieci minuti. Decise di aspettare davanti all'ingresso. In quel momento vide Cecilia, la madre di Gabriele, entrare in ospedale. Si nascose dietro una colonna. Stava sicuramente andando dalla psichiatra, la dottoressa Tombolotti. L'umore di Rocco migliorò sensibilmente. Non stai mollando Cecilia, si disse. Brava. Liberarsi della ludopatia non era uno scherzo, ma se c'era una persona in grado di trascinarla fuori da quelle sabbie mobili quella era Sara Tombolotti. E che Cecilia fosse nelle sue mani era proprio una bella notizia. Uscì, e protetto dalla pensilina si accese una sigaretta. Sulla strada macchine coi fari accesi illuminavano la tenda d'acqua quasi impalpabile che cadeva, un'ambulanza entrava nel pronto soccorso, qualche passante sotto l'ombrello si avvicinava all'ingresso. Sbirciò l'angolo col negozio del ferramenta. L'uomo di guardia non c'era. Peccato, avrebbe potuto finalmente guardarlo in viso.

L'inno alla gioia risuonò dalla tasca. «Schiavone».

«Ho pensato che in ospedale ci si sveglia presto, mi dica che è così».

«In ospedale non si dorme proprio, dottor Baldi».

«Ho fatto i compiti».

«Ma la sento affannato. Non mi dica che sta correndo sotto l'acqua».

«Sono appena due gocce, Schiavone. Allora, la famiglia Sirchia. Se vuole le mando un agente con l'incartamento così lo legge, ma a grandi linee la situazione è piuttosto buona. Qualche debito ma niente in confronto al patrimonio».

Rocco gettò via la sigaretta che finì la corsa in una pozzanghera.

«Mi riferisco alla società. È un po' indebitata».

«Cui prodest?» chiese Rocco.

«La morte di Roberto Sirchia? Mah, al momento credo a nessuno. Insomma, la moglie e il figlio ereditano una bella fabbrica e qualche debito».

Rocco si perse a guardare l'arrivo di una madre con una figlia piccola che sorrideva neanche stesse andando alle giostre. «Oltre alla fabbrica?».

«Be', ci sono quattro conti in banca personali, diverse proprietà immobiliari, quattro in Italia, una a Parigi e due a Londra. Sono intestati al figlio e alla moglie. La società ha solo gli uffici in via Festaz e la fabbrica».

«Ecco allora perché Sirchia aveva messo in vendita mobili e quadri a un'asta qui in città».

Percepì il fiatone del magistrato. «Quale casa d'aste?».

«La Augusta Pretoria».

«Ah sì? Bene, certo, evidentemente Sirchia era persona seria e onesta e voleva riappianare quei debiti. Si studi le carte, Schiavone, tempo ne ha».

Chiuse la telefonata e rimise il telefono in tasca, poi dal cancello vide entrare Gabriele con lo zaino sulle spalle e la faccia scura. Lupa tenuta al guinzaglio appena lo vide cominciò ad abbaiare e scodinzolare.

«Lupa!» gridò Rocco e si accovacciò. Gabriele mollò il laccio e il cane corse incontro al suo padrone. «Lupa, mannaggia alla miseria!». Lo leccava sul muso, sui capelli, con le zampe lo grattava, uggiolava felice di riabbracciare quell'odore familiare bagnandogli il loden. «E allora? Che fa la cagnona più bella del mondo?».

«La cacca» rispose Gabriele alzando il sacchetto pieno di escrementi del cane. «E sotto l'acqua non è allegro. Siamo a quota 60 euro, ricordatelo».

«Me lo ricordo. Come stai?».

«Lo vedi, vado a scuola».

«E Lupa?».

«La porto con me, se ne sta buona buona. E le do i biscotti».

«Infatti è un po' ingrassata. Non è un po' presto?».

«Volevo passare a trovarti. Com'è che stai fuori con questo tempo? Non avevi la febbre?».

«Dentro è un posto mal frequentato».

«Lo so. Mi ricordo quando mi sono operato al ginocchio, che tristezza. Facciamo colazione insieme?».

«E facciamo colazione insieme, però scaliamo dai 60 euro che ti devo per Lupa».

«Non scherziamo» fece il ragazzo entrando.

Gabriele era al secondo cappuccino e al terzo croissant. Rocco lo guardava masticare, sporcarsi le labbra e la giacca a vento di polvere di zucchero. «Mamma sta bene, un po' triste, lavora sempre e...».

«E s'è messa ancora nei guai?». Non gli sembrò il caso di dire al ragazzo di averla appena vista salire le scale verso l'ufficio della dottoressa Tombolotti.

«No, non credo. Cioè, a giocare non ci va più».

«Come fai a essere sicuro?».

«Lo so. Glielo chiedo ogni giorno e lei mi dice la verità. Lo so che è la verità. Mi sa che quelle cazzate non le fa più».

Rocco annuì e finì il suo caffè.

«Che c'è in quell'involto?».

«Questa è la brioche di Damiano e non la tocchi. Gabrie', magni quanto un termocamino, datti 'na calmata».

«Ieri sera non ho cenato».

«La casa?».

«Tutto a posto. Ah, ti ho portato un po' di posta» si mise la mano in tasca e consegnò un pacco di buste a Rocco. Erano tutte bollette. «Vuoi che le paghi io?».

«No, ci penso io. Fra un po' tanto esco».

«Che fai a Capodanno?».

«Ma che ne so. Tu?».

«Io vado a una festa di un mio compagno di classe. Mamma invece l'hanno invitata qui ad Aosta» prese l'ultimo sorso di cappuccino. Quando posò la tazza aveva un baffo di latte. Rocco gli fece segno di pulirsi. «Senza di te la casa non mi piace. Cerca di tornare presto».

«Mica mi diverto qui in ospedale».

«Lo so, però se hai la febbre stattene a letto e prendi le medicine sennò rischi di passare mesi rinchiuso qui dentro».

«Hai ragione, Gabrie'. Ma mo' che ci penso, la scuola mica è aperta. Dove vai?».

«L'abbiamo occupata e io tengo lezioni».

Rocco si lasciò andare sulla sedia. «Cioè fammi capire. Avete occupato la scuola e tu fai lezioni? Di che?».

Gabriele alzò le dita a forma di corna. «Rock. Dagli esordi ai giorni nostri. Un excursus sulla musica dei giovani, sulla rottura fra le generazioni negli anni '70, Woodstock, il rock come protesta. C'era una genera-

95

zione con un forte impulso rivoluzionario, quello fu un modo per dimostrare che invece di immaginare un mondo migliore in proiezione futura, si provò a praticarlo di fatto con il cambiamento dei costumi».

«Parole tue?».

«No, di un giornalista, Gino Castaldo».

«Me pareva. E quanti allievi avresti?».

Gabriele chinò la testa. «Due».

«Vai a ruba. Li conosci?».

«Sì. Uno è il mio compagno di banco che porta i dischi e l'altra è...» la pelle del viso di Gabriele si accese come lo stop di un'auto.

«Carina?».

Il ragazzo annuì.

«Innamorato?».

«Ma no!» urlò. «Cioè mi piace, io forse le piaccio...».

«Approfittane, Gabrie', donne caritatevoli non è che ce ne sono tante in giro».

«Non mi fai ridere».

«Non volevo farti ridere».

«Ero venuto anche a chiederti, nel caso...».

«Cosa?».

«Posso portare Marghi a casa?».

«No».

«Ma...».

«No. Quando tu e mamma ve ne tornate in un vostro appartamento farai quello che ti pare, a casa mia sapere che vi strusciate sul mio divano e lasciate liquidi osceni sulle mie coperte è fuori discussione».

«Liquidi? Che liquidi? Mica beviamo».

«Gabrie', vai che gli studenti t'aspettano» si alzò dalla sedia.

«Però un anticipo sui 60 euro?».

«Mado' che palle! Non mi sei venuto a trovare, sei venuto a esigere soldi e favori!».

«Un po'».

Il vicequestore mise mano al portafogli. «Tie', 50 euro. E fatteli bastare».

I soldi sparirono nelle tasche del giubbotto di Gabriele con la rapidità di una talpa nel terreno. «Grazie. Lupa, andiamo?» afferrò il guinzaglio e si allontanò. Rocco lo guardò camminare incerto nel controluce della porta e infilarsi il cappuccio. Quando lo vide attraversare davanti a un camion gigantesco una punta d'ansia lo colpì al cuore, come un insetto molesto.

Italo scendeva le scale veloce con una cartella sottobraccio. All'ultimo gradino incrociò Michela Gambino che per quel giorno di pioggia albionica aveva scelto una mise decisamente scozzese. Un basco col pompon rosso, un cappotto nero fino ai piedi dal quale spuntava un kilt di tartan rosso e viola. Si parò davanti all'agente. «Pierron? Vai dal vicequestore?».

«Sì, insieme a Scipioni che m'aspetta in auto. Gli devo portare degli incartamenti. Hai un messaggio per lui?».

«Sì. Digli che non mi tornano i conti».

«Riferisco...?».

«Queste esatte parole. Appena esce dall'ospedale lo attendo giù in laboratorio».

«Va bene, Michela, l'hai messa in banca».

«Fai male a fare ironia sulle banche. Sono al centro del più grande complotto della storia. Ti sei mai chiesto perché fallimenti milionari vengono supportati invece i piccoli ammanchi puniti con immensa severità?».

Italo pensò al suo conto perennemente in rosso. «No, non lo so».

«Perché vivi senza sapere una beata minchia, Pierron. Amunì, vado su dal questore» e sparì.

Italo uscì nel piazzale. Corse fino all'auto per ripararsi dalla pioggia. Dentro l'aspettava il viceispettore Antonio Scipioni. «Riprendiamo il discorso e fammi capire» disse Italo accendendosi la sigaretta. «Lucrezia sta venendo da te?» e mise in moto.

«Già». Antonio gliene fregò una. «Ma perché fumi 'ste schifezze?».

«I gradi t'hanno dato alla testa che ti sei già trasformato in Rocco?».

Antonio l'accese comunque. «Sale Serena, io ho mandato un SMS a Lucrezia di non venirmi a trovare ma quella non m'ha risposto».

«Chiamala».

«Ho paura che se ne accorga. Sai, la voce tradisce. Poi se mi fa domande a raffica?».

«Dille la verità, che stai lavorando come un pazzo sul caso dell'ospedale, guarda è pure uscito sul giornale» e indicò il quotidiano aperto sul cruscotto, «fotografalo e mandaglielo, ci crederà».

«Non è la verità. Cioè sì, è la verità ma la verità è che sale Serena».

«E mica è detto che lo verrà mai a sapere».

«È sua sorella».

Italo inchiodò al semaforo e sgranò gli occhi. «Cioè mi stai dicendo... ti trombi due sorelle?».

«E una cugina».

Italo guardò i pedoni attraversare. «No, aspetta aspetta, fammi capire. Lucrezia e Serena sono sorelle?».

«Sì. Morganti di cognome. Lucrezia ha 28 anni, Serena 26».

«E Giovanna?».

«Pure lei fa Morganti ma è figlia del fratello del padre. Ha 28 anni pure lei».

Italo spense la sigaretta. «Guarda che quando ti dicevano fatti una famiglia non era questo che intendevano» e ingranò la prima. «Mi sa che ci sono gli estremi per una denuncia».

«Dici?».

Antonio un po' sorrideva ma l'ansia lo attanagliava e gli occhi restavano seri.

«Due sorelle e una cugina! Come hai fatto finora?».

«Spostamenti rapidi, eclissi improvvise, cellulari ora accesi ora spenti, è tutto un gioco di finte, gimcane, falsi indizi...».

Italo lo guardò con profonda pietà. «Ma non sei stanco?».

«A pezzi» ammise Antonio.

«Ma loro non se ne rendono conto? Insomma una va ad Aosta, lo dice a casa, l'altra che deve pensare?».

«Non abitano insieme. Sono sposate».

Italo frenò un'altra volta in mezzo alla strada, accolto stavolta da una salva di clacson. Si voltò e cominciò a battere le mani. «Ammirazione, stima, sei il campione, mi genufletto, sei il mio eroe, guinness dei primati, statua al centro del paese, targa sulla casa dove sei nato, encomio presidenziale!».

«Dai, falla finita».

Un paio di auto insistevano a suonare il clacson.

«Tutte sposate?».

«Sì».

«Pure Giovanna?».

«Certo».

«Cominci a farmi ribrezzo» fece Italo.

«Vero? Anche io mi faccio un po' schifo».

Italo ripartì. «Sei nella merda, amico mio, sei nella merda. Prima di andare da Rocco mangiamoci qualcosa».

Antonio gettò la sigaretta dal finestrino.

«Guardiamola positivamente. Se le lasci non succede niente, perché, e te lo dico in tutta sincerità, non hai altra scelta. Ti devi tirare fuori da questo ginepraio».

«Inizio a pensarlo anche io».

«Stai facendo una cosa terribile, Anto'. Sorelle, sposate. Prendi il coraggio a due mani e chiudi le storie!».

Italo fermò l'auto in doppia fila davanti a un bar.

«Non ce la faccio. Guarda, ogni volta mi dico: ora gli parli, ne scegli una e chi s'è visto s'è visto. Ma a parte che non ce la faccio, io rischio di fare casino, insomma sono sorelle! Le metto una contro l'altra?».

«Scegli la cugina, allora».

«Ma la cugina è quella che mi piace di meno».

«Anto' e quante ne vuoi! Lasciale tutt'e tre. Un'altra la trovi. Ma stavolta libera e possibilmente figlia unica». Scesero dall'auto e corsero dentro il locale.

Un labirinto, nel quale s'era perso più di una volta. Era tornato indietro, chiesto a infermieri di passaggio, attraversato una sorta di galleria piena di tubi dell'aerazione. Se era facile raggiungere la morgue dall'esterno, dall'interno dell'ospedale era tutta un'altra storia. Ci impiegò quasi venti minuti prima di aprire una porta antipanico che immetteva sulle scale che lo avrebbero portato di nuovo al piano terra. Un percorso così tortuoso e sotterraneo sarebbe piaciuto alla Gambino, anzi, pensò Schiavone, forse ci avrebbe installato un laboratorio vero e proprio in quelle profondità. Appena mise piede nel corridoio alla fine delle scale notò il cambio dell'ambiente. Se l'ospedale manteneva un aspetto pulito e decoroso, splendido in confronto ai nosocomi dell'Urbe, lì i corridoi erano scrostati, il colore verdino burocratico la faceva da padrone, anche le luci erano più velate e riuscivano a malapena ad illuminare le pareti e il pavimento. Riconobbe la sala centrale con le panchine dove l'agente Italo Pierron sveniva ogni volta che faceva visita agli estinti, la doppia porta che immetteva nella sala autoptica e lì c'era Alberto Fumagalli che lo aspettava masticando una fetta di pandoro. «Che poi io preferisco il panettone un milione di volte» fu la prima cosa che gli disse.

«Non me parla' de panettone» rispose Schiavone, «so' giorni che mangio solo quello».

«Allora, seguimi. Andiamo ai frigoriferi» disse eccitato l'anatomopatologo. Aprì lo sportello e fece scivolare la barella. Apparve il cadavere di Roberto Sirchia. Oltre al taglio della sala chirurgica, quello eseguito dal dottor Negri, c'era il solito squarcio a ipsilon malamente ricucito. «Ti dico la verità? I motivi della dipartita sono quelli denunciati. Il sangue che gli hanno somministrato, sto facendo ancora delle prove di là ma credo di poterlo dire con certezza, era A Rh positivo».

«Sì, Michela me l'aveva anticipato, aspettavamo da te la conferma. E se ho capito bene A Rh positivo non si sposa col gruppo sanguigno del poveraccio».

«No, te lo ripeto ché sei duro di comprendonio, ma d'altra parte... il poveraccio aveva 0 Rh negativo e l'unico matrimonio che poteva fare era proprio con lo 0 Rh negativo. Qualsiasi altro gruppo sarebbe stato esiziale». Il medico finì il dolce e si pulì le mani sul camice lordo di macchie nere. «Rocco, hanno sbagliato sacca».

«La domanda è: come è possibile che su una sacca A Rh positivo ci sia un'etichetta 0 Rh negativo?».

«Questo lo devi chiedere al laboratorio. È un errore assurdo. Stanchezza?».

«Su una cosa così delicata?».

Fumagalli scosse il capo. «Guarda i turni. Guarda quanto lavorano medici e paramedici, spremi spremi la cazzata è dietro l'angolo».

«Sarà, ma io non ci credo».

«Liberissimo di farlo. Allora pensi che qualcuno abbia manomesso la situazione?».

Rocco non rispose. «Puoi ritardare a consegnare il cadavere, me lo dai un po' di tempo?».

«Cioè, fammi capire. Io dovrei coprirmi di merda per fare un favore a te?».

«Mi basta poco. Magari ti chiedo di rimetterci le mani?».

Fumagalli guardò l'orologio che portava al polso. «Mettici il meno possibile. Ora mi scuserai, ho finito il lavoro e devo andare a casa a farmi una doccia».

«Appuntamento?».

«Già».

«Con chi?».

«Com'è che dici sempre? Fatti i cazzi tuoi?».

«Senti, a veni' mi sono perso tredici volte. Qual è la strada più semplice per tornare ai reparti?».

«Non c'è. A meno che non te la voglia fare all'esterno, ma vestito così...» e indicò le ciabatte di Rocco. «Vedo che in fatto di calzature andiamo migliorando. Ora porti queste invece delle Clarks?».

«Stammi bene, Alberto».

«Anche te. Sei palliduccio, prenditele le medicine che ti danno i colleghi».

«Com'è che dico sempre?».

«Mi faccio i cazzi miei, sì» rispose annuendo l'anatomopatologo.

Scese le scale, si ritrovò nei sotterranei. Cercò di ricordare la strada ma senza punti di riferimento non era un'impresa facile. Prese il passaggio che gli sembrava più familiare, una decina di metri e arrivò in una saletta dove si aprivano due porte di ferro e un altro corridoio. Non ricordava di averle attraversate, preferì continuare nella galleria illuminata da vecchie lampadine che pendevano da pareti coperte da ragnatele. Un altro passaggio, questo ancora meno familiare, col soffitto più basso. Il rumore dell'aria calda nei tubi era un muggito cupo e continuo. Un Minotauro, nascosto in quelle profondità, mostro ctonio da affrontare e sconfiggere. L'odore di muffa e funghi permeava muri e pavimento. Due colonne, una porta di ferro che non veniva aperta da anni. Non riconosceva nessuno di quei luoghi, non era passato di lì, una scritta a vernice rossa «W INTER». Doveva tornare indietro? Se esiste un corridoio da qualche parte deve finire. Andare avanti, pensò. Un vecchio mobile di ferro arrugginito con le ante spalancate, due aste per le flebo. Una lama di plastica era quanto rimaneva di un'insegna. Si trovò davanti una porta antincendio. Spinse il maniglione e affrontò le scale. Vide di fronte a sé un corridoio dell'ospedale. Svoltò l'angolo e riconobbe l'emoteca. «Che cazzo...». Il cuore rallentò i battiti. Superò la porta del laboratorio tecnico, poi arrivò alla sala prelievi. Entrò. L'infermiere seduto alla scrivania stava parlando con una collega. I lettini erano vuoti, i séparé spalancati.

«Disturbo? Vicequestore Schiavone, questura di Aosta. Non mi chiamate commissario che mi girano i coglioni».

I due lo guardarono senza parlare.

«Mi rispondete a un paio di domande?».

«Certo, vicequestore» fece la ragazza piena di lentiggini.

«È per Sirchia, vero?» chiese l'uomo con la carnagione scura.

«Bravo. Dunque, chi ha fatto il prelievo a Roberto Sirchia una settimana prima dell'operazione?».

Si guardarono. La donna si morse le labbra. «Io» disse con un filo di voce.

«E di che si preoccupa? Non c'è niente di male. È registrato da qualche parte?».

Fu l'uomo a scattare. Andò a un armadietto di legno e vetro e prelevò un registro. «Riportiamo tutto qui» posò la cartella e cominciò a sfogliarla umettandosi l'indice.

«Per favore!» disse Rocco.

«Cosa?».

«Non si lecchi il polpastrello prima di girare la pagina. È una cosa che mi fa vomitare».

«Scusi...» continuò fino a fermarsi a metà fascicolo, scorse dall'alto in basso una lista. «Ecco qua. Nove giorni fa alle ore 8:15, prelievo Sirchia. È riportato anche il gruppo sanguigno».

Rocco si avvicinò a guardare. «Ottimo. Poi?».

«Poi il mio collega, io quel giorno non ero di turno, avrà portato le sacche ematiche al tecnico che le ha catalogate. Blanc, quello coi capelli verdi».

«Sì sì, conosco».

«Guardi, vicequestore» prese la parola la ragazza, «è impossibile che abbiamo sbagliato. Non può succedere, una volta etichettata c'è il medico che controlla registro e sacche almeno tre volte. È una questione delicata».

«Immagino. Però...».

I due infermieri allargarono le braccia.

«Dov'è l'altro tecnico?».

«Chi, Saverio?».

«Esatto».

«Domani torna dalle ferie. E ci dovremo sorbire tutti i racconti delle vacanze».

«Comprese le foto» si unì l'uomo, «ma io le evito, domani non sono di turno».

«Saverio ha un cognome?» domandò il vicequestore.

«Quinod».

Casella aveva preferito passare il Natale di turno in questura. Ma il suo non era stato spirito di sacrificio a vantaggio dei colleghi. Non avrebbe sopportato il rumore dal piano di sopra, dalla famiglia di Eugenia, la donna dei suoi sogni diurni e notturni. Saperli tutti a tavola, lei, suo figlio Carlo e magari anche la figlia che studiava a Torino insieme ai parenti sarebbe stata una prova inaffrontabile. I rumori delle sedie sul pavimento, le risate, lo schiocco dello spumante, piatti e posate. Aveva scelto quindi la solitudine della sala agenti in questura, con una lasagna comprata in rosticceria e il panettone monoporzione che aveva messo a riscaldare sul calorifero. Si era anche fatto un regalo, un bel portafogli nuovo che il suo era crepato e perdeva le monete dalla sacchetta interna. Al negozio l'aveva fatto avvolgere in una carta rossa con gli abeti disegnati e la neve, gli era sempre piaciuto aprire i regali il 24 sera. Aveva pensato di farne uno anche a Eugenia, ma poi aveva desistito. Neanche quindici giorni prima per il compleanno della donna le aveva mandato un mazzo di fiori e aveva sudato tutte le camicie a disposizione solo per scrivere il bigliettino. Ora si andava verso il Capodanno. Ancora non aveva avuto il coraggio di invitarla a cena, ma gli girava per la testa una mezza idea per l'ultimo dell'anno. Su un manifesto aveva letto di un cenone a soli 45 euro in un ristorante che si chiamava La Torretta. Antipasto, primo-secondo-contorno-frutta-torta e spumante. Un veglione come Dio comanda, aveva pensato. Dopo aver ballato, magari con l'aiuto di un paio di bicchierini avrebbe forse trovato il coraggio di dirle quello che da tempo gli stava incastrato in gola, anche se il discorso non era ancora pronto.

Uscì dal portone e se la ritrovò davanti. Era bellissima coi suoi capelli biondo cenere, gli occhiali blu intonati al giaccone, un filo di rossetto e gli occhi profondi e sinceri. «Salve Ugo» gli disse. Lui sorrise appena. «Passato un bel Natale?».

«Al lavoro, come sempre» rispose l'agente. Eugenia fece una smorfia. «Ogni tanto perché non pensi anche a riposarti?».

Era l'occasione per invitarla, Ugo aprì la bocca ma fu bruciato sul tempo dalla donna. «Per esempio a Capodanno che fai?».

«Non lo so» mentì. Poi si riprese, un'altra occasione simile non gli sarebbe capitata. «Stavo pensando... ti andrebbe di venire con me alla Torretta?».

«Cos'è?».

«Un ottimo ristorante. Antipasto, primo-secondo-contorno-frutta-torta e spumante» e sorrise.

Eugenia restò seria. «Non ti piace l'idea?».

Poi la donna recuperò il sorriso. «Perché invece non vieni con me a casa di amici? Una cosa semplice, quattro risate, festeggiamo la mezzanotte e magari poi qualcuno mette su un po' di dischi e balliamo».

«Sembra... sembra bellissimo, ma non mi conoscono, dici che...».

«Tranquillo Ugo, sono miei amici. Vedrai, sarà una bellissima serata» lo superò e si avvicinò al portone. «Allora intesi?».

«Eh?».

«No, dico per Capodanno, ti va?».

«Mi va? Certo sì, grazie».

«Non ti fare incastrare col lavoro e tieniti libero». Entrò nel palazzo per risbucare subito dopo con un sorriso appena accennato. «Ci rimarrei male».

Casella restò in mezzo alla strada per qualche secondo, la testa vuota. Poi realizzò. Eugenia Artaz lo aveva invitato a una festa. Una giornata così era da segnare sul calendario.

Curreri era sceso per delle analisi e Rocco si godeva la solitudine della stanza. Steso sul letto s'era fissato a guardare una macchia sul soffitto che sembrava l'Africa. Cercava di ricordare tutti gli stati africani, ma arrivato a 23 s'era fermato.

«Bella la vita, eh?» disse il viceispettore Scipioni entrando insieme a Italo. «Almeno sei in stanza e non dobbiamo andare in giro a cercarti».

«Come ti senti?» gli chiese Italo.

«Che volete?».

«Prima che lo dimentichi, messaggio della Gambino. Deve darti una notizia. Testuali parole: non mi tornano i conti».

«Quali conti?».

«Non lo so Rocco, come ho appena detto, riporto solo le sue parole».

Antonio gli allungò la cartellina. «Passiamo ad altro. Le manda Baldi».

Rocco l'afferrò e si mise seduto. «Avete già dato un'occhiata?».

«Sì, ma non è che abbiamo capito molto».

«E t'hanno fatto viceispettore» mormorò Rocco con lo sguardo fisso sui fogli. Cominciò a metterli in ordine sulla sopraccoperta.

«Mi dici che ne pensi?» gli chiese Italo.

«Non torna. Non torna niente».

«Che vuoi dire, Rocco?».

Il vicequestore non rispose, continuava a impilare fogli e a dividerli secondo una logica che i due poliziotti non riuscivano a capire.

«Li stai dividendo per...?». Antonio scrutava i documenti.

Italo alzò gli occhi al cielo. «Ciao Rocco, fa piacere anche a me rivederti...» disse senza ottenere reazione. Un ronzio sordo risuonò nella stanza.

«Italo, hai ricevuto un messaggio» lo avvertì il vicequestore sempre concentrato sui fogli. L'agente prese il cellulare e lesse. Era un messaggio di Kevin: «Stasera da me 20:30». Si rimise il telefono in tasca.

«Una donna?» gli chiese Rocco.

«Sì. Mia zia» rispose Pierron.

«Allora... queste sono le proprietà immobiliari», il vicequestore posò una mano su un mucchio di carte, «questo è il debito societario, questi infine sono i contratti che...» si congelò.

«Cos'hai trovato?».

«Bene» sorrise. «Ecco un bel contrattino. Dategli un'occhiata e ditemi come cazzo è possibile che 'sta cosa vi sia sfuggita!».

Antonio afferrò il foglio. Lesse. «Oh Madonna...» lo passò a Italo che impallidì. «Questo cambia un po' la situazione».

«E direi» fece Rocco afferrando il cellulare. Italo era rimasto col foglio in mano. «Dottor Baldi? Sono Schiavone».

«Lo so, il suo numero ce l'ho in memoria».

«In mezzo ai documenti ho trovato...», strappò il foglio dalle mani di Italo, «qualcosa di molto interessante. Lei non ha notato un contratto risalente al 2006 con la Zurich Italia assicurazioni?».

«Mi deve essere sfuggito».

«Annamo bene...» sussurrò il vicequestore.

«Come?».

«Ho detto annamo bene dottore! Ce l'ho qui. Stipulato fra Roberto Sirchia e la suddetta compagnia. Un premio di 15 milioni di euro in caso di decesso. Che sale a 23 milioni in caso di incidente o, peggio, di omicidio. Se invece la morte è dovuta alla negligenza del Sirchia il premio scende a 8 milioni».

All'altro capo del telefono silenzio profondo. Rocco sentì Baldi che si accendeva una sigaretta. «E qui non c'è traccia di negligenza della vittima».

«Mi pare ovvio, siamo più in zona colposo. Scompiglia le carte, no?».

«Più che scompigliarle è proprio un altro gioco, Schiavone».

Rocco alzò gli occhi al cielo. «Ma possibile che solo io penso che questo sia un omicidio? Dove state con la testa?». Italo e Antonio abbassarono lo sguardo, Baldi invece rispose: «Schiavone, si dia una calmata».

«Un documento del genere non vi doveva sfuggire!». Prese la bottiglia d'acqua dal comodino e ci si attaccò. «Dottor Baldi, fra un po' arriveranno gli ispettori della compagnia a controllare, stia certo».

«Lo immagino» il tono di Baldi si era fatto conciliante. «La cifra è consistente. Come vuole muoversi?».

«Devo uscire di qui, dottore. Almeno un paio di visite fuori da 'sto posto».

«Comprendo. Ha i suoi agenti?».

«Sono qui...».

«Mi tenga informato» e attaccò. Rocco guardò Scipioni e Pierron. «Sembra sia arrivato per me il momento di muovermi». Si alzò di scatto ed ebbe un giramento di testa. Si sorresse alla testiera del letto. «Non ce la faccio» e crollò seduto e chiuse gli occhi. «Cazzo!» borbottò fra i denti. «Mi sono rotto i coglioni di stare così. No ne posso più».

Italo si avvicinò. «Ci pensiamo noi. Qual è la prossima mossa?».

«Devo parlare col figlio e con la moglie di Sirchia».

«Hanno messo in mezzo un avvocato» fece Scipioni e tirò fuori il biglietto da visita dal portafogli. «Carlo Crivelli».

«Ce la fate per il pomeriggio a farmeli incontrare in questura? Poi me ne torno qui».

«Sicuro Rocco. Ti veniamo a prendere. Ce la fai?».

«Ce la faccio sì. Andate, andate che mi fate sentire peggio».

Aspettò che sparissero alla vista, poi prese il cellulare. «Michela?».

«Ah, eccoti. Te cercavo. Rocco, non tornano i conti!».

«Che vuol dire?».

«Semplice. Io ho controllato sei volte, perché non mi si dica che sono poco precisa. E dai reperti sequestrati in sala operatoria mancano all'appello un paio di guanti dell'équipe e pure una mascherina».

«Può essere che Antonio e Casella li abbiano dimenticati?».

«Però è comunque strano. Anomalia che ti volevo segnalare».

«La segnali anche in procura?».

«Certo, tu quando torni?».

«Presto. Non ce la faccio più a stare qui. Solo che gira tutto, Miche'».

«Lo capisco. Devi avere pazienza e soprattutto non prendere tutti i medicinali che ti danno. Lo sai? Nel 1997 un studio della Washington University ha acclarato che…».

«Michela? Michela, non ti sento».

«Rocco?».

«Grn brust fracceche».

«Eh?».

Rocco chiuse la comunicazione.

Era riuscito ad alzarsi e stava provando a sgranchirsi le gambe in corridoio quando dalla stanza numero 1 uscirono due infermieri che trasportavano un letto. Sopra c'era un corpo coperto dal lenzuolo. Era sceso il silenzio, due pazienti s'erano affacciati sulla soglia a osservare. Anche Damiano sulla sedia a rotelle guardava i paramedici che avanzavano lenti nel corridoio. «Chi è?» chiese Rocco con un filo di voce.

«Il generale» rispose quello che spingeva dalla testata. Rocco annuì. Poi si avvicinò al letto fermando la marcia funebre. Poggiò appena una mano sul lenzuolo. «Ciao Primo» disse.

«Indovinato! Un applauso per Arianna!» urlò un televisore lontano.

«Quando è successo?».

«Tre ore fa» gli rispose l'infermiere. Poi i due portarono il letto col corpo del generale all'ascensore. Aspettarono tutti che le due porte si chiudessero cancellando quella visione, poi si guardarono. «Poveraccio» disse Damiano.

«Almeno la notte si dorme» fece un paziente alto e robusto.

«Che hai detto?». Rocco lo guardò in viso.

«Che almeno la notte si dorme. Strillava sempre

'sto vecchio» e sorrise cercando complicità. Ma non la trovò.

«Come cazzo ti permetti, faccia di merda!». Rocco si avvicinò minaccioso all'uomo. «Vuoi dormire?».

«Rocco!» veloce Damiano si interpose fra i due con la sedia a rotelle. «Lascia perdere» gli disse. Schiavone stringeva i pugni e respirava a fatica. «Lascialo stare, Giuliano è un po' così...».

«Lei è un vicequestore, io non posso reagire» fece Giuliano.

«Ma de che? Io e te, ora, niente polizia, niente distintivi, niente di niente. Levate dar cazzo, Damiano!».

«Rocco, per favore!».

Due infermieri uscirono dalla loro stanza. «Che succede qui?».

«Vuole litigare» fece Giuliano.

«Dottor Schiavone, per favore».

Rocco superò Damiano e raggiunse Giuliano. «Be'? E adesso che vuoi fa'...».

Rocco caricò il destro ma i due infermieri furono più veloci e lo bloccarono. Non oppose resistenza, la testa gli cominciò di nuovo a girare. Fissava negli occhi Giuliano. «È solo rimandata, Giuliano. Quando esci io ti aspetto» e lo disse tranquillo, quasi con amore. Giuliano si era staccato dalla porta e si avvicinò al vicequestore trattenuto dai paramedici. «Credi che ho paura?».

«Dovresti».

«Io ti mangio il cuore» disse.

Rocco sorrise e annuì. «Mantienile le promesse. Io le mantengo sempre».

Giuliano si voltò per tornare in stanza. «Neanche fosse un parente» disse a un altro paziente che se n'era stato accucciato in un angolo del corridoio. Rocco si voltò e incerto si diresse verso la sua stanza. «Damiano, vieni, è ora di pranzo».

«Dico io, non ti tieni in piedi e vuoi litigare?» disse quello spingendo la carrozzella.

Damiano accanto al letto, Rocco seduto sul materasso, tenevano due cocci sul grembo e mangiavano avidamente. Curreri li osservava con gli occhi tristi del cane abbandonato. «Grazie Rocco, è una delle cose più buone del mondo. Com'è che si chiama?».

«Infissa, sfissa, non mi ricordo... ora che viene Salima glielo chiediamo».

«Rimette al mondo» disse Damiano con la bocca piena.

«Vero. Quasi ti scordi che stai in ospedale. Solo che credo che l'introduzione di cibi in ospedale sia vietata, quindi acqua in bocca e mangia».

«È 'uono?» chiese Curreri dal letto 11.

«Buonissimo» gli risposero in coro.

«Certo ci starebbe bene anche un po' di rosso, che ne dici?».

«Non esagera', Damiano, magnamose 'sta nfissa, come se chiama e godiamo».

«Me la fate assaghiare?».

«Col cazzo, Curreri. Mo' te portano la pappa pure a te».

«Riso in brodo e polpette». Damiano fece una smorfia. «Che poi polpette... io le mangio solo a casa, neanche al ristorante. Chissà che ci mettono dentro».

«Resti» rispose Rocco.

«Resti di che?».

«Meglio non indagare».

«Pane?» e Damiano allungò il cestino a Rocco. C'era da fare la scarpetta nel sugo scuro e denso che sapeva di lenticchie, pollo, spezie. «Damiano, ci sei mai stato in Marocco?».

«No».

«Appena puoi facci un salto. È un grande paese».

«Se cucinano così lo è sicuramente».

«E dai! Almeno la scar'etta?» insisté Curreri.

Damiano e Rocco lo ignorarono.

«Vedo che finalmente ha preso sul serio i miei suggerimenti». Il dottor Negri era appena entrato nella stanza. Rocco posò il coccio e fece per alzarsi dal letto ma il medico gli fece cenno di non scomodarsi.

«Ce l'ha portata Salima» fece Damiano in colpa.

«E a Curreri? Niente?» chiese il chirurgo sedendosi sull'unica sedia disponibile.

Rocco e Damiano si guardarono. Fu l'uomo con la gamba amputata a rispondere. «Ora gliela porta anche a lui. Non abbiamo il cuore di pietra».

Curreri sorrise. «Anche a 'e?».

«Sì, pure se non te lo meriti» gli disse Schiavone.

«Lei, Schiavone, come si sente?».

«Meglio. Ogni tanto mi gira la testa, ma meglio».

«E certo, lei se ne va in giro per l'ospedale... dovrebbe stare a letto».

Rocco lo guardò. «Due parole in privato» gli disse. Negri annuì e si alzarono per uscire dalla stanza.

Nel corridoio passò Salima. «Era buono?».

«Buono è poco, Salima, era la perfezione!».

L'infermiera sorrise e tirò dritto verso la stanza della caposala.

«Mi dica».

«Ci sono dettagli che non mi tornano, e io li sto mettendo insieme».

«Cosa intende?».

«Io agli errori così marchiani non ci credo. Soprattutto non credo che lei o i suoi collaboratori siate talmente distratti da sbagliare la somministrazione del sangue a un paziente».

«Dottor Schiavone, purtroppo può succedere, non è la prima volta che...».

«No, non può. Non qui e non a lei. La conosco appena ma sulle persone mi sbaglio raramente. Nella sacca c'era sangue del gruppo A Rh positivo anche se l'etichetta riportava tutt'altro».

Il chirurgo sgranò gli occhi.

«La prima cosa che viene in mente è un errore in emoteca. Ma vede, sul registro è riportato l'orario e il prelievo fatto a Sirchia, addirittura c'è segnato il gruppo sanguigno».

«Lei quindi esclude una distrazione tecnica?».

«Sì, la escludo. È il mio destino».

«Non la seguo».

«Vede, ho una personale classificazione delle rotture di coglioni che la vita nella sua indifferenza mi propina giornalmente. Si va dal sesto livello fino al decimo. C'è un po' di tutto, i tabaccai chiusi, Radio Maria, i calzini che al posto dell'elastico hanno un laccio emostatico, D'Intino, che è un mio agente, battesimi, comunioni, matrimoni, Natale e Capodanno. Ma al decimo livello c'è una sola, solitaria regina, padrona indiscussa del mio destino. E sa qual è?».

Il medico trattenendo una risata riuscì a rispondere. «Ho un sospetto».

«Già. Il caso sul groppone. È la più grande rottura di coglioni che esista perché lo devo risolvere. Non è sete di giustizia la mia, mi creda, è che non mi piace essere preso in giro. Solo che per capire mi devo trasformare».

«Non la seguo di nuovo».

«Devo entrare nel corpo del figlio di puttana che ha decretato arbitrariamente la fine di un'esistenza. Anche qui i nostri lavori si somigliano. Lei entra con le mani nei corpi, taglia cuce e guarisce; io con la mente devo infilarmi nella testa di questa gente, che è una palude, mi creda. Sporcarmi i vestiti, la pelle, diventare una creatura di quegli stagni luridi, fogne a cielo aperto. Lei si toglie i guanti, si disinfetta e torna a casa. A me la sporcizia resta attaccata addosso, non va più via».

«Perché mi fa questo discorso?».

«Se mi sono autoinflitto una simile tortura è perché so che qualcuno ha messo le mani dove non doveva. Che le stanno facendo pagare una colpa che non ha, a lei e alla sua équipe, e non posso assistere in silenzio a tutto questo. In più è l'unica distrazione che ho. Le chiedo ora di tornare con la memoria al giorno dell'operazione. Ci pensi su, rifletta, anche un particolare apparentemente inutile potrebbe rivelarsi determinante. Ho imparato che è nelle piccole cose che si nascondono i mostri».

«Sì, sì, capisco» il volto del chirurgo divenne pensieroso. «Ma adesso così, su due piedi...».

«No, adesso no, non è in grado. Ci pensi, che so?, quando torna a casa, la mattina appena sveglio, mentre beve il caffè, sotto la doccia. E magari quando meno se l'aspetta quel dettaglio riaffiorerà così» schioccò le dita, «da solo».

«La ringrazio».

«Non ha nessuno da ringraziare, dottor Negri. Sono io che ringrazio lei. E a proposito dovrei ringraziarla anche del fatto che oggi mi darà il permesso di fare un salto in ufficio».

«Io non ho neanche sentito, dottor Schiavone».

Entrò in questura scortato da Deruta. In testa uno zuccotto di lana, gentilmente prestato dall'agente pugliese, sulle spalle uno scialle a rose rosse su fondo nero, concesso per un pomeriggio da Irina, l'infermiera di Ortopedia. D'Intino quando lo vide salire le scale lo salutò con giovialità. «Dotto', ha turnate? Pare nu profugo».

Rocco si girò verso Casella. «Ugo, mi togli il pupazzo dalle palle?».

119

«Ci sta la Gambino che la cerca».

«Mo' nun posso, D'Inti'».

«Però dotto' non tiene la faccia della salute».

«Sempre meglio della tua».

Liquidato D'Intino tirò dritto fino ad arrivare nella sua stanza. Lo attendevano Lorenzo e Maddalena Sirchia insieme all'avvocato Crivelli, non arrivava al metro e sessantacinque, portava un maglione blu e i capelli neri pettinati all'indietro. Rocco aveva visto toporagni più espressivi di quel principe del foro. Maddalena non si alzò a salutarlo, il figlio invece gli tese la mano che Rocco strinse distrattamente e poi prese posto. «Mi dispiace avervi fatto venire in questura» esordì togliendosi il cappello e abbandonando lo scialle sullo schienale della poltrona. «Casella, fai venire il viceispettore, per piacere». Casella sorrise e uscì dalla stanza. Con tutta calma e sotto gli sguardi interrogativi dei tre convenuti Rocco aprì il cassetto della scrivania e controllò. Le canne erano al loro posto, gonfie e allineate come proiettili di un mitragliatore.

«Immagino sia per la denuncia all'ospedale» esordì l'avvocato, ma Rocco non rispose. Continuava a guardare nel cassetto.

«Che cerca?» gli chiese Crivelli.

Poi trovò la bustina di maria. Rapido se la fece scivolare nella tasca proprio mentre Antonio Scipioni entrava nell'ufficio. «Antonio! Allora, lui è il mio viceispettore».

«Ci siamo già conosciuti» fece Scipioni.

«Siediti... posso farvi portare dell'acqua? Un caffè?» e indicò la macchinetta alle sue spalle.

«No grazie» rispose Lorenzo, mentre la madre alzò solo la mano per comunicare il suo rifiuto.

«Allora, dottor Schiavone, immagino si tratti della denuncia» ripeté l'avvocato.

Rocco sorrise. Era il ritratto della gentilezza. «Mi serve un aiuto» disse.

«A disposizione».

«Dunque, il povero Roberto Sirchia, a proposito signora le mie condoglianze», Maddalena chiuse le ciglia per ringraziare sentitamente l'ufficiale, «purtroppo è deceduto in seguito a un errore di trasfusione, è giusto?».

«Giusto» fece Crivelli.

«Come avrete notato io non sto benissimo».

«Lo so, dottore, abbiamo letto i giornali. Lei è stato ferito in uno scontro a fuoco».

«Vero, avvocato, vero. Non me lo ricordi». Se gli occhi di Maddalena erano curiosi e arzilli, quelli del figlio erano due biglie di vetro, fissi e inespressivi. Rocco lo aveva già catalogato come *Cerastes cerastes* o vipera cornuta del deserto, le sopracciglia folte ad angolo acuto sugli occhi piccoli e gelidi sostituivano le corna tipiche di quel serpente. «E sono stato operato proprio di nefrectomia, e dalla stessa équipe che ha messo le mani sul dottor Sirchia. Converrete che un brivido accanto al rene mancante mi sia corso. Se a questo aggiungiamo che il defunto ha le mie stesse iniziali...».

L'avvocato annuiva comprensivo.

«Insomma ha tutta l'aria di un caso di malasanità».

«Nel quale mio padre ci ha lasciato la pelle» intervenne Lorenzo.

«Giusto, è così. E io non lo prendo sottogamba. Ora per me come siano andati i fatti è piuttosto chiaro».

«Anche per noi e per questo non capiamo che cosa siamo venuti a fare» disse Lorenzo accavallando le gambe. «Abbiamo una massa di impegni talmente enorme che non possiamo neanche permetterci il lusso di piangerlo».

«Qual è il motivo di questa convocazione, dottor Schiavone?» si intromise l'avvocato per stemperare l'aggressività del giovane.

«La procura» rispose Rocco.

«La procura?».

«Sì, avvocato, la procura. C'è un magistrato pignolo, fiscale, pedante che non mi dà tregua. Ha presente quelle persone che dormono tre ore a notte? Piene di idiosincrasie, che vedono sospetti dappertutto?».

«Chi è? Forse lo conosco».

«Certo che lo conosce. Maurizio Baldi».

L'avvocato alzò gli occhi al cielo. La madre e il figlio si lanciarono un'occhiata. «E che cosa vuole Baldi?».

«Qualcosa non gli torna. E mi spiego subito. Si tratta di questo» fece un cenno ad Antonio che si alzò e consegnò le fotocopie a Sirchia e Crivelli. «Lo riconoscerete sicuramente. È un contratto assicurativo stipulato alcuni anni fa».

Lorenzo poggiò immediatamente i fogli sulla scrivania. «E allora?».

«Allora, siccome il premio è altino e, a detta del magistrato, la fabbrica non naviga in buone acque...».

«Mi faccia capire» intervenne duro Crivelli, «il magistrato si è messo a indagare sulla famiglia Sirchia?».

«Il dottor Baldi non sta indagando proprio su niente. Sono gli agenti assicurativi che sono andati da lui, altrimenti avreste ricevuto un avviso, no? Caro dottor Crivelli, c'è una denuncia, un morto per cause ancora da determinare, insomma è omicidio colposo, lo sa? Che Baldi faccia muovere gli ingranaggi del suo cervello mi pare sacrosanto».

«Su questo sono d'accordo!».

«E allora, avvocato, la procura ci va coi piedi di piombo. È logico, comprensibile. Ora però io dico la mia. Mi sembra un controllo di routine, vi ho già detto cosa penso dell'accaduto, ma la mia posizione mi obbliga...».

«Non la faccia tanto lunga» disse Lorenzo agitandosi sulla sedia, «che vuole sapere? Se incasseremo? Certo che incasseremo. Se la fabbrica aveva bisogno di liquidità? Anche questo è vero. Non è un delitto firmare un'assicurazione sulla vita. Ma roba da matti! Mio padre è morto per colpa dell'incuria di quell'ospedale e noi dobbiamo ritrovarci sulla sedia degli imputati?». Maddalena poggiò una mano sul ginocchio del figlio.

«Ma quali imputati? Il nostro è un incontro informale. La legge può essere ottusa, Lorenzo, ma deve seguire l'iter che lei stessa si impone». Dopo la perla di saggezza guardò dritto negli occhi il giovane Sirchia.

«Non l'ha ancora capito? Io sono dalla vostra parte. Prima liquido la faccenda e meglio è per tutti!».

Le parole gentili accompagnate dal sorriso di Rocco sembrarono riportare la calma nella stanza. «Quindi è vero, c'è questo premio assicurativo. Scusatemi Lorenzo, signora Maddalena, Roberto aveva fatto testamento?».

«No» rispose il figlio. «Credo che si aspettasse in maniera legittima qualche anno in più di vita».

«Capisco. Ora è lei che prenderà in mano l'azienda?».

Fu l'avvocato a rispondere. «È chiaro, Lorenzo era il vicepresidente, è l'erede, tocca a lui».

«Be', la stimo. Non deve essere facile con questo dolore ristabilire le sorti di una società. Le faccio i miei complimenti».

«Vede, dottor Schiavone» fece Lorenzo, «i miei studi, le specializzazioni negli Stati Uniti, mi hanno preparato ad affrontare tutto questo. Prima o poi, certo avrei preferito fosse il più tardi possibile, sarebbe successo. E non le nascondo che una ventata di modernità non potrà che giovare all'azienda».

«Belle parole. Papà era un po' all'antica, eh?».

Lorenzo accennò un sorriso. «Papà era fatto così. Aveva cominciato dal niente. Da un negozio in periferia. E guardi dove è arrivato. Ma oggi i mercati non sono più regionali, oggi bisogna guardare lontano, noi facciamo un prodotto che è poco conosciuto in Italia, figuriamoci in Europa, o in Cina, o in America. E questo adesso la Sirchia & figlio dovrà fare: espandersi».

«È lo spirito giusto» fece Schiavone. «Signora, lei deve essere orgogliosa di suo figlio».

Maddalena sorrise chinando appena il capo.

«E come capirà questa espansione ha bisogno di investimenti. E lo sa qual è il momento migliore per investire?».

«Me lo dica» fece Schiavone.

«Quando si è in perdita. È allora che si deve premere l'acceleratore, senza paura».

«Come a dire: se si deve affogare meglio nell'oceano che in una tinozza».

Lorenzo si rabbuiò. «Ma noi non affogheremo».

«Bene» Rocco si alzò, «io vi ringrazio per essere venuti. Questo elemento che pare non facesse dormire il nostro magistrato è solo un dettaglio di poca importanza. Le faccio i miei migliori auguri per l'azienda, e ancora condoglianze... signora».

Si strinsero la mano soddisfatti e il terzetto lasciò l'ufficio di Rocco. Appena chiusero la porta Antonio si alzò. «Una gentilezza quasi incredibile. Ti sei travestito da poliziotto buono?».

«Tu e Italo seguite quel pezzo di merda. Io voglio sapere che fa, con chi si vede, se ha moglie, figli, fidanzate, fidanzati, se mangia la pasta con il cucchiaio e se va regolare di corpo».

«Ricevuto» disse Antonio e uscì dall'ufficio.

«Casella! Ugo!» gridò.

«Sei contento Case'? Perché sorridi? A che pensi?».

«No niente...» e chiuse lo sportello dell'Alfa.

«Mi sa che è la prima volta che ti vedo sorridere» e Rocco si accese una sigaretta.

L'agente non rispose e partì verso corso Battaglione Aosta.

«Che ne pensa, dotto'?». Rocco fumava e guardava la strada.

«Che ne penso? Mi sa che fra un po' dobbiamo ricorrere di nuovo al figlio della tua vicina».

«Carlo?».

«Si chiama così, no?».

«Il figlio di Eugenia? Sì!».

«A proposito, come vanno le cose con lei?».

«Ci sto lavorando» e Casella ingranò la marcia.

«In che senso?».

«Qualche passo avanti l'ho fatto. Forse trascorriamo il Capodanno insieme».

«Ah, ecco spiegato il sorriso da idiota che hai in faccia».

L'agente si voltò appena. «Eh...».

Rocco ricordò l'invito di Sandra Buccellato. «Bene Ugo, o la va o la spacca».

«Dice?».

«Dico di sì. Ma ora non andiamo all'ospedale».

«Ah no?».

«Vai alla fabbrica di Sirchia» si tolse lo zuccotto e lo scialle russo dalle spalle.

«Dov'è?».

«Dalle parti dell'aeroporto».

«Vuole comprare qualche prodotto?».

«No. Andiamo a fare domande».

Casella mise la freccia e senza aspettare fece una inversione a U sfiorando un camion della nettezza urbana.

«Vediamo di arrivarci vivi, Case'».

«Sissignore» e come se non avesse sentito il suggerimento accelerò.

Il radiatore della stanza agenti ronzava e sputava aria calda e secca. Sulla finestra appannata qualcuno aveva disegnato un cuore e due stelle di David. L'agente Pierron, con il mento poggiato sul palmo della mano, guardava sonnacchioso il monitor del computer. «Vuoi guadagnare 4.000 euro al mese? Clicca qui, comodamente da casa». Italo spense il computer. «Vaffanculo» mormorò.

«Con chi ce l'hai?» gli chiese Deruta, che cercava di far passare il tempo con un giornalino di «Zagor».

«C'era una pubblicità che mi invitava a guadagnare un sacco di soldi stando comodamente sul mio divano».

«Un mio cugino a Oristano lo fa. Questo mese ha guadagnato più di milletrecento euro» e Michele Deruta voltò pagina.

«E come?» si interessò Italo.

«Ha tre case in affitto a Santu Lussurgiu».

«Non è la stessa cosa, Michele».

«Sì invece, lui se ne sta comodamente sul divano».

«Ma aveva il capitale per comprare tre appartamenti». Italo si alzò e si stiracchiò.

«Villini» precisò Deruta.

«Quello che è».

«Vero» ammise Deruta, «ma sempre sul divano sta».

Antonio Scipioni si affacciò nella stanza. «Italo! Io e te dietro a Lorenzo Sirchia. Ordini di Rocco».

«Io?».

«Così ha detto».

Pierron si grattò la testa. «Senti Antonio, stasera posso essere sostituito?».

«Da chi?».

Italo guardò Deruta. «Michele?».

«Io?» disse quello poggiando il fumetto sulla scrivania.

«Veramente Rocco ha detto...» protestò Scipioni.

«Per favore Antonio, io stasera avrei un appuntamento» e Pierron fece l'occhiolino a Deruta. Antonio sbuffò. «Michele, tu? Hai da fare? Posso chiederti di venire a lavorare? Vuoi un invito scritto?».

«No certo, certo» si alzò in piedi. La pancia sbatté sul piano del tavolo facendo tremare due computer. «Basta che domattina all'alba mi lasci al panificio di mia moglie».

«Ogni suo desiderio è un ordine» fece Antonio. «Andiamo va'».

Mentre Deruta si infilava il giaccone Antonio lanciò un'occhiata interrogativa a Italo.

«Grazie Antonio, ti devo un favore».

«Stai facendo qualche cazzata?».

«Ma quale cazzata. No, è tutto a posto».

Il viceispettore scuotendo la testa lasciò la stanza seguito da Deruta.

La fabbrica era un enorme capannone innalzato dietro il negozio di vendita al dettaglio che sembrava un grande chalet di montagna. Legno e cristallo il tetto spiovente, se non fosse stato per la scritta a caratteri cubitali al neon «Sirchia & figlio produzione artigianale» lo si sarebbe potuto scambiare per un albergo a 4 stelle. All'interno lunghi banchi frigo mostravano i prodotti. Due ragazze giovani e bionde servivano i clienti. L'odore di salumi era quasi insopportabile. Rocco e Casella superarono la rivendita ed entrarono in un piazzale sul quale erano parcheggiati due camioncini con il logo della fabbrica sui portelloni. Infilarono una doppia porta a vetri e si ritrovarono negli uffici.

«Dotto', se facciamo domande glielo riferiranno sicuramente al figlio e quello rimette in mezzo l'avvocato».

«Non preoccuparti, Ugo». Una ragazza gli venne incontro. «Salve, come posso esservi utile?».

«Vorrei parlare con il responsabile di reparto».

«Qualche lamentela?».

«No. Maggiore Minetti». Schiavone tirò fuori dalla tasca interna del loden un foglio di carta e lo mostrò alla ragazza. «Finanza. Si tratta di un controllo rapido».

La ragazza lesse velocemente, poi impallidì. «Volete parlare con il nostro direttore delle vendite?».

«Non mi sono spiegato. Voglio parlare con chi mette le mani nel prodotto».

«Capisco. Però vede?, io sarei costretta ad avvertire la direzione e...».

«Se lei avverte la direzione qui arriva un esercito. Lo capisce che sto cercando di farvi un favore?».

La donna guardò il vicequestore negli occhi, poi annuì. «Ah... sì, credo di sì. Allora seguitemi» e con un sorriso fece strada. Rocco e Casella le andavano dietro attraverso un lungo corridoio. In sottofondo c'era un gran rumore di macchine. «Dove l'ha pigliato quel documento?» sussurrò Casella all'orecchio di Rocco.

«Ce l'ho da quindici anni. Minetti era un mio amico della finanza. Ora è morto. Dovresti procurartene uno, non sai quante porte apre senza troppe storie».

Casella mostrò una smorfia di apprezzamento.

La donna spalancò una doppia porta che conduceva in una sala enorme. La temperatura era scesa e l'odore di carne e sangue di macelleria insieme a quello pungente di spezie era penetrante e colpiva lo stomaco. «Produciamo mocetta con carne bovina, ma anche di cervo e di cinghiale» diceva la donna alzando la voce per coprire i rumori. Quattro operai coi grembiuli indossati sopra i maglioni erano davanti a dei macchinari. Alzavano e abbassavano delle leve.

«Lavorate anche di sabato?» chiese Casella.

«Sotto le feste sì, abbiamo un surplus di ordinazioni. Vedete? Qui la carne viene massaggiata, una volta lo si faceva a mano per 20 giorni, oggi con questi aggeggi ci vuole meno tempo». Si voltò sorridente. «Serve perché le erbe aromatiche penetrino per bene, lo sentite questo profumo?».

«Per non sentirlo uno dovrebbe essere affetto da anosmia» disse Rocco.

«Poi i pezzi vengono messi in questi enormi frigoriferi, mi correggo non sono frigoriferi...» indicò una decina di porte isolate sulla parete in fondo, «... sono stanze che servono per la stagionatura». Fecero strada a due uomini che trasportavano un carrello alto quanto un cristiano carico di salumi appesi. Uno dei due aprì una delle porte e insieme spinsero il telaio all'interno. «Ecco, vedete?».

«Signorina, non me ne frega niente di come fate 'sta mocetta. Voglio parlare con il caporeparto».

L'asperità di Schiavone non cancellò il sorriso dal viso della donna. «Siamo quasi arrivati» disse e si avvicinò ad un box di cristallo. «Sicuro che non volete vedere il reparto di macellazione e taglio delle carni? Potrebbe tornare utile».

«Grazie ma di cadaveri ne vedo anche troppi» rispose Schiavone, e senza bussare entrò nella stanza seguito da Casella. Seduto dietro una scrivania c'era un uomo enorme, anche lui come gli altri operai vestito con un grembiule bianco e un curioso cappellino con la visiera. «Mario? I signori sono della finanza, ti vogliono parlare», poi la ragazza si eclissò chiudendo la porta. Nell'ufficio il rumore della fabbrica era attutito, leggera risuonava una musica classica. L'uomo sorrise e si alzò in piedi. «Accomodatevi, piacere, Mario Petey, in cosa posso esservi utile?».

Schiavone si sedette sull'unica sedia a disposizione davanti alla scrivania. Casella rimase in piedi. «Signor Petey, ci serve qualche informazione. Come vanno le cose?».

Quello sgranò gli occhi. «In che senso?».

«Qui, in fabbrica».

Petey fece una smorfia. «Così così. Qualche anno fa andava meglio. Assumevamo, vendevamo parecchio. La crisi ha picchiato duro. Siamo sotto di almeno un 25 per cento di fatturato e non se ne vede la fine. Ora che è morto il padrone poi...».

«Com'era?».

«Chi, il padrone? Uno di noi».

«Alla mano?».

«Di più. Premi produzione, sempre a lavorare in fabbrica gomito a gomito, controllava la carne, se ne intendeva il Roberto. Gliel'ho detto, più che un padrone una specie di padre».

«Ma lui un figlio ce l'aveva già».

«Eh» fece Mario Petey e a Rocco non sfuggì la smorfia di disgusto.

«Non lo stima?».

«Cosa vuole, sono quelli che vanno in America e tornano con le idee grandiose. Giappone, Cina, Australia, vendere la mocetta in tutto il mondo. Pensi...» sorrise e si avvicinò appoggiandosi coi gomiti sulla scrivania di ferro che scricchiolò sotto il peso, «che per i paesi arabi vuole sperimentare una mocetta di pollo. S'è mai sentita una castroneria più grossa?».

«Non si può?».

«Ma per carità. Ci vuole carne forte, saporita, che regga gli aromi, cervo, cinghiale, bovino, anche equina, guardi, ma il pollo...» e scoppiò a ridere.

«Adesso comanda lui però».

«Le dico la verità? Son contento che fra due anni vado in pensione e non assisterò al tracollo».

«Glielo auguro. Lorenzo si chiama, no?».

«Il figlio? Esatto».

«Andava d'accordo col padre?».

«Vuole la mia? Qui in fabbrica io non l'ho mai visto. Sempre in ufficio, al telefono, Natale scorso guardi è successa una cosa terribile. Roberto Sirchia, insomma il padrone, faceva sempre il cenone per tutti i dipendenti. Ma mica un picnic, dottore, una cosa babelica».

«Cioè confusa?» disse Rocco.

«No, che confusa. Babelica, enorme, come dire?, esagerata, ecco».

«E usi le parole che conosce Petey, sennò qui famo notte!».

«Ha ragione. Allora alla cena tutti seduti al tavolo a ferro di cavallo, il figlio s'è presentato tardi, eravamo già ai secondi. Il padre l'ha preso sottobraccio e hanno fatto una litigata furibonda dietro una porta a vetri. Solo che ogni tanto i camerieri passavano con le pietanze e qualche pezzo di discorso mi arrivava. Tipo: sono operai, papà, operai, li tratti come principi; oppure: non mi interessa, papà, quando sarà mia le cose cambieranno».

«E poi?».

«Poi a un certo punto bam!». Mario picchiò un pugno contro il palmo della mano, il pino del tavolino vibrò. «Il padrone tira una machellà al figlio che lo fa sbandare».

«Che è 'na machellà?».

«Uno schiaffone! Il figlio se n'è andato e lui ha ripreso la cena come se nulla fosse successo. Io ero seduto accanto a lui e gli faccio: Tchatto, che accade? E lui mi risponde serio: Mario, quando andrò in pensione vedi di andarci anche tu. Ecco cosa mi disse».

«Lorenzo vuole espandersi, insomma».

«Non possiede i numeri, non possiede, come dicono gli inglesi visto che quello ha studiato in America?

Il no au! Farebbe bene a tenere quello che suo padre ha conquistato altrimenti qui rischiamo di andare tutti a gambe all'aria».

Rocco si alzò. «Mario, è stato di grande aiuto. Le devo chiedere un favore però».

«A disposizione».

«Questa conversazione non l'abbiamo mai fatta».

Gli occhi di Mario divennero due fessure, studiava il viso di Rocco, non capiva dove volesse andare a parare quell'uomo.

«Le spiego. Io sono stato mandato per controllare i conti del reparto, cosa che non voglio fare altrimenti a gambe all'aria ci andreste in meno di due ore».

Mario deglutì.

«Siccome la fabbrica mi piace, lei mi piace, mi piaceva Sirchia, io farò lo gnorri. Abbiamo parlato sì di conti, ma non ho riscontrato nessuna anomalia».

Mario annuiva mordendosi le labbra.

«Sono l'unico» proseguì Rocco, «che può garantire un futuro alla fabbrica. Ma se lei mi tradisce e se ne va in giro a parlare del nostro incontro, vi mollo al vostro destino e nelle mani di Lorenzo Sirchia. Chiaro?».

«Come il sole. Pas un mot, non una parola. Dottore, posso?» si alzò con difficoltà dalla sedia e aprì un piccolo frigo nascosto in un angolo sotto una fotocopiatrice.

Quando Rocco e Casella risalirono sull'auto il vicequestore gettò in grembo all'agente le tre mocette sottovuoto che Mario gli aveva regalato. «Magnatele te, portale a Eugenia».

«Grazie dottore, gradisco. Anche se io ho sempre saputo che se una cosa ti piace non devi mai andare a visitare dove la producono, altrimenti non la mangi più. Una volta sono stato in una fabbrica di cioccolato, e mi crede...?».

«Sì, Ugo, ti credo» tagliò corto Schiavone mentre quello metteva in moto e ingranava la prima. «Dove la porto? Ospedale?».

«Sì, sono stanchissimo, mi gira la testa e mi sento di svenire. Se poi scoprono che me ne sono andato sono dolori. Anzi lasciami all'obitorio».

«Così male si sente?».

«No, Ugo, rientro in reparto dal seminterrato».

«Cioè?».

«Mi sono studiato un percorso alternativo. Anzi delle tre mocette ridammene una che la porto a Damiano».

«Stia a sentire, dotto', se ne tenga un po' pure per lei, almeno mangia qualcosa di buono».

«I salumi per me so' veleno. A proposito, dopo che in ospedale te sei mangiato la sogliola, come ti sei sentito?».

«Tutto bene. Lei esagera secondo me».

«Chi abbiamo libero in questura?».

«Deruta e D'Intino».

Rocco chiuse gli occhi. «Stai scherzando?».

«No dotto', ha mandato Scipioni e Italo dietro a Sirchia».

«Si devono dividere...» prese il cellulare e fece un numero. Ma Pierron non era raggiungibile. «Che cazzo fa Italo, stacca il telefono?» e chiamò Antonio.

«Anto', dove siete?».

Sotto la voce del viceispettore si sentivano i tergicristalli andare sul vetro. «Sotto casa di Sirchia. Da quando è tornato dalla questura non è più uscito».

«Passami Italo».

«Non c'è».

«Dov'è?».

«Senti Rocco, mi ha chiesto di sostituirlo per oggi, pare che stasera avesse un appuntamento».

«Che cazzo!» imprecò Rocco mentre Casella impegnava seriamente le gomme dell'auto in una curva a velocità sostenuta. «Piano Case'! E chi c'è con te?».

«Deruta».

«Sì, ci sono io dottore» sentì gridare.

«Non è possibile» disse guardando il parabrezza.

«Ma che succede?» chiese Antonio che non capiva.

«Succede che ho bisogno di un normodotato!».

Antonio non commentò.

«E ci ho solo Deruta e D'Intino».

«Io l'accompagno, poi sono a disposizione» intervenne Casella. Rocco lo guardò. «No, Ugo, mi serve uno agile, tu non gliela fai».

Casella gettò un'occhiata all'addome e ammise sconfitto: «Come desidera».

«Antonio?».

«Dimmi».

«Adesso Casella ti viene a dare il cambio e su Sirchia ci si mette lui, tu raggiungimi all'ospedale».

«Sissignore».

«E di' a Deruta e D'Intino di venire lì anche loro. Ho una missione urgente da assegnargli».

«Sicuro?».

«E che altro posso fa'? Domani Italo me la paga» e Rocco attaccò il telefono.

«Ma che succede?» chiese Casella fermandosi al semaforo.

«Case', qui c'è poco da cazzeggiare. Prima portami in procura».

«Ancora? Ma non dovevamo andare in ospedale?».

«Fai come ti dico, Ugo» poi chiuse gli occhi.

«Se si sente male daranno la colpa a me» borbottò l'agente ingranando la marcia.

«Così te ne vai in pensione anticipata. Te la senti di stare da solo su Lorenzo Sirchia?».

«Dotto', io 'ste cose le faccio da quando avevo vent'anni».

«Lei dovrebbe stare in ospedale, o mi sbaglio?».

«Non si sbaglia».

Baldi aprì un cassetto e posò la fotografia della moglie sulla scrivania con la cornice rattoppata alla bell'e meglio. «Se non altro oggi non ha portato la belva che mi mangia il tappeto».

«Allora, dottor Baldi, è omicidio. Mi ci gioco il rene che m'è rimasto».

«Omicidio?».

«Sì» e il vicequestore con una smorfia si toccò la ferita, «ogni tanto i punti tirano».

«Deve fare una dieta particolare?».

«Povera di sodio e di proteine».

«Ah. Anche di quelle vegetali?».

«Anche quelle vegetali».

«E che mangia?».

«Carboidrati e ogni tanto pesce azzurro, oppure uova. Devo stare attento al colesterolo, ai trigliceridi, insomma una bella rottura di coglioni».

Baldi si lasciò andare sulla sedia. «Ingrasserà».

Rocco allargò le braccia.

«Io invece sto facendo una dieta proteica per perdere un po' di peso. Ma alla fine la sa la verità? Bisogna tagliare gli zuccheri».

I due si guardarono in silenzio. Fuori aveva ripreso a piovere.

«Di che stavamo parlando?» chiese Baldi strizzando un poco gli occhi.

«Dell'omicidio».

«Lei mi distrae, Schiavone!».

«È lei che ha cominciato».

«Ah sì?».

«Sì, chiedendomi della dieta». Rocco con dolcezza, attento a non tirare troppo i muscoli addominali, si sedette. La testa continuava a girare. «Dicevo omicidio. Solita domanda. Cui prodest? Apparentemente conviene alla famiglia. Ora passa tutto a loro, fabbrica, case...».

«E quell'assicurazione sulla vita».

«E mettiamoci anche i soldi che prenderanno dalla causa all'ospedale».

«Già. Che ha scoperto?».

«Che Lorenzo Sirchia, il figlio, ha manie di grandezza. Investimenti, spese, modernizzazione e tutte queste belle storielle dell'imprenditore due punto zero che pare non abbia mai messo piede in fabbrica, e queste manie ce l'ha da un po' di tempo».

«Scalpitava il ragazzo?».

«Scalpitava».

Baldi alzò le sopracciglia. «Tanto da volere la morte del padre?».

«Questo ancora non lo so, ma fra i due non correva buon sangue».

«E nel caso in questione forse doveva trovare un'espressione meno volgare».

«Ha ragione, ma mi è venuta questa».

«Lei ha la delicatezza di un trattore, lo sa?».

«Lo so».

«Mi stupisce come riesca a trovare sempre compagnie femminili pronte a dividere il letto con lei».

«Perché gli lascio più della metà del materasso».

Baldi sbuffò. «Di che stavamo parlando? Ah sì, omicidio. Quindi?».

«Quindi qualcuno ha cambiato l'etichetta della sacca destinata al Sirchia. Possono essere state solo due persone: Giuseppe Blanc oppure l'altro tecnico del laboratorio, Saverio Quinod, che però rientra domattina dalle ferie».

«Denaro?».

«Direi di sì».

«E allora gli diamo una controllata» segnò l'appunto su un blocco. «Mettiamo che scopriamo che è stato, che so? questo Blanc. Poi?».

«Poi dobbiamo capire chi l'ha mandato. Cioè se dietro c'è davvero Lorenzo Sirchia».

«Gli ha messo i suoi uomini addosso?».

«Uomini è un po' troppo. Diciamo un agente più o meno antropomorfo».

Deruta e D'Intino avanzavano nel corridoio del reparto guardandosi intorno. Sembravano entusiasti, due turisti in visita al museo.

«Qui!» urlò Rocco seduto sul divanetto della sala d'attesa. Antonio a braccia conserte in piedi dietro il vicequestore sembrava una guardia del corpo. I poliziotti li raggiunsero.

«Eccoci dotto', pronti».

«Ciao Antonio, pardon, viceispettore... Freghete dotto', fregn' assai qui! 'Stu post' fa paura. A Mozzagrogna ce li sugnemo ospedali così!» disse D'Intino eccitato.

«Coi letti...» aggiunse Deruta. «L'infermiere».

«Li medici...».

«Concentrazione!». Rocco li richiamò all'ordine schioccando le dita, anche se gli sguardi vuoti dei due agenti lasciavano poco da sperare. «Devo darvi un compito molto delicato e, credetemi, io non so se sarete all'altezza».

D'Intino scosse la testa.

«È difficile?» chiese Deruta che si era rabbuiato.

«Molto delicato. Si tratta di seguire una persona e non mollarla mai».

«Chi?».

«Il nome è Giuseppe Blanc. Lavora qui, in ospedale, all'emoteca».

«Come lo riconosciamo?».

«Fra mezz'ora stacca. È semplice, ha i capelli a spazzola verdi».

«Verdi?» chiese D'Intino.

«Esatto. Quindi non vi potete confondere. Io voglio sapere cosa fa, con chi si vede, dove abita, chi frequenta».

I due agenti annuirono.

«È pericoloso?» chiese Deruta.

«No».

«Perché tiene i capelli verdi?».

«Suona in un gruppo. Vi piazzate nella hall dell'ospedale, appena lo vedete gli state dietro. È chiaro?».

«Limpido, dotto'» fece Deruta.

«Però...».

Rocco alzò gli occhi al cielo. L'obiezione di D'Intino era nell'aria. «Che c'è, D'Inti'? Che ti rode?».

«Tenevo un cugino a Mozzagrogna che s'era pittato li capille viola».

«E?».

«Mica suonava. Pregava allu diavolo».

«Cazzo c'entra?».

«E se esce che 'stu Blanc è di una setta satanica?».

«Meglio. Mi dite dove si riuniscono, a che ora e cosa fanno nei riti. Se sacrificano una vergine, un capretto, un pollo...».

«Fa veni' li brividi». Deruta annuì d'accordo col collega. «Interveniamo?».

«Nel caso della vergine sì» ordinò Schiavone.

«Shine, so' capite. E se non è vergine?».

«Allora non intervenite».

«Come facciamo a sapere se è vergine oppure no?».

«Alla tua età Deruta ancora non lo sai?».

D'Intino mollò una pacca sulla spalla di Deruta. «È facile, Deruta. Se ha fatto l'amore non è vergine, sennò shine».

«Ah!».

«Levatevi dai coglioni, avete venti minuti».

«Dotto', n'atra cosa. Se avemo a sta' in macchina tanto tempo, nu panino, nu caffettuccio...».

«E allora?».

«Lo sa che noi non è che nuotiamo nell'oro».

Rocco sospirò. Si mise la mano nella tasca del loden e tirò fuori il portafogli. «Venti euro?».

«Freghete!» e D'Intino acchiappò la banconota.

«Ci sarebbe pure la benzina».

«Ma che cazzo, Deruta!». Rocco allungò altre due banconote da venti euro. I poliziotti rapidi afferrarono anche quelle e si allontanarono contando i soldi. Antonio si staccò dalla parete.

«Va bene Rocco, che devo fare?».

«Piove ancora?».

«No, mi pare di no».

«Benissimo, vieni con me». Si alzò e seguito dal viceispettore uscì dal reparto.

Nella hall poco trafficata gli ultimi visitatori stavano lasciando l'ospedale. Antonio e Rocco si avvicinarono al bagno del piano terra, quello accanto agli uffici amministrativi, a quell'ora chiusi da un pezzo. «Stammi a sentire, Antonio, lo farei da solo ma coi punti non ce la faccio».

«Già non mi piace».

«Devi andare nella toilette. Sopra i lavandini c'è una finestra, la apri, la scavalchi e ti troverai in una chiostra esterna, ma tranquillo, nessun pericolo, sei al piano terra. A destra ci sono le finestre dei bagni degli uffici».

«E quale sarebbe il compito?». Antonio cominciò a sospettare il peggio.

«Sai forzare una serratura?».

«No, Rocco, in polizia non lo insegnano».

«Tanto non dovresti averne bisogno, stamattina sono passato e l'ho lasciata aperta» gli sorrise.

«Rocco, io...».

«No, tu ascolti. Entri, vai nell'ufficio in fondo, la segreteria. Dietro c'è uno schedario di quelli antichi di legno. Apri. Trovi la cartella di Saverio Quinod, lavora all'emoteca, la fotografi col cellulare, rimetti tutto a posto e torni. Io ti aspetto qui».

Antonio Scipioni scuoteva il capo. «Ma non facciamo prima a chiederla?».

«No. Per due ragioni. La prima non voglio che il tizio sappia che gli stiamo addosso, voglio che stia tranquillo e faccia la sua vita di ogni giorno. La seconda è che per avere quel documento mi tocca andare da Baldi, perdiamo giorni preziosi e tempo non ne abbiamo. Hai capito?».

«E se la finestra non è aperta?».

«Allora torni indietro e rischierò di farmi saltare i punti».

«Lo sai che a me questi metodi non...».

«Diventa vicequestore e si farà come dici tu».

Antonio alzò gli occhi al cielo e entrò nei bagni. Rocco rimase fuori di guardia.

Appena entrato il viceispettore controllò che i bagni fossero tutti liberi, poi salì sul lavandino. Aprì la finestra e la scavalcò calandosi nella chiostra. A sinistra vide le grandi vetrate che davano sulle scale dei reparti, a destra due finestre che dovevano essere quelle dei bagni degli uffici. Salì sul tubo dell'aerazione e provò a spingere la prima. Era chiusa. Passò alla seconda che invece si spalancò. Scipioni sorrise e la scavalcò agilmente. Si ritrovò in un gabinetto. Richiuse subito la finestra, poi accese la torcia del cellulare. Nel box doccia c'erano scope e secchi, aprì la porta lentamente. Il corridoio era buio ma dalle finestre che si affacciavano sul piazzale entrava abbastanza luce da potersi orientare.

«Ancora qui?» la guardia giurata aveva raggiunto Rocco che se ne stava a braccia incrociate davanti alle porte della toilette. «Che vuoi, Matteo?».

«Che sta facendo?».

«Aspetto il mio collega che si sente poco bene e probabilmente adesso starà vomitando. Tu che fai?».

«Il mio lavoro».

«Che non include rompere i coglioni a un vicequestore, mi sembra che il punto l'avessimo chiarito».

La guardia giurata fece una smorfia, tirò fuori un mazzo di chiavi e si diresse verso la porta degli uffici.

Antonio era davanti allo schedario ma non riusciva a trovare il nome. Non erano in ordine alfabetico ma per livelli contrattuali: A, B, C, D. Non immaginava quante categorie di lavoratori esistessero all'interno di un ospedale. Tecnici audioprotesisti, terapisti della neuro e psicomotricità dell'età evolutiva, tecnici dell'educazione e riabilitazione psichiatrica, terapisti occupazionali e psicosociali, tecnici della prevenzione nell'ambiente e luoghi di lavoro. La categoria A riguardava i medici, i tecnici erano alla C e Quinod era un tecnico dell'emoteca. Cominciò a scartabellare. Per fortuna cognomi con la Q ce n'erano pochi. Tirò fuori la scheda di Quinod Saverio proprio quando la luce del corridoio si accese. Si guardò intorno. Non aveva molta scelta se non quella di infilarsi sotto la scrivania. Delicatamente spostò la sedia e si accucciò maledicendo Schiavone da una parte e la sua vigliaccheria dall'altra per non aver saputo rifiutare il comando che gli aveva impartito. Mentre se ne stava al buio senza quasi respirare, qualcuno accese la luce nell'ufficio. Antonio trattenne il respiro. Guardò lo schedario. Aveva lasciato semichiuso il cassetto. Sentì qualche passo, un respiro, poi sul pavimento di linoleum vide l'ombra del visitatore. Si sporse un poco. Portava gli anfibi. Era una guardia giurata. Dovette trattenersi dall'uscire allo scoperto e confessargli cosa stesse facendo a quell'ora di nascosto negli uffici, ma la prudenza lo frenò. Non se ne andava. Quanto tempo ci voleva per controllare un ufficio di pochi metri quadrati? Lo sentì muoversi verso la finestra e controllarne la chiusura. «C'è qualcuno?» e quella voce che all'improvviso lacerò il silenzio gli mise i brividi. Attese. La luce si spense. Di nuovo al buio Antonio chiuse gli occhi e ascoltò con pazienza i passi del visitatore nel corridoio. Doveva sincerarsi che la guardia fosse uscita dagli uffici. Poteva essere una trappola per stanarlo. Si mosse lentamente scansando la sedia e carponi raggiunse la porta. Sbirciò nel buco della serratura con qualche apprensione. La guardia era al centro del corridoio e si guardava intorno. Sembrava non sapesse cosa fare. Poi la vide puntare verso l'ingresso principale, spegnere la luce del corridoio e uscire.

Rocco accolse la guardia che usciva dagli uffici con un sorriso. «Come va?». Quello non rispose. «Trovato niente?».

«E che dovevo trovare?» gli chiese.

«Non lo so, sei entrato, forse cercavi qualcosa».

Matteo Blanc si mise le mani sui fianchi a gambe divaricate. «Il mio lavoro è quello di controllare».

«E lo sai fare secondo me. Prova in polizia».

«Con quello stipendio da fame?».

Rocco sorrise. «Non ti do torto. Però avresti dei vantaggi. Pensionistici, sanitari, possibilità di carriera, soprattutto dei colleghi meravigliosi con cui condividere un'avventura».

«Dice?».

«Scherzo» fece Rocco. «È un mestiere di merda, rischi la pelle e nessuno ti dice grazie. Lo sai perché sono qui?».

Quello fece no con la testa.

«Mi hanno sparato. Al rene. Per un mestiere simile quale sarebbe secondo te la retribuzione minima?».

Matteo Blanc alzò gli occhi al cielo e si mise a pensare. «Niente sotto i 5.000 al mese».

Rocco scoppiò a ridere. «Resta a fare la guardia giurata. Qui al massimo ti possono colpire con una stampella o tirarti dietro un catetere».

«Scherza? L'anno scorso da Psichiatria è scappato un paziente molto violento. Ha picchiato due medici e un infermiere, l'abbiamo fermato fuori dal pronto soccorso. Ci ho rimesso un molare» aprì la bocca e indicò il dente mancante.

«Brutta storia».

«Sì. E abbiamo anche subito un furto. Tutti i computer dell'amministrazione».

«E perché non avete messo le telecamere là dentro?».

«Questione di privacy. Senta un po', il suo collega?».

«Chi?».

«Quello che sta male».

«Ah. Boh, starà ancora vomitando» disse Rocco.

«Le dispiace se vado a vedere?».

«E la privacy per il mio viceispettore non conta?».

«Se si sente male io non posso lasciarlo da solo nei bagni dell'ospedale».

«Ci sto qua io. È sotto la mia responsabilità».

«Il viceispettore è sotto la sua responsabilità?».

«Già, il viceispettore».

«Ma sotto la mia c'è il bagno dell'ospedale. Che facciamo?».

«Lascia perdere il mio collega e vatti a finire il giro».

«Credo che stavolta non le darò retta» e spalancò la porta del bagno. Rocco lo seguì. «Dov'è?».

«Boh, in una di queste tre porte».

Matteo Blanc spalancò la prima.

Vuota.

«Qui non c'è».

«Infatti». Rocco stava pensando di aggredire quel rompicoglioni e minacciarlo delle peggiori vendette, e mentre rifletteva la guardia aprì la seconda: «Vuota anche questa. Rimane la terza» fece con un sorrisino ironico e aprì l'ultimo bagno. Seduto sulla tazza con la carta igienica in mano c'era Antonio Scipioni. «Ma che cazzo ti apri, imbecille!» urlò. Matteo Blanc richiuse rapidamente e rosso in viso si voltò verso Rocco che era a un metro da lui. «Hai controllato? Hai trovato il mio collega? Adesso hai due alternative. O sparisci o ti dilegui».

Matteo si allontanò e Antonio uscì dalla porta del bagno. «Bravo, Anto'».

«Culo, Rocco».

«Hai trovato la scheda?».

«Sì, ma non ho fatto le foto col cellulare. Non c'era tempo».

«Quando controlleranno l'avranno persa e chissenefrega. Bravo!» gli mollò una pacca sulle spalle. Scipioni era convinto che se fosse uscito pulito da quella situazione l'avrebbe maledetto in eterno. Invece si stupì nell'ammettere a se stesso che si era divertito.

«Rocco, ti posso parlare?».

«Di che?».

«Ho un problema diciamo... relazionale».

«Saliamo da me, prima dobbiamo occuparci di questo Quinod».

Gli sembrava molto appropriato che Saverio Quinod, tecnico dell'emoteca, vivesse a via Volontari del Sangue. Neanche troppo lontano da casa sua, pensava Antonio mentre parcheggiava l'auto, il che avrebbe reso comodo il lavoro nei giorni a venire. Stanco e affamato aprì il portone e accese la luce a tempo. Il viceispettore abitava al secondo piano, due locali, bagno e angolo cottura. Si sentiva il tocco di Lucrezia nell'arredamento di quel piccolo appartamento. Aveva messo dei cuoricini di latta un po' ovunque e scelto i tessuti delle tende e del copridivano. Sempre Lucrezia aveva rifornito il cucinino di Antonio con una quantità di attrezzi professionali. Tridenti, pinze lunghe di metallo, un curioso ninnolo con una molla sulla sommità, il pelatutto e perfino un cilindro di plastica per togliere la parte centrale dell'ananas. Oggetti che Antonio teneva in bella vista sulla rastrelliera e che mai si era sognato di utilizzare. La sua dieta si basava su quello che preparavano i bar della città e uova al tegamino. Anche il frigo era stato un acquisto di Lucrezia, un catafalco con un reparto per surgelare buono per una famiglia. Dentro vivacchiavano delle scatoline di plastica ermetiche piene di sughi, polpette, sformati preparati dalla ragazza ogni volta che saliva ad Aosta a trovare Antonio. E che mai il viceispettore aveva riscaldato nel potentissimo Panasonic che occupava mezzo bancone dell'angolo cottura. «Io ce l'ho uguale» gli aveva detto, «è ottimo. Pensa che puoi cucinare anche col vapore. Ha un sensore che rileva l'umidità del cibo così continua o interrompe la cottura da solo!» aveva annunciato fiera quando era entrata con lo scatolone in quei pochi metri quadrati. Sui quadri alle pareti Antonio non aveva voluto sentire storie. Li aveva scelti lui. Erano tutte opere di Deruta che nel tempo libero si dilettava nel ritrarre paesaggi, campi, montagne. Non erano un granché, sfioravano lo stile naïf, ma avevano qualcosa che rilassava Antonio. Deruta era orgoglioso che il suo collega ne avesse presi dodici per appenderli nel suo appartamento al vantaggioso prezzo di 50 euro in blocco. Neanche i soldi dell'olio per dipingerli, ma saperli a casa del viceispettore che li stimava lo aveva riempito di gioia. Si tolse il giubbotto e ripensò alla chiacchierata con Rocco. «Sei pazzo» gli aveva detto, «stai con due sorelle e una cugina? Sposate? Ma ti puzza campare?». Sostanzialmente il vicequestore aveva tagliato corto con la madre di tutte le domande: «Ma se dovessi pensare di non rivederle più, di quale delle tre sentiresti la mancanza?». Antonio ci aveva pensato qualche secondo. Poi aveva allargato le braccia. «Vedi Rocco» gli aveva risposto, «non lo so più. Una per un motivo una per un altro mi mancherebbero tutte e tre. Lucrezia mi riempie di affetto, è tenera e fare l'amore con lei è come accucciarsi in un rifugio sicuro. Serena invece è l'opposto, è una che mette tutto in discussione, con lei non puoi dare mai niente per scontato.

«Poi c'è Giovanna, la cugina, che parla poco, ma a letto è una belva. A volte facciamo giochi sadomaso, tipo mi lega al letto o la lego io con le sue calze e facciamo l'amore fino a sudare come fontane. Le piace farlo nei posti più assurdi, nei bagni di un ristorante, al museo, una volta pure in questura nella stanza delle foto segnaletiche...».

«Bravo, Anto'» gli aveva detto Rocco irritato, «che squallore, pari 50 sfumature de gricia. Tu non stai bene, devi troncare con tutte e tre. Primo, qui non sei in Arabia e la poligamia non è legale, secondo, sono sposate e se poco poco fai una cazzata ti ritrovi in un mare di guai. Esci dall'adolescenza. Fatti la rota come i tossici, cercati una ragazza tranquilla preferibilmente ad Aosta e soprattutto non trombare sulla nostra macchina fotocopiatrice».

Per fortuna le uova non erano scadute. Mise l'olio nella padella e attese che diventasse bollente. Il cellulare squillò.

Era Lucrezia.

«Amore, ti disturbo?».

«No, affatto. Che succede?».

«Vengo a trovarti» disse sottovoce.

«Ma hai letto il messaggio che ti ho mandato?».

«L'ho letto, ma... aspetta un attimo...» sentì dei rumori, una porta che si chiudeva. Sicuramente s'era rifugiata in bagno. «Pronto? Eccomi. Allora Aldo deve andare a un congresso e poi raggiunge dei colleghi a Roma. Io passerò lì il Capodanno con lui ma prima vengo da te!».

Un sottile strato di sudore cominciò a imperlare la fronte del viceispettore. «Ascolta, Lucrezia, io sono in mezzo a un caso difficilissimo».

«Non importa. Mi basta dormire con te».

«Ma a casa non si può».

«Come mai?».

«Ho gli operai» improvvisò.

«Gli operai?».

«S'è intasato il bagno, è inutilizzabile».

«Oddio, faranno un disordine del diavolo!».

«Tranquilla, ho fatto le foto e poi rimetto tutto come l'hai lasciato».

Sentì il rumore dello sciacquone. «E tu dove dormi?».

«Da un collega».

«E va bene, prenderò un albergo. È deciso. Mi bastano anche i ritagli di tempo, amore mio, non ce la faccio più. Scusa, devo andare. Ti amo» e chiuse la telefonata.

Antonio rimase col cellulare in mano seduto sulla poltroncina di velluto, anche quella acquistata da Lucrezia. E ora?, si disse. L'olio fumava. Corse al fornello e tolse la padella dal fuoco. Gli era passata la fame. Doveva bloccare Serena, a tutti i costi. Che poteva inventare? Una partenza improvvisa? La febbre? Addirittura un ricovero? Sua madre! Gli venne l'idea all'improvviso e come sempre la trovò perfetta. «Devo partire per Siracusa perché mamma ha dei problemi di salute» disse ad alta voce per sentire come suonava.

Suonava bene.

Più ci pensava più gli sembrava un'idea eccellente. Bastava poi una telefonata a Edvige, spiegarle la situazione e ordinarle di reggere la scusa in caso Serena l'avesse chiamata. Sua madre era in gamba, capiva e non l'avrebbe tradito. Stava per afferrare il cellulare quando il citofono suonò. «Chi minchia è a quest'ora?».

Non era complicato, bastava leggere con le lenti UV i segni sulle carte, invisibili a occhio nudo, e giocare a perdere, come sempre il collettore delle vincite era Kevin. Ormai conosceva tutti i trucchi e le regole, tiravano le carte dal basso o da metà mazzo se serviva; chi andava al punto prendendo le fiches con la sinistra indicava che avrebbe fatto il coniglio per tirare la volata. Stavolta in mezzo era capitato un ingegnere di Cogne. Un uomo silenzioso, con la barba lunga, portato da Santino. La posta era di tremila euro, pulirlo era questione di poche ore. Avevano cominciato col fargli vincere un paio di bei piatti, ordine di Kevin, e l'ingegnere s'era ringalluzzito. Santino perdeva tutte le mani anche quando, e Italo lo sapeva leggendo i segni sulle carte, aveva in mano punti altissimi. Kevin si scontrava con lui o con Santino, quasi mai con l'ingegnere e a metà della partita si ritrovava come sempre con il maggior numero di fiches, testa a testa con il convitato. Era un gioco piuttosto noioso, niente a che fare con le partite vere. E mentre guardava le carte, scartava, apriva e andava al rilancio a Italo venne da pensare che tempo prima c'era lui seduto sulla sedia dell'ingegnere a farsi truffare come uno sprovveduto. Ma la vendetta se l'era presa grazie all'aiuto di Brizio, e adesso era parte integrante del clan. Era lui a tirare la fregatura per guadagnarsi i soldi. I patti erano chiari. 50 per cento a Kevin e il resto diviso fra lui e Santino. Settecentocinquanta euro per qualche ora di gioco non era poi male, se pensava che a quel tavolo i soldi ce li aveva solo rimessi. Era Santino a dare le carte quando Kevin svuotò la pipa e staccò il bocchino dal fornello. Era il segnale per la stretta finale. Santino aveva servito un tris all'ingegnere ma un poker a Kevin. Italo aveva solo una doppia coppia. Prese i gettoni con la sinistra e andò all'apertura decidendo di tirare il piatto. Ci furono rilanci di Kevin e dell'ingegnere. Scartarono le carte. Santino servì un full di assi all'ingegnere che da buon giocatore non lasciò trapelare nessuna emozione. Kevin lo aspettava al varco come un gatto col topo stringendo in mano il poker di regine. Italo quasi non guardò le carte, non era importante, non stava giocando, era un lavoro. Con una doppia tirò ancora il piatto e l'ingegnere ci cadde, tronfio del suo punto. Santino rilanciò, lo stesso fece Kevin e Italo capì che era il momento di soprassedere e lasciò. Santino tirò ancora un po' con due rilanci, seguito dagli altri giocatori. Il piatto era molto alto, Santino mollò la mano lasciando soli Kevin e l'ingegnere. I rialzi si susseguivano fino a quando i due giocatori si guardarono negli occhi. «Tutto» disse Kevin spingendo le fiches sul piatto. «Cinquemila per vedere». Italo guardò l'ingegnere. Ci stava pensando. Gli fece pena. Si vide al suo posto, sicuro di avere un punto da cinquemila euro, incosciente che quell'uomo barbuto e insignificante gli avesse già preparato la trappola. Gli venne quasi da dirgli «Ingegnere, lasci perdere», almeno quello gli dettò la coscienza per un centesimo di secondo. Ma tacque, ormai il guado l'aveva superato e tornare indietro non poteva più. La giostra girava, i dadi erano stati lanciati, era seduto nella taverna di Kevin insieme a Santino per imbrogliare un povero fesso che ci cascò con tutte le scarpe. «Va bene se metto un assegno?».

«Certo» rispose Kevin. E l'ingegnere eseguì firmando rapido il libretto e lasciando volare il pezzo di carta che andò ad adagiarsi sulla montagna di gettoni di plastica. «Vedo i suoi cinquemila».

«Quattro donne» disse Kevin tranquillo e l'ingegnere impallidì. Poi si morse le labbra. «Buone» mormorò lasciando cadere le sue carte sul panno verde. «Signori, non ho più un soldo» si alzò. «Mi offrite un caffè?».

Santino si alzò immediatamente. «Venga con me in cucina, ce lo prepariamo insieme».

Kevin raggranellò la vincita e guardò Italo. «Ottimo Italo. Sembra tu sia nato per questo».

«Quant'è?».

«Tremila della posta più mille di assegno. Ti porti a casa quello che guadagni in un mese» disse sottovoce impilando le fiches.

Anche Italo lasciò il tavolo. «Vado a sgranchirmi le gambe» disse. Tutto il fumo della serata gli aveva infiammato le lenti a contatto UV. Si stropicciò appena l'occhio destro. «Levatele quando quello se n'è andato però» si raccomandò Kevin. «Poi ti ci abitui, tranquillo».

Fuori l'aria era fredda. Controllò l'orologio. Le undici, neanche tre ore di gioco. Almeno con lui si erano impegnati un po' di più. Guardò il salone e vide l'ingegnere che stringeva le mani a Kevin. A lui dedicò solo un cenno del capo, poi insieme a Santino lasciarono la taverna. Tornò a guardare i monti e le luci dei villini costruiti a mezza costa e nascosti dalle ombre degli alberi. Un quarto di luna si affacciava attraverso le nuvole. Sentì la presenza di Kevin e l'odore del suo tabacco. «Che hai?».

«Quando mi mettevate in mezzo giocavamo meno soldi» disse. «Non è rischioso?».

«Dipende dal pollo» gli rispose Kevin ciucciando rumorosamente il bocchino della pipa spenta. «Questo aveva un sacco di soldi, ha una villa a Cogne che è le sette bellezze. Tu eri un poveretto con uno stipendio, non potevamo calcare troppo la mano».

«Siete stati umani, insomma».

Kevin rise. «Diciamo di sì».

«Da quant'è che lo fate?».

«Saranno un cinque anni e a parte te, mai nessun problema, nessuno s'è lamentato, niente di niente. E sai il trucco qual è? La prossima volta all'ingegnere gli facciamo vincere un duecento euro, le chiamiamo le serate di beneficenza, così se ne va felice a casa e ritorna. Perderà un migliaio, poi vincerà un trecento e dopo un'altra bastonata come quella di stasera. Vedi? I clienti vanno accontentati».

«E come lo sai che quello tornerà?».

«Tu non tornavi?».

Serena era entrata tagliente con un «Eccomi!», aveva abbandonato il trolley nell'ingresso, un rapido bacio sulle labbra ad Antonio, poi si era lanciata sul divano allungato le gambe tolta le scarpe poggiato i piedi sul tavolinetto di cristallo e infine si era accesa una sigaretta. «Scusa, sono stravolta». I capelli neri allisciati dal parrucchiere di Senigallia si erano già arricciati per l'umidità e la pioggia. Aveva il naso piccolo, indagatore, sembrava fiutare l'aria intorno alla ricerca di un dettaglio fuori posto. Antonio si fissò a guardarle i calzini a righe. «Mi offri qualcosa?».

«Mi spieghi che succede?».

«Era proprio l'accoglienza che speravo. Anto', mi sono fatta ore di macchina, almeno un sorriso, me lo puoi regalare?». Si guardò intorno. «Bella casa tua. Allora non è vero che la dividevi con un collega. E mi toccava sempre andare in albergo?».

«No, se n'è andato e io l'ho ristrutturata».

Gli occhi scuri di Serena analizzavano ogni angolo dell'appartamento, due laser puntati cui non sfuggiva niente. Una smorfia, quella che anticipava qualche commento al vetriolo, le apparve sul viso. Si tolse gli occhiali e li poggiò sul divano. «Hai messo tutti cuoricini... come mia sorella».

«Ah sì?» fece Antonio.

«Ah no?» lo guardò dritto in viso. «Amore mio, ti devo parlare...» il tono s'era fatto sincero, profondo. Antonio andò a sedersi accanto a lei. «Serena, vai a letto, possiamo aspettare fino a domattina».

«Sono a pezzi» spense la sigaretta nel posacenere. «Al mobilificio è il periodo degli sconti maxi su divani e cucine, non ho tempo neanche di andare al bagno. In più

Massimo s'è preso una settimana di ferie per andare a fare immersioni a Sharm el-Sheikh, quel coglione, e torna per Capodanno. Devo preparare pranzo e cena per mamma e papà e tenere i figli a Giovanna che non so che problemi abbia».

«Ho capito, scusa, ascolta. Sei stanca come me e anche io sono a pezzi e...».

«Ho una cosa importantissima da dirti» e invitò Antonio a sedersi accanto a lei battendo la mano sul cuscino.

Antonio si sedette sul divano. «Ti ascolto».

«Sono incinta».

«Sei...?».

«Incinta. Aspetto un bambino. Anzi aspettiamo un bambino» e gli sorrise.

Il cervello di Antonio riuscì a sviare il blocco neuronale che la notizia aveva provocato e rapido come un criceto s'era messo a fare i calcoli. L'ultima volta che avevano fatto l'amore era a ottobre. Il 16 ottobre, onomastico di sua madre Edvige. 16 ottobre, due mesi prima. «Quando l'hai scoperto?».

«Quando ti ho mandato il messaggio».

«E di quanto sei...».

«Stai facendo i calcoli? Per sapere se è tuo?» gli occhi erano due braci, la bocca spalancata e tutti i denti in bella vista. «È tuo, Antonio, io e Massimo non facciamo più l'amore almeno da... da... non mi ricordo neanche più. Ah sì, guarda, è il regalo di compleanno che gli ho fatto».

Ancora il criceto rapidissimo a scavare nella memoria. Ricordava benissimo il giorno del compleanno di

Massimo, cadeva il 2 novembre. Spesso insieme a Serena avevano ironizzato su quella coincidenza col giorno dei morti.

«Ascolta Serena».

«Dimmi».

«Io adesso sono stanco e a pezzi e devo andare a lavorare».

«Come a lavorare?».

«Te l'ho detto che sono in mezzo a un caso? E poi questa è una notizia che capovolge una vita, ti rendi conto?».

«Non lo vuoi?».

«Aspetta, non correre alle conclusioni. Fammi metabolizzare, Cristo! Tu quanto ci hai messo per metabolizzarlo?».

«Dieci minuti, il tempo di vedere il test!» gli rispose.

«Ah sì? E cosa hai pensato?».

«Che ti amo, che abbandono il tetto coniugale e vengo a stare qui da te, questo sognavo. Ma non credevo di trovare un ghiacciolo. Sarà il clima di questa città?».

«Le cose si fanno in due. E visto che siamo in vena di sincerità, io e te abbiamo fatto l'amore il 16 ottobre, ricordi? Mentre il compleanno di tuo marito è il 2 novembre, e tu gli hai regalato una notte di sesso, quindi...».

«Dell'anno scorso».

«Come?».

«Io e Massimo abbiamo fatto l'amore l'ultima volta il 2 novembre dell'anno scorso. Ti sembro un elefante?».

159

«No, perché?».

«Perché gli elefanti hanno una gestazione di 22 mesi».

«Quindi è mio».

«È tuo. E solo il sospetto che hai avuto mi...» scoppiò a piangere. Antonio l'abbracciò, lei nascose il viso sul suo petto. «Scusami, scusami Serena, non me l'aspettavo. Insomma così, all'improvviso...» ma il criceto non si arrendeva, continuava a scavare nel cervello di Antonio Scipioni. E gli tornò in mente che Serena l'aveva rassicurato dicendogli che prendeva la pillola. Nel caso fosse rimasta incinta di Massimo, anche se raramente facevano l'amore, era una cosa che non avrebbe potuto sopportare. «Ma tu non prendevi la pillola?» le chiese delicato.

«Eh?». Serena alzò gli occhi bagnati.

«Mi ricordavo che prendevi la pillola».

«Quando non ti vedevo per un po' la interrompevo... avrò fatto male i calcoli».

«Serena, io sono un viceispettore di polizia. Faccio una vita infernale, guadagno poco e a mettere su famiglia a dirti il vero non ci avevo mai pensato. Sono quelle decisioni che uno rimanda, rimanda chissà poi perché».

«Ti fanno paura le responsabilità». Non l'aveva chiesto, l'aveva affermato.

«Forse».

«Io il bambino lo voglio, Antonio, con o senza di te. Sicuramente senza Massimo».

«Facciamo così, adesso tu vai a dormire, io ti raggiungo fra qualche ora, domattina svegli e freschi parliamo bene di questa situazione».

«Ma dove devi andare?».

«Devo seguire un tale. Te l'ho detto, c'è un omicidio di mezzo. Ora vai a letto e dormi» la baciò sulle labbra.

«Va bene, amore mio».

Si alzarono. «È pazzesco» fece Serena, «sembra il salone della casa di Lucrezia. Avete gli stessi gusti».

«Lei ti vuole bene?».

«Penso di sì».

«E allora vedi? Io e tua sorella abbiamo gli stessi gusti». Si sentì sporco, le mani lerce, evitò di toccarla mentre l'accompagnava verso la camera da letto.

Con la macchina parcheggiata davanti a un passo carrabile, il viceispettore Antonio Scipioni fumava e guardava il palazzo di Quinod. Solo tre luci erano accese. Una al primo e due al terzo piano. Fumava una sigaretta dietro l'altra e si gelava. Non voleva avviare il motore, il tubo di scappamento avrebbe denunciato la presenza di qualcuno all'interno dell'Alfa. Ogni tanto si soffiava sulle mani o beveva un sorso di tè che si era portato nel thermos. La radio a bassissimo volume, coperta con una sciarpa per nascondere le luci dei led, mandava le canzoni degli anni '80. Era l'unica stazione che prendeva, dunque doveva accontentarsi. Quando le palpebre cadevano come saracinesche, apriva il finestrino per far entrare aria ancora più gelida per provare a risvegliarsi. Ogni mezzo minuto invece gli toccava spannare il parabrezza. Ripensava a Serena e alla serata allucinante appena finita a casa sua. Era a un bivio, su questo non aveva dubbi. Suo padre aveva 23 anni quando lui era nato, e lui veleggiava tranquillo verso la trentina. Vabbè, pensava, altri tempi. Era dell'84 e aveva cominciato a lavorare nel 2004. Già era un miracolo che avesse un impiego in polizia. Per suo padre era stato diverso. Nato nel '61, in pieno boom economico. Aveva avuto la possibilità di cambiare tanti lavori, era stato in marina, poi su un peschereccio, poi aveva aperto una pompa di benzina e finalmente caporeparto vendite alla Conad. A lui un solo colpo a disposizione: polizia, prendere o lasciare. E Antonio aveva preso, ringraziando la buona sorte.

Un figlio.

Avrebbe reso nonni i suoi genitori. Questo pensiero gli tirò su il morale. L'avrebbe chiamato Francesco, il nome che voleva per sé. E se era una femmina Edvige, come sua madre. Chiuse il finestrino e tornò a guardare il palazzo. Era rimasta solo la luce al piano rialzato, la casa di Quinod. Era l'una di notte. Ma non vai a dormire? si disse. Come se l'inquilino l'avesse ascoltato la luce si spense. Antonio sorrise pensando al letto, alle coperte e al corpo caldo di Serena. Un minuto dopo si aprì il portone e ne uscì Quinod, intabarrato fino alle orecchie.

«Porco Giuda...» imprecò. Lo vide incamminarsi su via Volontari del Sangue. Scese dall'auto legandosi la sciarpa al mento. Lasciò che prendesse un vantaggio di almeno un centinaio di metri. La strada era deserta, non una macchina, non un rumore. Poteva sentire i suoi passi. Un vento leggero si intrufolava nel collo del giaccone. Si tirò su il bavero. Quinod camminava e fumava a passo veloce: sembrava avesse ben chiara la meta. All'improvviso si fermò. Gettò la sigaretta e aprì la portiera dell'auto.

«No...». Antonio corse indietro a riprendere l'Alfa. Ogni tanto si voltava per controllare. Lo vide uscire dal parcheggio. Aveva una Punto bianca. Doveva sbrigarsi. Mentre scattava già con le chiavi in mano il cellulare si mise a ronzare. «Non ora, non ora!» disse a bassa voce. Lo tirò fuori dalla tasca. Era il vicequestore. «Rocco?».

«Hai il fiatone?».

«Sto correndo all'auto. Quinod è appena uscito di casa».

«E tu dov'eri?».

«Lo seguivo a piedi, quello ha parcheggiato dall'altra parte del mondo» aprì la portiera, entrò, mise in moto e partì a razzo. «L'hai perso?».

«Non... non lo so. Avrà preso per viale Europa».

«Richiamami» disse Rocco e chiuse. Antonio svoltò in viale Europa appena in tempo per vedere i fari di un'auto girare a destra in corso Saint-Martin-de-Corléans. Per fortuna la strada era dritta e illuminata, visibilità ottima. La Punto era lì davanti. Il viceispettore tirò un respiro e con calma tenne la distanza. Richiamò Rocco. «Tutto bene, l'ho ripreso».

«Stagli attaccato al culo, scatta foto qualsiasi cosa stia facendo».

«Ricevuto».

«E se hai bisogno di rinforzi chiama quell'assentei-

sta di Pierron. Tiralo giù dal letto, prendilo a calci, fa'
tutto il necessario».

«Va bene, Rocco. Ha appena preso via Chambéry».

«Anto', che cazzo ne so dove sta?».

«Dietro la questura».

«Vabbè, occhi aperti. Chiamo Casella».

«Ma non dormi?».

«In ospedale si dorme solo se ti fanno l'anestesia».

Ancora una rotonda, poi la Punto imboccò via Car-
ducci. Avevano incontrato solo un'auto in senso contrario, se Quinod sospettava o aveva qualcosa da nascondere sicuramente si sarebbe accorto della presenza di Antonio. Invece pareva tranquillo e arrivato alla stazione girò intorno alla piazzola per parcheggiare
in via Cretier. Antonio lo superò per lasciare l'auto davanti al tribunale. Quinod, un'ombra in lontananza,
sparì nei giardinetti della stazione. Antonio rapido si
avvicinò. Poi vide una fiammella e il viso di un ragazzo illuminarsi mentre si accendeva una sigaretta. Aveva individuato il gruppo. Quinod stava parlando con
due tizi, quello che fumava era bassino coi capelli rossi, l'altro un nero alto e con i capelli rasati. Non poteva sentire quello che dicevano ma non era difficile in-
tuirlo. Si mise a scattare fotografie col cellulare. S'a-
spettava uno scambio di bustine e invece il ragazzo più
basso spense la sigaretta e mollò un diretto in faccia a
Quinod che barcollò all'indietro. Subito anche l'altro
gli fu addosso. Il viceispettore stava per intervenire ma
si bloccò al riparo di un tronco d'albero. Quinod era
finito a terra, gli altri due lo stavano scalciando. Non

164

un grido, un lamento, tutto stava accadendo nel silenzio che avvolgeva la città. Il pestaggio finì e i due si allontanarono verso il viale. Quinod era a terra. Forse adesso era il caso di agire, fingendosi un nottambulo che rientrava a casa. Ma lo vide rialzarsi, pulirsi i pantaloni, sputare per terra un paio di volte e tornare lento verso l'auto. Aspettò che rientrasse in macchina, poi andò a prendere la sua. Lo seguì fino a casa, attese che la luce al piano rialzato si accendesse, poi finalmente il buio si impossessò dell'appartamento e Antonio poté lasciare la vigilanza. Doveva solo chiamare Rocco e raccontargli quello che aveva visto.

Domenica

Dopo l'ultima telefonata di Antonio, aveva passato un'altra notte a saltellare fra il sonno e la veglia mischiando i sogni con la realtà, camere sconosciute con quella che divideva con Curreri. Si era ricordato la casa di Trastevere, piccola da poter sentire i respiri dei genitori e dei vicini attraverso le pareti. Lui non aveva la stanza, quando era notte si apriva la poltrona letto nel saloncino e dormiva lì. A 16 anni ci portò la sua prima fidanzata su quella poltrona letto. Mezz'ora, il tempo che sua madre tornasse dal mercato, era bastata e avanzata. Come si chiamava la sua fidanzatina? Myriam! Chissà che fine aveva fatto. Era stata anche con Brizio. La sua prima casa da scapolo alla Lungaretta, poco più di un seminterrato. All'epoca non stava più con Myriam. Non ricordava. Forse Barbara, la cugina di Furio? O era Claudia? Poco importa, si era detto, anche quel monolocale lo ricordava appena. C'era la moquette a terra e puzzava di umido. Ma era casa sua. Tutti luoghi persi per sempre. In fondo, pensò, si può riassumere la vita con tutte le stanze che ho abitato. E dire che la numero 5 dell'ospedale avrebbe potuto essere l'ultima. «Quale sarà l'ultima? E sarà una stanza?». In ognuna ci aveva lasciato qualcosa. Amori, sogni, vestiti, sua madre e suo padre, Marina, un rene. «Che cazzo vuole?» gridò in sonno a un trattore senza autista che lo seguiva sul marciapiede. Aveva riaperto gli occhi, c'era solo Curreri che russava. Succede nel sonno, aveva pensato, che un rumore esterno uno lo reinterpreti e lo traduca nell'incubo che sta facendo. Occhi chiusi, occhi sgranati. La pioggia fuori, la puzza di minestrina e di medicine. Il ronzio costante di qualche presa d'aria e lo scarico del bagno. Un lamento fievole dal corridoio, ancora occhi chiusi. La ferita che tira un po'. «Lei non mi mangia» il faccione di Jerry, dov'è l'anestesista? Avrebbe dato una mano per una soluzione di Diprivan per endovena. Almeno avrebbe dormito, senza sognare palazzi che si sgretolano, senza buchi della memoria e quell'odore se ne sarebbe andato per un po'. Venisse Marina, aveva pensato, ma non s'era vista. Anche lei diradava le visite. Una porta sbattuta, ancora un lamento fievole, dei passi trascinati, un chiacchiericcio sommesso, ma erano Brizio e Furio appollaiati sul muretto del suo terrazzo a Monteverde. «No! Cadete!». E quelli si erano buttati giù.

La luce del giorno diafana e debole fu una liberazione. Scalciò le coperte e come ogni mattina guardò dalla finestra giù in strada. L'uomo era lì, senza ombrello, all'angolo col negozio di ferramenta, un cappello calcato in testa e come sempre una sigaretta in mano. «Ma chi cazzo sei?» gli chiese. L'uomo buttò la cicca e sparì dietro il palazzo. In tutti questi giorni non l'aveva mai visto alzare il viso. Un rapinatore era impossibile, banche in quella strada non ce n'erano. E neanche gioiellerie. Forse un detective privato che seguiva qualche storia di corna? Oppure uno stalker che stava dando il tormento a una donna? Prima o poi scendo e glielo vado a chiedere, si disse.

Si fece la barba, si sciacquò e si rivestì, non aveva più voglia di stare in pigiama. Petitjacques seguito dall'infermiera passò alle nove e un quarto e lo trovò steso sul letto con un quotidiano in mano.

«Buongiorno Schiavone, allora come andiamo?».

«Benissimo Jerry. Lei?».

«Ottimamente. Febbre?».

«Neanche 37» rispose l'infermiera.

«Se mi resta bassa tutto il giorno domani la dimettiamo?».

«Non lo so, è lei il dottore» fece Rocco.

«Così fa l'ultimo dell'anno a casa».

Il giovane assistente si voltò verso il vicino. «Curreri, lei che mi dice?».

«Non 'i 'a 'iù 'ale dottore!».

«Però parla ancora come un deficiente» disse Rocco. «Oppure parlavi così anche prima, Curreri?».

«'Ai a 'are in culo».

«Per piacere!» intervenne Petitjacques, «mi faccia dare un'occhiata» si avvicinò al letto e prese una sedia. Rocco si alzò. «Mi scusi Jerry, ma il dovere mi chiama» aveva intravisto Deruta fare capolino fuori dalla porta. Lo raggiunse.

«Allora Deruta?».

«Siamo stati tutta la notte dietro a quel Giuseppe Blanc. Un incubo, dottore. Ha un gruppo musicale e hanno fatto un concerto in una sala in centro, sembrava un manicomio. Un rumore, le urla, e quello, Blanc, saltava sul palcoscenico come un grillo. Sudavano tutti. A un certo punto hanno cominciato a sputarsi addosso».

«Chi?».

«I musicisti e il pubblico».

«Ah. E poi?».

«Tutti che scaracchiavano e ridevano. Allora pure io e D'Intino abbiamo cominciato, pensavamo fosse un'usanza del locale».

«E...?».

«D'Intino ha centrato un uomo enorme con la testa rasata. Ci ha minacciati e allora siamo scappati».

«Ottimo lavoro, Deruta».

«Comunque abbiamo ripreso a seguire Blanc dopo il concerto. È andato a casa saranno state le tre, poi sono andato al panificio da mia moglie. Una doccia ed eccomi qua. Pronto a riprendere il pedinamento».

«Benissimo, Deruta, allora vai e cerca di non sputare in faccia a nessuno».

«Certo, dottore» poi annuì, fece dietro front e ballonzolando sui suoi 110 chili si allontanò per il corridoio del reparto.

«Ma dimme te...» borbottò Schiavone.

Superò la sala dei prelievi e arrivò all'emoteca. Bussò alla porta. Venne ad aprire un ragazzo, poco sopra la trentina, bassetto, portava il pizzo e gli occhi dietro le lenti sembravano più grandi del normale. Le palpebre un po' calate gli davano un'aria assonnata. Sul viso due lividi, un'escoriazione vistosa sulla fronte. «Sì? Dica...».

«È caduto dal letto?» gli chiese Rocco.

«No, dalla scala, stamattina. Lei chi è?».

«Non c'è Giuseppe Blanc?» chiese Rocco.

«No, non è di turno».

«E quando lo trovo?».

«Dopo Capodanno, ormai. Se vuole dire a me poi io riferisco».

«No» rispose Rocco, «è una cosa privata. Ma lei allora è Saverio! Saverio Quinod, quello che era in ferie, certo».

«Sì, sono io» fece quello sorridendo. Il movimento dei muscoli facciali gli procurò una fitta di dolore al labbro. «E mi tocca attaccare di domenica, per tutti gli arretrati. Ci conosciamo?».

«No, Giuseppe mi ha parlato di lei. Io organizzo concerti».

«Ah, ecco. Sì, una volta li ho sentiti suonare, ma io sono più un tipo da musica country rock, il punk non è proprio per me».

«Un po' violento?».

«Un po'. Io non amo la violenza».

«Non si direbbe a guardarla in faccia».

«Le scale di casa possono essere molto pericolose, soprattutto al buio e se uno ha bevuto un po'».

Sorrisero.

«Però sono bravi».

«Chi?» chiese Schiavone.

«Giuseppe e il suo gruppo. Aspetta, come si chiamano?».

Beccato, pensò Rocco. Non ne aveva la minima idea. «Lo stanno cambiando».

«Ah sì?».

«Sì. Presto si chiameranno i Mary River Turtles» aveva pensato all'animale che Giuseppe Blanc gli ricordava.

«Bel nome. Che vuol dire?».

«E che ne so? Però suona bene, no? A dire il vero più che ammaccato mi aspettavo di vederla abbronzato. Non è andato in qualche paradiso tropicale per le ferie?».

«Ma no, sono stato a Lione. Un raduno di motociclisti. Ho una Triumph Bonneville del '77, la T140».

«Caspita, bella moto».

«Splendida».

«E che si fa in questi raduni?».

«Si mangia, si beve, si fanno un po' di giri, magari...» abbassò il volume della voce e fece l'occhiolino a Rocco. «Si fuma un po'...».

Rocco sorrise. «Qualche ragazza...».

«Eh, mica ci sta male».

«Magari prima di fumare».

«Eh sì... lei fuma?».

«Organizzo concerti rock da una vita, secondo lei?».

Si misero a ridere.

«E che altro fate a questi raduni?».

«Per esempio se uno ha voglia ci si può scambiare la moto per provare qualche modello. Io ho guidato una

171

Harley Softail, ma niente di che. Non mi piace stare seduto in poltrona, io la moto la devo stringere fra le gambe e piegare alle curve, non so se ho reso l'idea».

«Perfettamente. Io ho una vecchia Norton, lo sa?».

Saverio sgranò gli occhi. «Davvero? Che modello?».

«Mah, era di mio padre, la comprò nel '60 mi pare».

«Non... non si ricorda il modello?» chiese il tecnico eccitato.

«Non me ne intendo, è in garage da sempre. Chissà, magari un giorno di questi mi decido a rimetterla a posto».

«Mi piacerebbe vederla, sa?».

«Va bene. Mi dia il suo recapito...».

«Certo».

Rocco appuntò il numero del cellulare di Saverio Quinod sul suo. «La lascio lavorare. A presto».

«A presto, e mi chiami. Se decide di venderla io sarei interessato».

«Perché no? Ci faccio un pensiero».

«Mi sto muovendo sottotraccia, dottore» saliva le scale lentamente col cellulare attaccato all'orecchio. Il questore era una molla carica di ansia, a stento riusciva a parlare.

«Il che non significa niente, Schiavone! L'avvocato Crivelli mi danza sulle balle! Sostiene che stiamo indagando sulla famiglia, ma lui o i suoi assistiti non hanno ricevuto alcun avviso di garanzia. È così?».

«Ma se un avvocato...».

«Sta alzando un polverone in procura, minaccia di

andare ai giornali; Schiavone, lo capisce che i Sirchia sono una famiglia importante?».

«Sì, lo capisco ma...».

«Ma lei si muove sottotraccia».

Era arrivato al piano. Scambiò un sorriso con Salima.

«Certo, io sono convinto che...».

«Lei è convinto che non si tratti di un incidente, lo so, me l'ha già spiegato. Ma dopo tre giorni cosa ho sulla scrivania?».

«Cos'ha?».

«Niente! I giornali di oggi e tonnellate di carte da firmare. Qualcosa di più concreto, Schiavone».

«È probabile che domattina verrò dimesso».

«E allora cosa mi sta chiedendo?».

«Resista all'assedio».

«Con quali assicurazioni?».

«La puzza è sempre più forte».

«Bene, quindi io chiamo il procuratore e gli dico: caro dottor Cobelli, si tranquillizzi perché Schiavone percepisce un fetore sempre più forte?».

«Non con queste parole, ma il concetto è quello».

«E se poi questa puzza si rivela provenire da una montagna di merda?».

«Me la scarichi addosso. Non sarebbe la prima volta che lo fa».

Un breve silenzio. Rocco immaginava il questore agitarsi sulla poltrona. «Faccio finta che non l'abbia detto».

«No, faccia finta di aver capito. A questo le servo, dottor Costa, sono stato, sono e sarò sempre un'ottima valvola di scarico».

«Voglio qualcosa sulla mia scrivania. E la voglio ieri!» tagliò corto il questore.

«Ricevuto».

Casella lo aspettava davanti all'ingresso del reparto. L'aria stanca di chi non aveva chiuso occhio. Appena lo vide si staccò dalla parete e gli andò incontro. «Che mi racconti, Ugo?».

«C'è una cosa importante. Sono stato dietro a Lorenzo Sirchia quando ho dato il cambio a Antonio. A mezzanotte è uscito con la sua macchina. Ha preso l'autostrada, è arrivato a Verrès e lì ha parcheggiato a...» prese un taccuino dalla tasca e lesse: «Via Jean Baptiste Barrel, al numero 15. C'è stato almeno una mezz'ora, poi è ritornato a casa. Non riuscivo a stargli dietro, dotto', andava a 300 all'ora. Comunque ho fatto in tempo a vedere i fanali dell'auto nel parco mentre il cancello automatico si chiudeva. Allora me ne sono tornato a casa». Girò la pagina del taccuino. «Al 15 di via Jean Baptiste Barrel ci abitano solo due cognomi».

«Che vuol dire ci abitano due cognomi? Vabbè, ho capito».

«Ecco, sì. Chatelet e Colombo» chiuse il taccuino. «Fine».

«E hai capito chi sono?».

«No, dottore».

«Che palle! Hai seguito Sirchia ma non sai da chi è andato?». Afferrò il telefono. Stavolta Italo rispose. «Alla buon'ora, sei tornato al lavoro? Sei dei nostri? Ti posso disturbare?».

«Eccomi, Rocco. Dimmi tutto».

«Almeno hai trombato?».

«Eh? No».

«Bene, scaraventati a Verrès, a via...» schioccò le dita sul viso di Casella che recuperò ancora il bloc-notes e suggerì: «Via Jean Baptiste Barrel».

«Ecco, via Barrel, numero 15, vai dagli inquilini, Chatelet e Colombo. Mi raccomando Italo, sottotraccia, non fare mai il nome di Sirchia, inventati una cazzata qualunque. Portati Antonio che tanto ora si starà girando i pollici».

«Veramente sta lavorando alle foto dei due che ieri notte hanno picchiato Quinod».

«E almeno li ha trovati?».

«Un tizio coi capelli rossi, tale Riccardo Poretti. Gli andiamo a fare una visita?».

«Dopo. Prima a Verrès. E datemi notizie». Rocco chiuse la telefonata e aprì la porta del reparto. «Ugo, io me ne vado in stanza che devo stare riguardato. Tu torna su Sirchia e senza farti beccare, mi raccomando. Comunque ogni tanto prendetela qualche iniziativa, ecchecazzo, tutto io ve devo di'?».

L'autostrada era una linea grigia e fradicia di pioggia. In alto correvano le nuvole che nascondevano i picchi dei monti.

«È mio, è mio di sicuro» e Antonio gettò la sigaretta nella lattina di aranciata vuota che teneva nel vano portaoggetti.

«E ora lei sta a casa tua?».

«Sì Italo, ma il fatto è che adesso arriva Lucrezia e va al Duca d'Aosta, l'albergo in centro. E siccome le ho detto che io non ho la casa disponibile per via degli operai, allora lei si aspetta che dorma lì. Ma anche Serena vuole che passi la notte con lei, a casa mia, quindi da questo momento su Quinod ci stai solo tu».

Sprazzi di azzurro cercavano di farsi largo fra le nuvole. Ogni tanto un raggio di sole, come una spada, colorava di verde il paesaggio. Italo concentrato sulla strada scuoteva la testa. «Sei messo male».

«Lo so. Un figlio, ma ti rendi conto? Come cazzo faccio?». Si passò le mani fra i capelli. «Non ho chiuso occhio, poi stamattina dalle sei alle sette e mezza è stato un terzo grado, alla fine...».

«Alla fine?».

«E che potevo fare? Ho ceduto».

«Allora ha scelto il figlio per te. Ora parla con Lucrezia, poi con Giovanna e chiudi la storia. È ufficiale, hai scelto Serena».

«Non è così semplice, occhio al camion!». Un tir aveva deciso di sorpassare senza mettere la freccia. Italo inchiodò e suonò il clacson.

«Stronzo, gli strappo la patente» ringhiò il viceispettore.

Il camion rientrò nella corsia di marcia. Italo lo affiancò.

«Rallenta un po', Italo...». Antonio aprì il finestrino. L'autista lo guardava senza capire. «Apri!» gli urlò. «T'ho detto apri il finestrino!».

Quello eseguì. «Non la usi la freccia?».

«Che?».

«La freccia non la usi?» gridò Antonio.

«Ma fatti i cazzi tuoi!» rispose quello. Antonio prese la paletta e lo fece accostare. «E adesso gli rompo il culo». Italo alzò gli occhi al cielo.

Scesero dall'auto e si avvicinarono al camion. «Scenda un po'...» gli intimò bussando sulla portiera. Quello con la testa china uscì dalla cabina guida. «Io non...».

«Zitto, silenzio, taci! Tira fuori tutti i documenti».

«Perdo il posto».

Guardò Italo. «Come direbbe il capo? E sticazzi!» gridò Antonio in faccia all'autista. «Avanti: patente, libretto, documenti del camion, che dici collega, diamo un'occhiata alla merce?».

«Come no? Magari controlliamo pure la pagella della figlia».

«Per favore, ho merce deperibile» supplicò l'uomo.

«Avanti! Datti una mossa» disse Antonio impaziente mentre l'uomo risaliva sulla cabina.

Lasciata l'incombenza alla polstrada mezz'ora dopo Italo e Antonio avevano ripreso la corsa verso Verrès. «Niente patente, niente revisione, glielo faranno a strisce».

«Gli sta bene» disse Antonio.

«È meglio se ti calmi».

Antonio si accese un'altra sigaretta. «Il mio vero problema è che appena lo dirò a Lucrezia, Serena verrà a sapere che stavo anche con la sorella. E sai che succede?».

«Quello che ti meriti. Antonio, se uno entra in una fabbrica di fuochi d'artificio col sigaro acceso, poi mica si può lamentare se salta in aria».

«Per come mi sento adesso, mollerei tutte e tre».

«E fallo!».

«Con un bambino di mezzo?».

«Meglio ora che chiedere il divorzio fra due anni».

Antonio rifletteva guardando il paesaggio. «E se invece magari, che so?, andrà tutto bene e io e Serena diventiamo una coppia felice? Perché dobbiamo sempre pensare che tutto vada male? D'accordo, ho un figlio in arrivo, uno stipendio da fame, e vorrà dire che lascio la polizia e vado a lavorare al mobilificio di Serena».

«Scusa, ma non è del marito, il mobilificio?».

«Ah, già, sì, è di Massimo».

«Allora la vedo difficile».

«Giusto».

«Vi ritrovate tutti e due in mezzo a una strada e con le toppe sul sedere. Tu col misero stipendio dovrai mantenere madre e figlio e, lo sai?, un figlio costa quanto una Ferrari. Io non andrei a vedere il punto» propose Italo.

«Spiegati meglio».

«Dille che non lo vuoi, prenditi questa palata di fango addosso, lei ti insulterà, ti odierà, ti cancellerà dalla sua memoria e tornerà dal marito dicendo che il figlio è suo».

«Ma se dice che non fanno mai l'amore, che per forza è mio, perché l'ultima volta che ha scopato con Massimo risale a più di un anno fa».

«E tu ci credi?».

«Non dovrei?».

«Non ti preoccupare, anche se fosse vero si inventerà qualche cazzata. Anzi, sai cosa? Tornerà a casa, lo sbatterà sul letto lasciando stupito il marito che si sentiva un po' messo da parte. Poi gli dirà sono incinta, uh! guarda caro, è settimino».

«E che è un mobile?».

«Ascoltami, soffrirai un paio di mesi ma poi sarai di nuovo in carreggiata. Rischio passato».

«E chi ti dice che lei reagirà così?».

«Sulle prime farà di tutto per farti sentire un verme».

«In quello ci riesce benissimo» e anche la seconda sigaretta finì nella lattina.

«Anto', ma poi due calcoli se li fa. Massimo non lo lascia, stai tranquillo. Avrebbe davanti due alternative: una vita da sola con un figlio che il padre, cioè tu, non riconosce, a casa dei genitori con un lavoro schifoso, oppure mentire al marito, restare con lui, non perdere il lavoro al mobilificio e continuare a fare la signora e ogni tanto una scappatella con il coglione di turno. Io credo che sceglierà la seconda ipotesi».

«E se poi il bambino crescendo somiglierà a me? Che gli racconto a Massimo?».

«Si vedrà. I primi figli prendono molto dalle madri».

«Chi l'ha detto?».

«Le statistiche».

«Io ho la pelle molto più scura di Massimo, e la pelle scura vince su quella chiara».

«E vorrà dire che lo porterà sempre al mare!» gli suggerì Italo.

Al piano terra vivevano solo Chatelet Marianna e Mino, assieme a un cagnolino spaventato che si rifugiava sotto i mobili. Ex impiegati in pensione sulla settantina, avevano offerto a Italo e Antonio un caffè nella cucina del loro piccolo appartamento. I due poliziotti erano rimasti sul vago, inventando una denuncia di un vicino per schiamazzi notturni. I coniugi non ne sapevano niente e la visita finì lì. Sonia Colombo invece abitava i due piani superiori. La casa sembrava uscita da una rivista d'arredamento, opere d'arte contemporanee alle pareti, una scala di vetro e acciaio portava alle stanze del piano superiore. Era una bella donna sui 35 anni, alta, con gli occhi scuri sotto due sopracciglia folte che le davano un'aria severa, il naso ritoccato da qualche chirurgo plastico. La donna non gli offrì neanche un bicchiere d'acqua. Sulla credenza, nell'ingresso, sul tavolino fra tre enormi divani di pelle c'erano foto di un bambino in braccio a Sonia. Poi il neonato sempre accanto alla madre era diventato un po' più grande, al contrario del naso della progenitrice che invece si era improvvisamente rimpicciolito, e in una delle foto più recenti il bimbo ormai doveva avere una decina d'anni. Vicino alla cornice tre blocchetti per assegni. La cucina che si intravedeva attraverso una doppia anta di cristallo scorrevole sembrava di quelle che si usano nei ristoranti. Ovviamente Sonia non sapeva niente della denuncia, tantomeno aveva avuto sentore di schiamazzi notturni. Antonio e Italo lasciarono Verrès per tornare in questura.

«Che cosa abbiamo capito?» fece Italo.

«Che i signori Chatelet si godono in tutta tranquillità la loro pensione e vivono come due persone normali. Che Sonia invece è una ragazza madre perché non c'è una foto del marito o del padre del bambino neanche a pagarla, ma naviga nell'oro. Hai notato i tre libretti per gli assegni? No dico, tre!».

«E allora? Una volta un mio amico ci campava facendo il gioco delle tre carte. Passava l'assegno da una banca all'altra per coprire il rosso».

«Ma quelli erano tre libretti di Intesa San Paolo. No, quella ha i soldi per fare una guerra e mi gioco tutto lo stipendio che Lorenzo Sirchia è andato da lei, non dagli Chatelet».

«Perché?».

«Forse se la tromba» rispose Antonio.

«E il figlio? Sarà di Lorenzo?».

Improvvisamente il viceispettore si rabbuiò. «Oddio Italo, ma Serena si ritroverà così? Da sola con un figlio e io che passo ogni tre settimane per una sveltina?».

Italo ci rifletté qualche secondo. «No, si ritroverà molto peggio perché tu non hai una lira».

«Bene, Schiavone, 36 e 7. Se n'è andata!» fece Salima che almeno portava nella stanza un profumo di lavanda. «Allora domani la dimettono?».

«Io me ne vorrei andare adesso. È possibile?».

«È domenica».

«Negri non ti di'ette».

«Fatti i cazzi tuoi, Curreri».

«Se uno non sta 'ene non 'uò uscire. 'Ale per tutti. L'os'edale è uguale 'er tutti!».

«Quella sarebbe la legge, Curreri, e ringrazia che in questo paese non è così sennò da mo' che stavi in galera».

«Chi non 'aga le tasse non rischia la galera» protestò il vicino di letto.

«Salima, perché non gli cambiate stanza a questo?».

«Neanche domenica 'uoi uscire! De'i as'ettare lunedì!».

L'infermiera sorrise. «Vedrà, alla fine diventerete amici» e uscì. Rocco si stese sul letto a guardare il soffitto. Cominciava a mettere insieme i pezzi. Qualcuno entrava, altri li doveva forzare. Ma si sentiva sulla buona strada. Doveva solo trovare l'anello debole. L'inno alla gioia risuonò nella stanza.

«Cam'i suoneria 'er 'iacere...» bofonchiò Curreri.

«Curreri, ti puzza vivere, è assodato».

Era Sasà d'Inzeo, il suo vecchio amico magistrato.

«Sasà, come stai?» si alzò dal letto.

«Ma il tuo sodale non ti aveva detto che aspettavo una chiamata?».

«Lo so, m'è passato di mente, scusa».

«Stai bene? Sei guarito?».

«Pare di sì».

«Ho qualcosa per te».

«Aspetta un minuto, qui c'è un rompicazzo che non deve sentire».

«Ce l'ha con 'e?».

«E con chi, Curreri?» si alzò, uscì in corridoio e andò a sistemarsi sul divanetto della sala d'attesa.

«Mi parlasti di quel viceispettore, quella ragazza che t'avevano messo addosso» riprese d'Inzeo.

«Caterina Rispoli, sì» disse con un sospiro.

«E avevamo scoperto che lavorava per Mastrodomenico».

«Giusto».

«Bene. Qualcosa si muove da quelle parti».

«Cioè?».

«Aspetta...» sentì dei passi e una porta chiudersi.

«Dove sei Sasà?».

«Lascia perdere dove sono. Sta' a sentire. La tizia ora è alla questura centrale di Udine».

«Udine?».

«Esatto. Trasferita da due giorni».

Rocco guardava il televisore spento. Sasà rispose alla sua domanda silenziosa. «Anche io me lo sono chiesto».

«A Udine stava quella merda di Enzo Baiocchi».

«Sì».

«Cioè tu pensi...».

«Io non penso niente, Rocco. Però è una coincidenza strana, non trovi? Che la spia di Mastrodomenico vada a finire proprio a Udine qualche ora dopo che il tizio è sparito».

«Sasà, grazie. Non ti esporre troppo, però».

«Non ti preoccupare, ho chi mi aiuta. A proposito, a te serve niente?».

«Troppe cose, non saprei da dove cominciare».

«Siccome quella bestia è in giro, sta' con gli occhi aperti».

«Dormi sereno».

«Lo sai dove sta *dormisereno*?».

«Sì lo so, a Prima Porta. Stammi bene, Sasà».

«Pure tu e se ho novità ti chiamo».

Troppe coincidenze, la storia puzzava a centinaia di chilometri. Se i pezzi del caso Sirchia sembravano piano piano andare al loro posto quelli del suo passato erano più incasinati di un caleidoscopio. Non ci arrivava, non capiva, troppe piste, troppe tracce, troppi anni e soprattutto troppi morti.

A cominciare da Marina.

Prendi una collina, tagliala come una torta. Ecco uno strato di tufo, qui c'è del carbone, più giù lo zolfo, segno che poco tempo fa, qualche milioncino di anni, era una zona vulcanica. La scienza, Marina, legge la terra e dà risposte precise. Taglia il tronco di un albero e puoi contare gli anelli, capire l'età, se la crescita è stata limitata da insetti, oppure se c'è stata scarsità d'acqua, se ha subito qualche trauma, qualche malattia. Seziona la vita di un essere umano e hai macchie indistinte, ombre, frammenti di ricordi ammucchiati, come oggetti vomitati dal mare sul bagnasciuga d'inverno. Domani me ne torno a casa. Ci saranno ancora Cecilia e Gabriele, e mica li posso mandare via, no?

Dal corridoio arrivò una risata.

Sembrava una voce di donna. Eri tu? Mi sa che era Sa-

lima, lo sai? È l'unica infermiera che ride nel reparto. È
bello sentire una risata in un ospedale. Non capita mai.

Il cellulare squillava chissà da quanto. Sul display Scassacazzi 2, vale a dire Baldi. Rocco lentamente lo afferrò.
«Eccomi».

«Mi ha cercato?».

«Sì. Mi serve un'altra occhiata su una tale Sonia Colombo, residente in via Jean Baptiste Barrel 15, a
Verrès. I miei fidi agenti hanno anche notato tre libretti degli assegni in casa sua, Intesa San Paolo, se l'informazione può essere utile».

«Perché?».

«Perché l'hanno notato?».

«No, perché dovrei spulciare questa persona?».

«La va a trovare in piena notte Lorenzo Sirchia. Lei
è sui 35 anni e ha un bimbo di una decina».

«Persegue l'idea dell'omicidio?».

«Dottor Baldi, questo è omicidio al 600 per cento,
mi creda».

«Non esiste».

«Cosa?».

«Il 600 per cento. Al massimo può dire 100 per cento».

«Lo so, era un'iperbole».

«Lo so che era un'iperbole, per questo le ho risposto con una tautologia».

«Ma quante ne sappiamo, dottor Baldi?».

«Ma parecchie...».

«Torniamo all'argomento centrale di questa discussione?».

«Volentieri, lei mi porta sempre fuori strada, Schiavone. Dunque sospetta che questa Sonia Colombo possa essere un'amante del Sirchia?».

«Forse. O c'è dell'altro».

«È ancora in ospedale?».

«Domani esco. Non ne posso più».

«Immagino».

Rocco non aveva fatto parola a Baldi della nuova destinazione di Caterina Rispoli. Il magistrato era a conoscenza di tutta la storia, lui stesso gliel'aveva raccontata, ma aveva preferito tenersi quell'informazione per sé. Voleva vederci chiaro, Caterina e il suo ruolo in tutta la faccenda era una questione privata.

Il ragazzo coi capelli rossi era seduto al tavolino di una pizzeria a taglio ricoperta dai poster di Valentino Rossi e mangiava una focaccia. Veloce, masticava bocconi enormi per poi ingoiarli a fatica. Antonio e Italo sorridenti si sedettero accanto a lui. «Riccardo, come stai?».

Quello rimase con il boccone che gli gonfiava la guancia destra. Un lampo di ansia negli occhi. Poi riprese a masticare e prima di parlare deglutì. «Chi siete?».

«Io mi chiamo Antonio e il mio amico invece Italo».

«Sei facile da trovare, Riccardo, ti conoscono tutti».

«Siete sbirri?».

Italo scoppiò a ridere. «Vedi un sacco di televisione, eh?».

«Sì, siamo sbirri e se provi a muoverti ti sparo alle gambe» fece Antonio sorridendo. «Ora, Riccardo, stanotte alle due stavi ai giardini della stazione, non provare a dire di no perché c'ero anche io e ti ho fatto anche un bel filmino».

Riccardo si guardava intorno, come a cercare una via di fuga. Il pizzaiolo dietro il bancone si voltò e continuò a lavorare l'impasto, aveva deciso che non fossero fatti suoi.

«Vedi, adesso siamo a un bivio» proseguì Antonio.

«Io non ho fatto niente».

«Hai picchiato Saverio Quinod insieme al tuo amico alto, quello nero». Antonio abbassò la voce, come se stesse rivelando un segreto. «Non è difficile capire come ti guadagni da campare».

«Di certo non fai il fruttivendolo, vero?» chiese Italo, ma quello non rispose.

«No, Italo, non vende la frutta».

«Dici di no?».

«No, proprio frutta non direi. Ma a noi non interessa quello che vendi».

«No?» chiese Riccardo con un lumicino di speranza negli occhi.

«E mica siamo la squadra narcotici».

«No, noi siamo la mobile. E ci serve un'informazione. Se ce la dai la narcotici non viene a trovarti, se invece te ne stai zitto scatta il tuo turno».

«Sì» aggiunse Italo, «li accompagniamo di persona. Gente brutta e nervosa, lo sai Riccardo?».

Il ragazzo allungò le gambe sotto il tavolo e si mise le mani in tasca. Aveva assunto l'aria sbruffona di chi si sente al sicuro, l'atteggiamento di difesa di chi invece si trova nella merda fino al collo. «E che volete sapere?».

«Perché lo picchiavate?».

«A quello?».

«Esatto, a quello».

«Affari».

«Che affari?». Antonio si appoggiò sul tavolino e guardò negli occhi lo spacciatore. «Ricca', vedi di parlare perché mi sto già rompendo i coglioni».

«Dovrei aver paura? Chi dei due fa il poliziotto buono? Tu?» e indicò Italo. «Tu fai quello cattivo, s'è capito».

«Ancora troppa televisione» disse Antonio e con un gesto rapido lo afferrò per la nuca e gli sbatté la faccia sul tavolino. Il sangue schizzò dal naso di Riccardo sul piano di alluminio, si portò le mani davanti al viso. Il pizzaiolo sparì nel retrobottega. Italo guardò il collega con gli occhi sgranati. Antonio allungò un fazzoletto di carta al ragazzo. «Tieni, pulisciti. Allora dicevamo, che affari?».

Con le lacrime agli occhi per il dolore Riccardo cercò di tamponare la ferita. Consumò tre tovagliolini. Italo si alzò e andò ad aprire il frigo. Prese una lattina gelata di Coca-Cola e gliela passò. «Tieni, mettila sul naso, e col fazzoletto arrotola due cornetti e ne infili uno per narice. È meglio».

Riccardo eseguì.

«Quali affari?» ripeté Antonio. Riccardo strinse gli occhi passandosi la lattina sul naso. «Ci debe un pacco di soldi. Quattrobila euro».

Italo fischiò. «Quattromila euro? E che s'è fumato?».

«Lui non fuma, tira, giusto, Riccardino?».

«Non lo so. Io glieli ho solo prestati».

«E certo» fece Antonio, «tu quella merda non la tocchi neanche. Va bene, basta così, no?».

Italo annuì soddisfatto. Antonio poggiò la mano sulla nuca del ragazzo che incassò la testa e irrigidì tutti i muscoli. «E ci voleva tanto? Grazie Riccardo, sei stato d'aiuto. Se torniamo e ti chiediamo qualcos'altro tu sarai sempre così disponibile?».

«Cetto» rispose quello. I due pezzi di carta erano già lordi di sangue.

«Buon appetito» gli disse Antonio indicando la pizza ancora sul vassoio.

Quando salì in macchina Scipioni sbatté forte la portiera. «Cazzo Antonio, datti una calmata, per poco non gli sfasciavi il naso».

«Mi devo prendere un tranquillante mi sa».

«E mi sa di sì...».

Dovette cercarlo a lungo, alla fine lo incontrò davanti agli uffici amministrativi. In quei pochi giorni sembrava avesse perso peso e vitalità. Era pallido, con gli occhi stanchi e cerchiati. Il dottor Negri cercò di sorridere. Dietro di lui camminavano Petitjacques e un'infermiera controllando una cartella voluminosa. «Mi cercava, dottor Schiavone? Ho saputo che nonostante se ne vada in giro senza mangiare la febbre è passata».

«Eh già, d'altra parte vita sana e sport danno i loro risultati».

«Che sport pratica?».

«Quello di evitarlo accuratamente. Speravo di trovarla in pausa ma vedo che sta lavorando».

«Anche lei sta lavorando, quindi sono a sua disposizione».

«Dottor Negri, le è venuto in mente qualche dettaglio importante del giorno dell'operazione?».

«No, niente, mi dispiace».

«E si ricorda quando i miei agenti hanno prelevato le attrezzature della camera operatoria, le sacche eccetera?».

«Certo. Visto l'incidente obbligai l'infermiera di sala a raccattare tutto il materiale e metterlo da parte perché sapevo che gli inquirenti l'avrebbero sequestrato».

«Cosa c'era dentro?».

«Tutto. I nostri camici, guanti e soprascarpe, le sacche, i ferri chirurgici...».

«Bene».

«Li abbiamo chiusi in un mio armadio per poi consegnarli alla polizia».

Rocco annuì. «Si ricorda quando avete prelevato il sangue a Roberto Sirchia in vista dell'imminente operazione?».

«Sei giorni prima dell'intervento, e abbiamo tenuto la sacca pronta».

«Il 19 dicembre?».

«Esatto» rispose Petitjacques.

«Se vuole le spiego come avviene l'intervento, tutte le fasi, così potrà avere un'idea più chiara della situazione».

«La ringrazio dottor Negri, ma non ne ho bisogno. La vuol sapere la verità? Sono un coglione».

Negri aggrottò le sopracciglia. «Non la capisco».

«Mi capisco io. Grazie e mi scusi se l'ho disturbata. Arrivederci Jerry».

«Come va?» Rocco Schiavone fece capolino nella sala sorveglianza. Un biondino coi baffetti da moschettiere e i capelli lunghi fissava attento i sei monitor accesi. Matteo Blanc invece era sbracato su una poltroncina a mangiare arachidi. Rispose senza neanche guardare il vicequestore. «Dica».

«Ho bisogno di una cosa molto importante».

«Il bagno degli uffici? È in fondo al corridoio».

«Fai lo spiritoso, Blanc?».

«No».

«Allora cambiamo tono. Vicequestore Rocco Schiavone, polizia di Stato. Voglio le registrazioni delle telecamere del corridoio dell'emoteca dal 19 dicembre fino al 25, Natale».

«Da dieci giorni fa?» fece il biondino.

«Lei parla italiano? Cos'è che non ha capito?».

«Spero ci siano» disse quello alzandosi dalla sedia, «di solito dopo 72 ore le cancelliamo. Aspetti, mi faccia vedere. In emoteca c'è una sola telecamera, e viene ispezionata molto di rado, magari è fortunato».

«Un momento, Guglielmo» fece Blanc. «Mica possiamo consegnare il materiale così, solo perché un poliziotto lo chiede. Lo sa? Ci vuole l'ordine del magistrato inquirente».

«Va bene» rispose Rocco calmo, «mentre il tuo collega cerca i filmati io mi procuro la richiesta. Così va meglio?».

«Va meglio. Però le devo chiedere di uscire».

«Col cazzo Blanc, io da qui non mi muovo. Alzati da quella sedia e ti tronco le ginocchia, chiaro?» poi si girò verso l'altro. «D'Artagnan intanto mettite a cerca', fa' il favore». Poi prese il cellulare e chiamò Baldi.

Rocco se ne stette in silenzio a guardare Blanc spaccare noccioline e il collega con gli occhi fissi sui monitor. Non si scambiarono più una parola. Dopo un'ora arrivò Italo con la richiesta. «Finalmente te vedo. Allora?».

Italo gli consegnò il foglio che Rocco appallottolò e tirò in faccia alla guardia giurata. «Va bene? Sei soddisfatto? Italo, se hai fatto 'sta corsa è colpa di quel tizio lì» e indicò Blanc che in segno polemico si mise a leggere il documento della procura. «Vedi? Ora il primate prova a studiare. Lascia perde Blanc, che non ci capisci un cazzo. Dimmi un po', Italo...».

Italo prese da parte il vicequestore. «Abbiamo rintracciato uno dei due ragazzi che hanno picchiato Quinod, che è chiaramente un tossico. Ma il fatto che ti può interessare è che deve a quei due spacciatori 4.000 euro».

Rocco non cambiò espressione. Si girò verso la stanza dei controlli. «Allora? Me li dai adesso?».

Il biondino coi baffetti e il pizzo da moschettiere si avvicinò con due dischetti e li consegnò a Rocco. «Ecco a lei, è stato fortunato. Quella dell'emoteca è una telecamera che usiamo poco. Se fossero quelle dell'ingresso o delle scale non avremmo trovato niente. Qui c'è tutto».

Rocco prese il materiale e lo mollò a Italo.

«Ciao Blanc, domani mi dimettono. Ma magari io e te ci rivediamo».

«Forse la ricoverano ancora».

«Oppure ci sarà qualche altro motivo. Potresti essere tu a essere ricoverato. Hai visto mai?» disse Schiavone. La guardia giurata resse lo sguardo e tornò sulla poltroncina a sgranocchiare arachidi.

«In tal caso non ci rivedremo, non sei mica un medico».

«Vero, ma io sarei la causa».

«Non ho capito».

«Sta dicendo» intervenne il collega, «che lui potrebbe essere la causa del tuo ricovero».

«Ah... tremo tutto».

«Ciao pagliaccio, conservati quella carta del magistrato, è un documento che ti potrebbero richiedere gli avvocati, se lo perdi ti si inculano».

Rocco seguito da Italo se ne andò puntando verso il bar. «Ti sei fatto un sacco di amici qui in ospedale, vedo».

«Vero? Antonio dov'è?».

«Fuori in macchina».

«Chiamalo, digli di venire col computer. Ora ci vediamo una tonnellata di filmini divertenti. E chiamami Casella, ho bisogno del suo aiuto».

«Non sta addosso a Sirchia?».

«Non serve più» rispose Rocco.

Il sole se n'era andato, e la pioggia aveva concesso una tregua alla città lasciando pozzanghere per terra e umidità nell'aria. Ugo Casella infilò le chiavi nel portone e cominciò a salire le scale. L'ordine di Rocco di andare dal figlio di Eugenia capitava a fagiolo. Dal giorno prima non faceva altro che pensare al discorso da farle a Capodanno. Se l'era ripetuto più volte, l'aveva cambiato, rivisto, ripensato, e ora non ricordava più quale fosse la versione migliore. Solo dell'inizio era soddisfatto. «Cara Eugenia, è un po' che ti volevo parlare» ecco, fin lì tutto bene. Verità, chiarezza e semplicità. Il problema era il seguito. «Sono mesi che aspettavo questo momento» lo convinceva poco, era un'ammissione di debolezza. Forse era meglio: «È da tempo che aspettavo questo momento» vago. Come quantificare la parola «tempo»? Può essere una manciata di giorni come mesi. «È da tempo che aspettavo questo momento dove potevo stare solo con te». No, questa era un'aggiunta forse inutile, sarebbero stati soli in quel momento, c'era bisogno di dirlo? «Da quella notte in cui il tuo ex ti aggredì...». Errore! Riportare alla memoria gli ex non era un fatto positivo, l'aveva letto su «Oggi». Nessun riferimento agli ex, la giornalista Orsetta Cancellieri esperta di affari sentimentali era stata chiara su questo punto. Allora la frase poteva essere: «È da quella notte in cui scesi a difenderti...» ecco, questa gli piaceva molto di più. Le avrebbe riportato alla memoria la sua reazione virile, l'aver preso le sue parti e essersi azzuffato per lei. Chissà da quanto era davanti alla porta di Eugenia, perché mentre ripensava al discorso del Capodanno, quella si aprì e apparve la donna. «Ugo!» disse.

«Eugenia» la donna aveva il cappotto e un cappello di lana dal quale uscivano delle ciocche di capelli biondi.

«Venivi da me?» gli chiese con un sorriso.

«Eh? Sì...».

«Sto uscendo. Vado al cinema con un'amica».

Le piaceva il cinema! Altra occasione persa per un invito, si disse. Avrebbe voluto tirarsi un pugno in faccia, ma evitò.

«Avrei bisogno di tuo figlio. È in casa?».

«Certo, è di là che lavora» gli fece spazio per farlo entrare. Quanto gli piaceva il profumo di quella casa, mele cannella e qualche fiore che non distingueva. «Carlo?» chiamò la madre. «È sempre sui suoi computer... Carlo!».

Dalla porta dell'ingresso apparve Carlo, col maglione a collo alto e i capelli spettinati. «Ah, Ugo, che c'è?» disse, «hai di nuovo bisogno?».

«Io? Sì» ammise.

«Va bene, allora io vado. Se alla fine del film sei ancora qui possiamo cenare insieme» disse Eugenia, «così, alla buona, eh?».

L'aveva invitato lei! Casella era rimasto senza parole. Quella sera, proprio adesso, prima di Capodanno, avrebbe finalmente cenato con Eugenia. «Volentieri, sì».

«Bene. Carlo, resti a casa?».

«No, vado fuori con gli amici».

«Ah» all'agente parve che Eugenia ci fosse rimasta male. Casella guardò gli occhi del ragazzo. Avevano un'aria furbetta. «Allora io vado» disse la donna, «a più tardi» e uscì.

«Vieni Ugo, dimmi tutto» gli fece strada verso la sua camera.

I monitor accesi riportavano complicate sequenze di numeri e cifre, il rumore basso e continuo delle ventole di raffreddamento riempiva la stanza. «Sto lavorando a un sistema di sicurezza per una banca». Carlo si sedette e cominciò a spremere una palletta di gomma. «Che posso fare?».

«Senti un po', il vicequestore ha un numero di telefono. Vuole sapere se si è attaccato al ripetitore di Aosta, uno qualsiasi, tra il 20 e il 25, pensi sia una cosa possibile?».

«Ma perché non lo chiedete alla postale?».

«È un'indagine sottotraccia, così mi ha detto. Nessuno deve sapere, sennò il sospettato si mette sul chi va là e avverte il mandante».

«Che storia... bella, oscura, un thriller. Va bene, Ugo, ci vuole un po' però. Ti metti qui ad aspettare mia madre?» e gli sorrise. Ancora quella luce furbetta negli occhi.

«Io? Non lo so... che dici?».

«Dico che devi darti da fare, Ugo. Sei sparito! Guarda che lei parla spesso di te».

Le mani si congelarono, il cuore si strinse come la palletta antistress che il ragazzo tormentava, la bocca rimase senza saliva e la vista, per un attimo, si annebbiò. «Ah sì? Di me?» riuscì a dire.

«Vabbè, io mi metto a lavorare. Se vuoi sulla libreria ci sono un po' di fumetti così passi il tempo».

Ci fecero notte nel salottino d'attesa. Rocco aveva convocato anche Damiano a guardare i filmati della sicurezza e quel corridoio vuoto dove ogni tanto passava un medico o un'infermiera gli era parso uno spettacolo più avvincente dei programmi televisivi. Italo era andato a prendere pizze e birre e quando Salima era passata li aveva sgridati per aver ridotto il saloncino a un bivacco di nullafacenti. Alla fine si stiracchiarono, sbadigliarono, Antonio fece due flessioni sulle gambe. Rocco non era contento. «Non abbiamo visto niente di interessante».

«Ma è chiaro che sarà stato quello coi capelli verdi, magari nell'orario di lavoro» fece Italo.

«Sarà così» si aggiunse Antonio.

«No. Cercavo altro» fece Rocco. «Chi è l'omicida non lo posso scoprire guardando le situazioni patrimoniali dei sospetti. Non basta. Io devo avere le prove di chi ha cambiato l'etichetta sulla busta, e da quello arrivo ai colpevoli».

«Non è Giuseppe Blanc, allora?».

«No» fece Rocco.

«E chi è?» chiese Damiano che ormai si sentiva parte della faccenda.

«Eppure deve essere passato, lo so che è entrato dentro l'emoteca».

«Ma noi non l'abbiamo visto» fece Antonio.

Gli occhi di Rocco si illuminarono all'improvviso. «Non l'abbiamo visto perché abbiamo pensato che sarebbe entrato dal corridoio principale. Quella merda ha fatto un altro giro» e si alzò di scatto per uscire dalla stanza. Antonio e Italo lo seguirono. «Quale giro?» chiese Italo.

197

«Oh, e io?» fece Damiano.

«Torniamo subito Damia' e ti raccontiamo».

L'ospedale era deserto, scesero nel seminterrato.

«Questo è un corridoio che arriva alla morgue. Ma è un labirinto. Speriamo che me ricordo...».

Subito la puzza di muffa e di chiuso li aggredì. «Dunque...». Rocco cercava di orientarsi. «Mi pare che... di qua» disse, ma si trovarono in un vicolo cieco. «No, sbagliato. Era l'altra porta». Tornarono indietro. Le lampade a parete con il vetro di protezione coperto di ragnatele emanavano una luce fievole e giallastra. «Ecco, seguitemi». Percorsero un lungo rettifilo.

«Ma qui rischiamo di perderci per sempre» fece Italo.

«Rocco, tu sei sicuro, eh?» chiese Antonio.

«No» rispose il vicequestore. Un'ennesima curva e finalmente delle scale che salivano. Si ritrovarono nella morgue. «Eccoci!».

«E questo che vuol dire?».

«Dove siamo?» chiese Italo.

«Siamo vicino all'ufficio di Fumagalli, vuoi andare a trovarlo?».

«Ma neanche per sogno» rispose Italo mentre Antonio rideva sotto i baffi. Conosceva l'idiosincrasia del collega per i morti.

«Tanto a quest'ora il patologo non c'è».

«Va bene, è un passaggio che porta qui, e allora?».

«Allora torniamo giù, viceispettore».

Antonio alzò gli occhi al cielo. Tornarono nel sotterraneo. «Ce li vedete D'Intino e Deruta qui sotto?».

«Ricordamelo, Antonio, quando me li devo togliere dai coglioni ce li mandiamo».

Percorsero una serie di curve fino ad arrivare ad una sala con due corridoi. Rocco chiuse gli occhi. «Dunque il primo...» parlava a se stesso. Antonio intanto aveva afferrato il cellulare. «Porco Giuda!» disse.

«Che c'è?» gli chiese Italo.

«Lucrezia. È all'albergo. Mi aspetta».

«Non è il momento per le tue cazzate, Scipioni».

«Quale passaggio prendiamo allora?» chiese Antonio rimettendosi in tasca il cellulare.

«Prendiamo il secondo e speriamo bene».

Sul muro incrociarono la scritta «*WINTER*». «Ora mi ritrovo, venite, è qui». Ancora scale e sbucarono in un corridoio dell'ospedale.

«Dove siamo?» chiese Italo.

«Nel corridoio dell'emoteca. Quella porta è la stanza con le sacche di sangue dove lavora Quinod... ci puoi entrare da qui senza che ti veda» e indicò la telecamera puntata sul corridoio principale.

«Cioè...».

«Lo stronzo è passato dalla morgue. Per questo non l'abbiamo mai visto nei filmati. Bene, che dobbiamo fare?».

«Richiedere i filmati alla morgue?» disse Italo.

«Se ce l'hanno ancora» dubitò il viceispettore.

«A questo ci penso io. Italo vattene a casa, ci vediamo domattina. Non qui».

«E dove?».

«Alle sette al bar centrale. Voglio fare una cola-

zione seria. E tu Antonio è meglio se vai a dormi'
in questura».

Antonio arrivò all'albergo Duca d'Aosta alle nove e trenta. Lucrezia lo aspettava nella hall. Prima di avvicinarsi,
si fermò nascosto dietro una colonna e si perse a guardarla mentre sfogliava un libro. Era bellissima, i capelli
lunghi, rossi e fluenti coprivano una parte del viso. Il naso piccolo e a punta spruzzato di lentiggini. Le mani vol-
tavano le pagine con dita leggere mentre muoveva nervosa il piede della gamba accavallata. Come faccio a ri-
nunciarci?, si chiese. Poi la chiamò: «Lucrezia!».

«Antonio!». La donna abbandonò la rivista sul divano e gli andò incontro. Si abbracciarono e lei lo baciò. Le labbra calde, dolci, un sapore buono, chissà se
era il rossetto o un liquore che aveva bevuto. Antonio
si discostò vergognoso. «Scusami Lucre', è che non devo avere un buon odore. Tutto il giorno al lavoro, sono stato pure dentro una specie di sotterraneo e...».

«È il tuo odore e mi piace». Aveva gli occhi umidi
e sereni, gli prese la mano e lo portò all'ascensore.

«Non vuoi mangiare qualcosa?» le chiese il viceispettore.

«Te» gli sussurrò in un orecchio.

Sulla tavola imbandita per due i resti della cena. Eugenia l'aveva apparecchiata come quella di un ristorante. Due bicchieri, due forchette, il tovagliolo di stoffa
intonato alla tovaglia, altro che cena improvvisata,
aveva pensato Casella. Ora i piatti erano sporchi, bri-

ciole di pane ovunque, la bottiglia di vino a metà, il piatto con solo mezza burrata al centro della tavola.

«Allora siamo d'accordo per Capodanno?».

«Se non disturbo» rispose Casella aggiustandosi il maglione sulla pancia.

«Martedì alle otto e mezza?».

«Va bene».

Eugenia si lasciò andare sulla sedia. «Non mi sembri entusiasta, Ugo».

«No no, lo sono, non vedo l'ora».

«Allora ti è piaciuta la cena?» e Eugenia con un gesto del mento indicò il tavolo.

«Tanto... non credevo che qui al Nord si potessero fare le orecchiette meglio che a Andria».

Eugenia sorrise.

«E pure la burrata, io non l'ho mai trovata. Come hai...».

«Ho le mie conoscenze».

Rimasero in silenzio qualche secondo sotto la luce che cadeva a pioggia dal lampadario.

«E anche il vino... da mo' che non bevevo il Primitivo di Manduria» disse Casella e si avvicinò il bicchiere alle labbra.

«Sono felice che ti sia piaciuta. Insomma non ho sfigurato con la cucina pugliese».

«No, macché...» le avrebbe voluto dire che se gli avesse cucinato pure un uovo sodo, cibo che Casella odiava, e una pannocchia di mais, altro alimento che detestava, sarebbe stata la migliore cena della sua vita. Ma non lo disse.

«Sei stanco?».

«Tu?».

«L'ho chiesto prima io».

«Un po'» rispose Casella.

«Vuoi andare a casa?».

Io vorrei restare qui per sempre, ma lo pensò soltanto. Invece credette che quella domanda, «Sei stanco?», fosse un modo gentile per sbarazzarsi di lui. La sua natura gli ordinò di obbedire a quel suggerimento.

«Però prima di andare ti aiuto a sparecchiare».

«Ma figurati» disse Eugenia, «cosa vuoi che siano due piatti?».

«E due bicchieri e due forchette e due tovaglioli e due coltelli?» aveva azzardato una battuta, ma Eugenia era rimasta seria. Casella abbassò lo sguardo.

«Sai cosa penso, Ugo? Che tu sia un po'... come dire» e guardò verso il soffitto. «Trattenuto, ecco».

«Trattenuto?».

«Sì».

«E da che?».

«Non lo so, dimmelo tu».

Casella portò ancora il bicchiere alle labbra ma era vuoto. Lo posò.

«Desideri altro vino?».

«No no».

Eugenia sorrise. «Lo vuoi un consiglio?».

Vorrei molto di più, ma non pronunciò neanche quella frase. «Certo».

«Sei una bella persona. Fidati. Non avere paura degli altri».

Paura degli altri? Suonava come un'ingiuria. Ma come? Lui era sceso in strada a fare a pugni col suo ex marito per difenderla. Era un poliziotto della squadra mobile, lui. «Io non ho paura» disse secco e un po' offeso.

«Ecco, lo vedi? Ti sei chiuso a riccio e capisci fischi per fiaschi».

Si stava mettendo male. Cosa aveva fatto per meritare quella sequela di improperi? Gli stava dando del pauroso e anche dello scemo. «Stai dicendo che sono scemo? Be', forse sì, un po', diciamo che non sono sempre pronto, però...».

«Oh mio Dio, Ugo, non sto dicendo che sei scemo...». Eugenia rise coprendosi la bocca. Gli sembrò ancora più bella. «Sto dicendo che ti dovresti lasciar andare di più, tutto qui».

Casella finalmente sorrise. «Ah, ho capito» annuì un paio di volte, poi il sorriso si spense. Afferrò un rimasuglio di pane, lo sbriciolò e si mise a giocherellare con la mollica. Fissò Eugenia, poi spostò lo sguardo sul lampadario, infine le disse: «È di Altamura?».

«Come?».

«No dico, il pane, è di Altamura?».

Eugenia lo guardò con un sorriso mesto e sconfitto. «Va bene... allora buonanotte Ugo».

Si alzò dal tavolo con la voglia di fuggire da quell'appartamento. Com'era possibile? Fino a qualche ora prima si sarebbe tagliato un dito pur di restarci, e adesso? Lei lo accompagnò alla porta. «Con Carlo tutto bene? Hai risolto?».

«Sì sì, tutto a posto. Carlo è bravissimo».

Si ritrovò per le scale. «Buonanotte, Ugo».

«'Notte, Eugenia...» guardò il viso della donna sparire dietro l'anta di legno. Poi rimase in compagnia dello spioncino e del cognome sulla targhetta. Scese le scale per tornarsene a casa. Aveva la sensazione, la certezza anzi, che qualcosa gli fosse scivolato fra le dita. Dove ho sbagliato?, si chiese. È vero, ho paura. Paura di dirle le cose come stanno. Rientrò nel suo piccolo appartamento, con un solo piatto, una forchetta, un bicchiere e una tazzina. Il televisore vecchio poggiato sulla sedia accanto alla credenza della cucina, le pareti senza neanche un quadro. «Dove ho sbagliato?» disse in un sospiro. «È facile dire che le orecchiette sono buone, la burrata è buona, il Primitivo è buono e pure il pane di Altamura. Sono cose estranee, no?». Invece dire che Eugenia era bellissima non ci riusciva. Poi quella sequenza di cibi prese tutta un'altra configurazione. Non era più un pasto preparato da una donna per un uomo, era di più. Un sospetto cominciò a trapanargli il cranio. «E se...» doveva chiamare suo cugino Nicola Di Scioscio a San Severo, conosciuto come «O saccio», anche se era di un'ignoranza crassa. Però di donne se ne intendeva. Guardò l'orologio. Era tardi ma lo chiamò ugualmente. «Nico', sono Ugo».

«O saccio...».

«Scusa, stavi dormendo?».

«Mai».

«Ti devo chiedere un consiglio».

«E dimmi pure. Aspetta che m'appiccio 'a sigaretta» sentì il suono dell'accendino. «Vai, pronto».

«Allora Eugenia, ti ricordi? M'ha invitato a cena».

«O saccio».

«Come fai a saperlo, Nicoli'? T'ha chiamato?» si era dimenticato del vizio di suo cugino.

«No, e chi la conosce».

«Vabbuò, insomma m'ha invitato a cena e preparato...».

«Ugo, dillo piano, con calma, che da quello che t'ha preparato si riconoscono le intenzioni».

«Allora, orecchiette».

«O saccio. Buone come quelle di zia Bobba?».

«No. Poi la burrata».

«Buona come quella di Fefè?».

«No. Pane di Altamura e Primitivo».

«Casa vinicola?».

«E chi se la ricorda. Allora, tu che dici?».

«Ti ha preparato tutte cose pugliesi».

«Infatti, a quello pensavo io».

«Mo' ci possono stare tre alternative. La prima: non conosce i tuoi gusti e allora s'è detta resto sul pugliese e così gli piace sicuro».

«Quello m'è venuto in mente pure a me».

«Scelta rischiosa però. Sei pugliese e conosci la cucina, quindi se non sa cucina' si mette proprio nel campo tuo?».

«Ah...».

«E sennò ci sta la seconda ipotesi: ti ha fatto una cosa gentile per dovere di ospitalità in onore alla terra tua. Un omaggio, diciamo».

«Eh. E la terza?».

«La terza è remota assai. T'ha usato una gentilezza per farti capire che le piaci».

Casella si morse le labbra.

«Ma è remota, te l'ho detto».

«Quanto remota, Nicoli'?».

«Tanto».

«Però non è che qui ad Aosta trovi facile la burrata e il pane di Altamura. Si è un poco impegnata, no?».

«Ugo mio, ma ormai la Puglia è dappertutto, basta che viaggi un poco e te ne accorgi».

«Lo dici tu che stai sempre a casa».

«O saccio».

«Nicoli', tu che faresti?».

«Io da mo' che le ero zompato addosso».

«Ah sì?».

«Ah no?».

«Oh Madonna, non so che fare».

«Ma fammi capire, tu sei stato a casa sua e te ne sei andato senza neanche darle un bacio?».

«Ma quale bacio, Nicoli'!».

«Ma non sulle labbra, quello della buonanotte. Sulle guance».

«Ah, perché?».

«E stammi a sentire. Tu le dai un bacio sulla guancia. Se la donna sposta un poco il viso verso le tue labbra, cioè diciamo meglio, visiona bene, se tu le baci la guancia destra e lei gira un poco la testa verso destra allora è segno che le piaci. Se invece gira il viso un po'

206

a sinistra, diciamo verso l'orecchio, proprio vuole darti la buonanotte e chiudere lì la serata. Capito?».

Casella s'era figurato tutto il movimento. «Sì, ho capito. Che faccio? Salgo e le do il bacio della buonanotte sulla guancia?».

«No Ugo, mo' no, il momento è passato. Partito, via, perso! La prossima volta che la incontri ci parli un po' e quando la saluti baciala sulla guancia. È la prova del nove, capito?».

«Ho capito».

«Eh sì. Mo' vado a letto che m'hai rotto lu cazzo. Buonanotte, ricchio'».

«'Notte, Nicoli'».

Ecco cosa gli era sfuggito fra le dita, il bacio della buonanotte. Ma ora Ugo Casella sapeva cosa andava fatto.

Era quasi mezzanotte e Lucrezia riposava con la testa sul suo petto. Dormiva? Questo Antonio non poteva dirlo. Lui era immobile da mezz'ora, le braccia costrette in una posizione scomoda cominciavano a formicolare. Come le cosce. E i glutei. L'idea che Serena lo aspettasse a casa accresceva lo stato di ansia che peggiorava col passare dei minuti. Avrebbe voluto almeno cambiare posizione ma temeva di svegliare la ragazza. Non poteva passare la notte lì in albergo, doveva inventare una scusa e tornare a casa. Cercò di guardare Lucrezia negli occhi ma era impossibile. Solo riusciva a sentire il respiro profondo e regolare. Provò a disincastrare un braccio, prima lentamente poi con un gesto secco. Lucrezia non si era mossa. Era il momento.

«Oh porca!» disse all'improvviso. Lucrezia spalancò gli occhi. «Che succede, amore?».

«Messaggio sul cellulare».

«A quest'ora?».

«Sicuro il lavoro».

«Io non ho sentito niente». Antonio si mosse gentile cercando di arrivare al telefono sul comodino. «Lo so, ho messo la vibrazione per non disturbarti, dormivi e non l'hai sentito» le disse. Lucrezia pigra rotolò nella sua metà del letto. Antonio afferrò l'apparecchio e finse di leggere un messaggio. Lucrezia osservava il viso del viceispettore illuminato dal display. «Che succede?».

«E lo sapevo» si alzò di scatto dal letto. «Amore, devo andare!».

Lucrezia si tirò su. «E dove?» chiese aggiustandosi la chioma.

«Te l'ho detto, devo seguire un tizio. Il mio collega chiede aiuto, spero non si sia messo nei guai».

La ragazza accese l'abat-jour. «Ma chi è questo tizio?».

«Lucre', non ti posso dire altro. È un'indagine per omicidio, non si scherza, c'è il segreto istruttorio» le rispose mentre si infilava i pantaloni.

«Ma non è vita questa».

«No, te l'ho detto, quando siamo operativi h24 non c'è pausa né tregua» si infilò il maglione, poi si chinò per baciarla. «Tu ora mettiti a dormire, ti chiamo domattina».

Lucrezia mise su il broncio. «E che faccio domani se tu stai al lavoro? Vuoi che vada a controllare gli operai a casa tua?».

«No!» rispose pronto il viceispettore. «Lascia perdere, domani è lunedì e non vengono. Mi dispiace, Lucrezia... ti voglio bene» le regalò un sorriso e uscì dalla camera. Chiuse la porta e tirò un respiro.

Verme, si disse.

Guidò per la città incontrando gruppi di ragazzi diretti verso qualche pub e li invidiò. La loro spensieratezza, la fiducia che riponevano nel futuro, la libertà. A neanche trent'anni lui lavorava come un bue, nessuna distrazione, solo doveri e nessun piacere e se pensava alla sua vita privata gli veniva da piangere. Affrontare Serena a mezzanotte dopo essere stato a letto con la sorella e aver consumato tutta l'energia vitale che gli era rimasta gli pareva un problema insormontabile. Una cosa era certa, doveva farla tornare a Senigallia con la promessa che... e lì il pensiero si bloccò. Quale promessa? Che avrebbero tenuto il bambino? Che si sarebbero messi insieme? E anche fosse, pensò, quando scoprirà che mi facevo la sorella e la cugina, come reagirà e soprattutto che razza di rapporto sarebbe stato? Avevano ragione Rocco e Italo, ragione da vendere. Troncare con tutte e tre, senza pensarci due volte, rinunciare ai giochi erotici di Giovanna, alla dolcezza di Lucrezia e all'imprevedibilità di Serena. Parcheggiò sotto casa, almeno un po' di fortuna, si disse. Salì le scale come un condannato a morte. Mise la chiave nella toppa. Entrò cauto, in punta di piedi. Il salone era illuminato. Serena era seduta sul divano con i piedi sotto il sedere e il telecomando in mano. Aveva apparecchiato per due, al centro una bottiglia di vino. Gli sorrise. «Ciao» disse senza alzarsi. «Ti aspettavo per cena».

«Ciao Serena. Purtroppo ho finito dieci minuti fa. Mi dispiace. Come hai passato la giornata?».

«Noiosa» fece, «sono stata a casa. Ma lo sai che è buffo?».

«Cosa?» chiese Antonio appendendo il giubbotto al gancio sulla parete.

«Ho avuto tempo di pensare. Prima di tutto la cosa strana è questo appartamento».

Per la prima volta in vita sua Antonio provò come doveva sentirsi un omicida inchiodato alle sue colpe dalle domande del vicequestore o del magistrato. «Cos'ha di strano?».

«Il frigorifero, per esempio, il microonde, un po' tutto l'arredamento, tranne quei quadri orribili che hai messo... i cuoricini! Sembra l'abbia arredato Lucrezia. Avete gli stessi elettrodomestici, stessi colori...».

«Già me l'avevi segnalato, Serena, e allora che vuoi che ti dica?» si sedette accanto a lei.

«Per esempio che mi ami» e si avvicinò per baciarlo. Antonio finse un trasporto esagerato anche se distrutto dalla giornata lavorativa e da Lucrezia. Avrebbe voluto solo andare a letto e dormire per sei giorni filati. La mano di Serena risaliva lungo la sua coscia e presto sarebbe arrivata lì dove al momento reazioni significative non c'erano. Sarebbe stata un'ammissione di colpa. Chiuse gli occhi e si concentrò. Forza, pensava, forza amico mio, svegliati. Ma l'amico non aveva nessuna intenzione. Pensò a una thailandese nuda che lo massaggiava coi piedi, a Charlize Theron, alle cosce nere e lucide di Naomi Campbell. La mano saliva, era quasi arrivata al punto e ancora niente. Heidi Klum, le ragazze di Victoria's Secret, Fernanda Lima. Niente, tutto taceva. Calma piatta. La mano di Serena si ritirò delusa. «Hai addosso un odore di donna» gli disse all'improvviso.

«Come?».

«Ho detto che odori di donna». Si allontanò il più possibile da Antonio, per quanto il divano lo permettesse, guardandolo seria. «Dimmi perché odori di donna».

«Io non ho un odore di donna» protestò annusandosi le ascelle.

«Avanti, dimmi la verità. Non vai in giro a lavorare, hai semplicemente un'altra qui ad Aosta?» gli chiese con dolcezza. «Puoi dirmelo tranquillamente, ti capirei».

Una lampadina rossa di allarme s'era accesa nella mente di Antonio e sembrava ripetere come un mantra: mentire, mentire, mentire. «Ma quale un'altra ad Aosta, Serena. Non ho il tempo per andare al bagno!».

«Dimmelo Anto', lo capisco. Siamo distanti, hai le tue esigenze. Non mi arrabbio, te lo giuro, voglio solo sapere».

Luce rossa sempre accesa. Non cadere nell'imboscata. Mentire, mentire, mentire. «Serena, sei stanca e annoiata, non sai quello che dici».

«Ma è la verità. Torni tardi, non... non reagisci, odori di donna. Dimmelo, credo che l'onestà sia importante. Come facciamo a costruire un rapporto senza dirci sempre la verità?».

Lo stava blandendo per estirpargli una confessione. Niente da fare, sarebbe esplosa come una bomba. No, mentire, mentire, mentire. «Non farmi il terzo grado, Serena. Non me lo merito».

Serena strizzò gli occhi. «E allora perché puzzi di femmina?». Il tono suadente era stato sostituito da un ringhio basso e profondo.

Cazzo, un incubo, pensò Antonio. È mezzanotte, sono a pezzi, non ce faccio più. «Oh Madonna che palle».

«Vai a letto con le prostitute?».

«Non ne ho bisogno».

«Allora chi è? Una collega? Ti scopi quella che stava col tuo amico, lì, Italo?».

Basta, non reggo. Mentire. Non ce la faccio più. «Ma per piacere!».

Serena si alzò dal divano guardandolo dall'alto in basso. «Hai messo incinta qualcun'altra mentre ero via?».

Stava per scoppiare. Lo sentiva, i nervi non reggevano più.

«Ripeto la domanda: hai messo incinta qualcun'altra mentre ero via?».

«Tua sorella, forse» disse.

E calò il silenzio.

«Non ho capito...».

«Mi scopo tua sorella. Da sempre. E pure tua cugina Giovanna».

Serena scoppiò a ridere. Antonio invece rimase serio. L'aveva detto, non doveva mollare, neanche sapeva come, ma gli era uscito dalla bocca così, con un fiato. Se si fosse unito alla risata buttandola sullo scherzo sarebbe tornato tutto nella normalità, sarebbe stato un errore. Il viaggio era cominciato, i buoi erano scappati dal recinto. Non si sa mai quando cominciano le guerre, e poi arriva un giorno all'improvviso e ti trovi in trincea. Pochi secondi e la vita cambia direzione. Dieci minuti prima stava soffrendo le pene dell'inferno, ora invece si sentiva libero come non gli succedeva da anni. Bene, si disse, ci siamo. Che comincino le danze, si dia inizio ai bombardamenti. Non era pronto, lo sapeva, non lo sarebbe mai stato, ma ormai il fiume era varcato.

Serena smise di ridere e scrutò il viso serio di Antonio che muto la guardava. Un peso di una tonnellata le scese giù per lo stomaco. «Sei scemo?» gli chiese.

«Mai stato più serio in vita mia».

Annamaria Scandella vedova Poresson aveva 88 anni e il sonno leggerissimo, nonostante i sonniferi che ormai non le facevano più effetto. Ciccio, il siamese castrato che le dormiva accanto, russava tranquillo accoccolato sul cuscino, una volta di suo marito Gilberto. Dapprima furono solo grida di donna, non distingueva le parole ma la violenza sì. Poi si aggiunsero a intervalli regolari un vetro fracassato, dei sassi, forse, che cadevano rimbalzando sul pavimento, il rumore sordo di colpi sferrati su qualche parete o un mobile, poi piatti, bicchieri, ancora un vetro fracassato e urla belluine. Alla fine una porta che sbatté con la violenza di un uragano e poi finalmente il silenzio. Tutto taceva. Preoccupata si alzò dal letto. Ciccio tirò appena su la testa, si guardò intorno, poi decise fosse molto più saggio restare a dormire, fedele alla virtù dei gatti di farsi sempre i fatti propri. Virtù che Annamaria non possedeva. Si infilò la vestaglia, le pantofole di lana, accese la luce e andò in corridoio. Prese le chiavi di casa, uscì e lenta salì la rampa di scale. Stava per bussare quando si accorse che la porta era aperta. «È permesso?» disse timida con la voce incrinata dagli anni. Entrò. Sul divano c'era il suo vicino, il poliziotto, Antonio si chiamava. La casa sembrava un campo di battaglia. A terra decine di cuoricini di metallo, non erano ciottoli dunque, in cucina gli elettrodomestici spaccati come anche la finestra del soggiorno, stoviglie piatti e frammenti di bicchieri ovunque. Il ragazzo alzò il viso. Aveva del sangue sul sopracciglio sinistro. «Mi scusi, signora Annamaria, c'è stato un putiferio. L'ho svegliata?».

La donna si avvicinò con due passetti. «Tu stai bene, figlio? Hai del sangue sulla fronte».

«È stato un cuoricino».

«Capisco» alzò le spalle. «Colpa tua?».

«Sissignora, completamente colpa mia».

«Ti faccio una camomilla? Vuoi un brodino?».

«No grazie». Si pulì il sangue con la federa del cuscino del divano. «Mi vergogno a dirlo, ma ho fame».

«Buon segno. Scendi giù, ti scaldo un po' di pasta e una frittata. Tanto qui adesso puoi fare poco. Mi sa che devi chiamare degli operai».

«Sì, stavolta mi sa di sì».

«Ti va di raccontarmi?» disse Annamaria uscendo dall'appartamento. «Magari mentre mangi. Aiuta, lo sai?».

L'ombra si mosse. Passò dal pronto soccorso, deserto a quell'ora di notte. Salì i gradini a due a due, e arrivò al primo piano. Aprì la porta di sicurezza. Dalla semioscurità delle scale di servizio passò alla luce potente dei neon del reparto. Attese qualche secondo in ascolto. Solo una televisione lontana spandeva un chiacchiericcio sommesso. Sul corridoio le stanze buie di degenza avevano le porte aperte, sul lato le targhette coi cognomi dei pazienti. Si fermò davanti alla stanza numero 5 occupata da Curreri Beniamino e Schiavone Rocco. Da una camera spuntò un vecchio in pigiama, curvo, aggrappato a un cavalletto di alluminio, avanzava a fatica verso i bagni. Lo teneva come un manubrio di bicicletta, lo puntava e poi trascinava i piedi. Di nuovo puntava le quattro zampe di alluminio, poi muoveva due passetti.

Tac! Sshhht... Tac! Sshhht!

Si nascose nell'ombra della stanza numero 5. Il vecchio magro col collo di una tartaruga sembrava segnare il tempo coi suoi passi strascicati. Un'infermiera con la pelle scura uscì dal locale della caposala e si avvicinò al paziente. Lo prese per un braccio e lo accompagnò dolcemente verso i bagni sussurrandogli parole che l'uomo sembrava non capire. L'ombra attese ancora qualche secondo nel buio della stanza, poi si mosse. Dalla finestra penetrava la luce esterna dell'ospe-

dale che permetteva di vedere i contorni degli oggetti. Due sedie, due letti. Sul primo sotto le coperte gia-
ceva un uomo che russava. Distingueva la testa del malato poggiata sul cuscino, piccola, scheletrica, con dei
labbroni enormi sui quali spuntava una cucitura a zig
zag. Sui comodini acqua minerale, caramelle, fazzoletti di carta. Il secondo letto invece era vuoto. Lenzuola spiegazzate, nessuna traccia del degente.

Rocco era al terzo piano sulle scale antincendio.
Fumava la canna serale e cercava di fermare i pensieri. Un fatto era certo, appena tornato a casa e risolta
la questione Sirchia avrebbe dormito per sei giorni di
seguito per poi parcheggiarsi al Grottino a mangiare
solo pesce. Gli tornò alla mente l'invito per Capodanno della Buccellato. Dopodomani sera, si disse. Cosa
ci fosse dietro non lo poteva sospettare, ma la luce negli occhi della donna quando gliel'aveva proposto lo
incuriosiva parecchio. La notte era tranquilla, l'umidità sembrava sparita, l'aria più secca avvertiva che fra
poco sarebbe tornata la neve. Rocco cominciava a ri-
conoscere i segnali della natura di quei posti alpini. Non
poteva innamorarsene, anzi li detestava di più ogni giorno che passava, ma ormai s'era arreso al fatto che le
uniche cose di Roma con le quali avrebbe convissuto
erano le rovine di pietra scura che vedeva ogni giorno e davanti alle quali spesso si faceva due chiacchiere con Marina. Gettò la canna nella scala antincendio
e tornò dentro. Lento scese i piani fino al suo reparto. Silenzio, solo una televisione lontana lasciata ac-

cesa forse da un degente e l'odore di medicinali e disinfettante. Entrò in camera. Come al solito Curreri russava a pieni polmoni. Raggiunse il letto. Una lama di luce bagnava le lenzuola. Sopra c'era un foglio di carta. Lo prese. La grafia era incerta e piegava verso sinistra.

Caro Rocco, sono passato, te ne sei accorto? 'Ste righe saranno piene di errori, da mo' che nun scrivo. Ti volevo saluta' di persona, magari abbracciarti pure che 40 anni di amicizia mica so' pochi. So' tanti, anzi. E mi dispiace se non t'ho creduto. Che t'ho accusato d'infamia. Poi mi sono ricreduto, resti no stronzo ma un fratello stronzo. Nun ride, lo so che stai a ride. Te ricordi quando facevamo la distinzione fra fratello, amico e amico stronzo? Gli unici quattro fratelli eravamo io, te Brizio e Furio. L'artri ar massimo erano amici, o amici stronzi. Appunto. Non ci sei, chissà ndo cazzo stai, rintanato a fuma' o ce stai a prova' con qualche infermiera? Sono stato qui ad Aosta mentre ti operavano per sapere come andava. E so' stato qua sotto perché in un letto d'ospedale uno è debole, è facile preda, insomma te se fanno facile. Oh, a proposito, so tutti i prezzi del ferramenta qui all'angolo, se te serve chiedi. Mo' stai bene e stai a usci', e non c'hai più bisogno de me. Te volevo saluta' perché io e te forse non ci incontreremo più. Quello che devo fare lo sai, sto dietro a quell'infame, per questo stavo qui sotto! Se l'infame lo trovo prima io sparisco, lo capisci da te, se me trova prima lui sparisco lo stesso, o magari me ritrovo in un fosso, anche questo lo capisci da te. Sono tante questioni che vorresti sapere, e hai tante domande. Lo so, pensi ai cadaveri sotterrati. C'è chi li mette, c'è chi li toje, chi nun li trova. Mo' tempo non ce n'è più. Accontentati de 'st'orso che t'ha sempre voluto bene e te pensa, come so che anche tu me pensi. (Nun lo lascia' il cellulare sul comodino, apri' il registro e vede' che m'hai chiamato ogni giorno da settimane quasi m'ha fatto veni' da piagne). Tho lasciato una foto dentro, come se dice? Un selfie, così te ricordi de 'st'amico tuo. Stamme bene, rinnamorati se ce riesci, io non ce riesco più. Ma quanto cazzo russa 'sto coso qua vicino? Ciao Rocco.

Tuo

SEBASTIANO

P.S. te voi fa' 'na risata? Mo' sur documento c'ho messo 'sto nome: Bruno Conti. Che dici i colleghi tua lo capiscono che è falso?

Rocco aprì il cellulare. C'era la foto di Sebastiano che rideva steso sul suo letto d'ospedale. Ma aveva la faccia stanca e gli occhi cerchiati. «Ciao Seba...» disse Rocco sottovoce. L'avrebbe rivisto? Non lo sapeva. E tutte le domande che avrebbe voluto fargli, il cadavere di Luigi Baiocchi scomparso dal villino, i microfoni che Sebastiano diceva di avere in casa, questioni che sarebbero rimaste senza risposta. Guardò fuori. Qualche fiocco di neve attraversava pigro la notte. E l'uomo all'angolo col ferramenta non c'era più.

«Se n'è andato?».

È venuta in camera da letto. «*Pare di sì. È stato qui sotto per giorni*».

«*E ti ha detto cose interessanti?*».

«*Sì. Ci avrei voluto parlare*». *Se ne sta seduta nell'angolo della stanza, vicino al bagno. A malapena riesco a vederle il viso.*

«*È sempre così. Quando qualcuno se ne va ci rendiamo conto di quante cose avremmo voluto ancora dirgli. Ma non è così, sai? Fra le persone che si vogliono bene le cose da dirsi non finiscono mai. Però prima o poi vanno interrotte*».

«*Lo so Marina, lo so*».

«*Be', approfittane. Sto qui*».

«*Ti amo*».

Ride.

«*Che te ridi?*».

«*Me lo dicevi anche prima*».

«*Allora ti dico una cosa che non sai. Le zucchine ripiene mi hanno sempre fatto schifo*».

«*Pure a me!*».

«*E perché le cucinavi?*».

«*Non sapevo fare altro!*».

«*Poi ti volevo dire, a parte quando sei andata via di casa, ti sei mai pentita di stare con me?*».

«*Mai Rocco, neanche quando sono andata via di casa*».

«*E ti piaceva fare l'amore con me?*».

«*Uhhh, cos'è l'ora dello spleen romantico?*».

«*Rispondimi*».

«*No*».

«*Sul serio?*».

«*No*».

«*Un'altra cosa. Ma io e te avevamo mai pensato di fare un figlio?*».

Gli occhi le diventano grandi, non so se ride o è seria. «*Sì*» *mi dice.* «*Non te lo ricordi?*».

Mento. «*Sì*».

«*Stai dicendo una bugia. Eravamo in Sardegna. A Tharros. Facevamo il bagno. Tu mi dicesti facciamo un figlio, ora, in mezzo all'acqua. C'erano turisti, bagnanti, mi vergognavo*».

«*Lo sai che non lo ricordo?*».

«*Strano, perché avevamo anche deciso il nome*».

«*Francesco se era un maschio*».

«*Bravo. Caterina se era una femmina*».

«*Caterina? No, non credo*».

«*Piaceva a me. Lascia perdere Rocco, un nome non vuol dire niente*».

«*Forse è meglio che non l'abbiamo fatto. Avrei perso pure quello*».

«'A con chi 'arli?».

Rocco si voltò di scatto verso Curreri che s'era appoggiato sul cuscino fra il sogno e la veglia.

«Curreri, ma perché non muori?».

La ferocia del viso di Schiavone semisommerso nell'ombra terrorizzò il vicino che richiuse gli occhi e provò a riaddormentarsi.

Marina non c'era più.

Anche i fiocchi di neve avevano smesso di cadere.

Lunedì

Le sei del mattino, fuori era buio, Rocco infilò i due cambi lo spazzolino e i libri che gli aveva portato Gabriele in una busta di plastica. Curreri dormiva. Si avvicinò al letto. Lo scosse. «Curreri!» urlò e quello si svegliò di soprassalto. «Oddio, che c'è?».

«Me ne vado. Stamme bene!».

«Ma 'affanculo!» disse il vicino e si rimise a dormire. Con un sorriso stampato sulle labbra uscì in corridoio. Incontrò Salima che stava per portare le colazioni ai degenti. «Arrivederci Salima, me ne vado».

«Come? Non aspetta il dottor Negri?».

«Sono stato già troppo tempo qui dentro. Sei una donna in gamba. Grazie».

«Grazie per cosa?».

Damiano s'era affacciato sulla sedia a rotelle. «Te ne vai, dottore?».

«Già sveglio? Sì, Damiano, non ce la faccio più» gli strinse la mano. «Stammi bene».

«Pure tu. Se serve il mio numero...» infilò una mano nel marsupio e tirò fuori un cartellino. «Eccolo. Tieni».

Rocco lo prese e se lo mise in tasca. «Ciao... ah, dimenticavo!».

Prima di andare via doveva lasciare un messaggio. Entrò nella stanza numero 1. Giuliano, il paziente che aveva gioito della morte del generale, dormiva. Lo scosse. «Giulia'... Giuliano». Quello aprì gli occhi. «Eh? Che c'è? Che vuoi?».

«Io sto uscendo. Quando esci pure tu, ti aspetto». Gli sorrise.

«Ma vaffanculo» disse quello e provò a girarsi.

«Ti aspetto» ripeté Rocco. Poi uscì dal reparto.

Chiamare Brizio alle sei era un insulto, ma non poteva più aspettare. «Pronto?» la voce assonnata dell'amico rispose al sesto squillo.

«So' io».

«'Cci tua, nun potevi aspetta'?».

«No».

«Aspe', mi alzo e vado di là sennò sveglio Stella...».

Rocco uscì dall'ospedale salutando il barista che ricambiò con un cenno del capo. Da lontano gli mostrò un panettone ma Rocco declinò con una smorfia.

«Allora éccome... che succede?».

«Sebastiano è stato qui».

«Da te?».

«Da me. Non l'ho incontrato, ma stanotte è salito in reparto, m'ha lasciato una lettera sul cuscino. Sta dietro a Baiocchi. Dice che sono giorni che è qui ad Aosta» il rumore dell'accendino gli rivelò che Brizio s'era acceso una sigaretta. «Che c'è?».

«Due cose, Rocco. Il fatto che Sebastiano sa scrivere qualcosa più lungo de 'na firma già è 'na novità» e si misero a ridere.

222

«Infatti te farei vede' che ha scritto...».

«La seconda. Se è ad Aosta da giorni e sta dietro a Baiocchi è facile che l'infame bazzica da quelle parti».

«Certo, ci ho pensato pure io. S'era messo a fare la guardia sotto all'ospedale».

«Proprio da Seba. E allora occhi aperti. Forse è il caso che salimo io e Furio?».

«No Brizio, non c'è bisogno. So' stato dentro a un letto d'ospedale per giorni, venire qui e sparamme non ce voleva niente. No, Sebastiano lo cerca qui perché pensa che Baiocchi voglia venire da me. Ma non è così. Quello s'è infrattato da qualche parte. Se esce fuori è per lasciare il paese».

«Dici?».

«Dico. Ti ricordi? L'avevamo trovato vicino al confine con la Slovenia. In Italia non può rimanere».

«Sarà... ma tieni gli occhi aperti».

«Dormi sereno».

«Lo sai 'ndo sta *dormisereno*?».

«Ancora? Ma che c'avete tutti?».

Alle sette del mattino col buio che avvolgeva la città Rocco Schiavone entrò nella morgue. Si guardò intorno per cercare la sala sorveglianza di quel luogo poco accogliente.

«I 'cche tu fai a quest'ora?» la voce di Fumagalli, già pronto per una nuova giornata di lavoro, lo fece voltare.

«Esco».

«E vieni qui?».

«Pure te perché a quest'ora?».

«Lasciami perdere. Lavoro arretrato, in più stamattina quelli dell'amministrazione ospedaliera fanno il solito festino del cazzo per la fine dell'anno. Ibò, mi viene da vomitare».

«E perché ci vai?».

«Hai mai sentito parlare di doveri professionali? Non credo, ma che ne sai tu, te ne sbatti allegramente le palle. I professionisti seri hanno uno status da mantenere all'interno del luogo di lavoro. Vanno alle celebrazioni, agli incontri con la stampa e tutte quelle segate che tu neanche hai il sospetto di cosa siano. Vabbè, che fai allora?».

«Dove trovo i controlli delle telecamere della morgue?».

«Che cerchi?».

«Voglio sapere se una certa persona è passata di qui nei giorni prima dell'operazione di Sirchia».

«Nientemeno. A parte che non so neanche se funzionano, ma dopo 48 ore li cancellano di sicuro. Chi è?».

«Un tizio dell'emoteca».

Fumagalli sorrise: «Perché dovrebbe essere entrato qui?».

«Per poi passare non visto in ospedale attraverso quei corridoi sotterranei».

Fumagalli salutò un infermiere. «Ma chi è, quello coi capelli verdi?».

«No, l'altro».

«Ah, il tossico».

«Lo conosci?».

«Se lo conosco? Una volta m'ha rubato la codeina dal mobiletto dello studio. Mi sta sulle balle non sai quanto».

«Quindi è inutile che vado a cercare i filmati».

«Inutile. Anche perché te lo dico io».

Rocco lo guardò a bocca aperta. «E lo sai perché lo so? Alla vigilia, il 24 mattina. Aspettavo un pacco da Amazon».

«Che cosa?».

«Un regalo» fece quasi intimidito il patologo.

«Un regalo? Per chi?». Alberto non rispondeva. «Per la Gambino?».

«E pure se fosse? Sai cosa? 'Un ti dico più nulla» e fece per andarsene. Rocco lo bloccò afferrandogli il braccio. «Non fare lo scemo. Vabbè, le hai fatto un regalo, e hai fatto bene. Lei a te lo ha fatto?».

Fumagalli sorrise tronfio. «Più d'uno».

«Cialtrone».

«Ci sarai. Vabbè, stavo aspettando il pacco, se non arrivava per il 24 notte ero nei guai, e l'ho visto. Saranno state le undici di mattina? Undici e mezza? Comunque arriva con una moto di merda, tipo easy rider, capisci? La parcheggia fuori. Io gli faccio: "Oh, se vuoi ho preso degli oppiacei nuovi" e lui mi manda a 'acare. È un imbecille».

«Ed è entrato?».

«È entrato. E dov'è andato una volta che ha preso il corridoio sotterraneo?» gli chiese Alberto.

«All'emoteca. Per nascondersi dalle telecamere».

«Che c'è andato a fare all'emoteca? Non era in ferie il coglione?». Rocco lo guardò, Fumagalli sorrise. «L'ha cambiata lui la targhetta!». Rocco annuì. «Senti, a proposito di sangue, guarda che Michela ha una notizia da darti. Non ti anticipo niente, sai com'è fatta».

«No, com'è fatta?».

«Bene» disse Fumagalli e gli fece l'occhiolino.

Alle sette e mezza, col sole che stava cominciando a colorare il cielo miracolosamente sgombro di nuvole, Rocco entrò nel bar centrale. «Finalmente la rivedo!» fece Ettore.

«Allora Ettore, un cappuccino come Dio comanda e due cornetti, uno con la crema».

«Brioche».

«Chiamali pure fraccazzo da Velletri basta che me li dai!» e indicò il contenitore di vetro sul bancone.

«Ricevuto».

Italo e Antonio entrarono in quel momento. «Ah, Ettore, fai lo stesso pe' 'sti due sfaccendati. Ci andiamo a sedere ai tavoli».

«Alla fine non ha nevicato» disse Italo, ma Rocco non gli rispose. Non parlò fino a quando terminò anche la seconda brioche. Masticava in silenzio assaporando tutti i grassi, il burro e la dolcezza dello zucchero a velo misto alla crema. «Ah... mi mancava» disse alla fine pulendosi le mani col tovagliolo. «Sì Italo, non ha nevicato. Veniamo a noi. Non c'è stato bisogno dei filmati. Fumagalli ha visto Quinod la mattina del 24 alla morgue per poi entrare nel sotterraneo».

«Ah!» fecero in coro i poliziotti.

«Esatto, il cazzone è lui. Ora aspettiamo qualche risposta di Casella, se ci degna della sua presenza. Lo chiamo da stamattina ma è sempre staccato. Cosa ci manca?».

«Sapere per chi ha lavorato Quinod».

Solo allora Rocco si rese conto che il viceispettore aveva un taglio sul sopracciglio. «Che hai fatto lì?».

«Ah, niente» se lo toccò distratto.

«Ammazza niente...? È uno sbrego, Anto'!».

«È stato un cuore».

«Un cuore?».

«Sì, di metallo».

Rocco appoggiò i gomiti sul tavolino. «E come c'è finito un cuore di metallo sul tuo sopracciglio?».

Antonio guardò Italo, poi a occhi bassi raccontò la serata. Rocco e Italo dovettero reprimere una risata. «La tua donna t'ha distrutto casa perché hai confessato?».

«E come ti senti?» gli chiese Italo.

«Una merda. Anche perché ora devo affrontare Lucrezia».

«Vacci protetto, senti a me. Se poco poco è come la sorella... e ricordati che poi c'è pure la cugina, o no?».

Antonio si mise le mani sul viso, Rocco non si tenne e scoppiò a ridere, Italo gli andò dietro.

«Ridete, ridete. Vi siete divertiti?».

«Non te la prendere, Antonio» disse Italo, «devi ammettere che è una situazione assurda».

«Italo ha ragione, viceispettore. Parecchio ridicola. E col bambino?».

«Ma che ne so? Ha preso la valigia e se n'è andata. Mi richiamerà» e bevve il caffè con una sola sorsata.

«Era una situazione che non poteva durare, Anto'. Credimi».

«Vedrai che resterà col marito» fece Italo, «come io ti ho predetto».

«Questo è sicuro. Che fa? Torna da uno che si trombava la sorella? E anche la cugina?». Rocco si accese una sigaretta.

«Hai fatto strike» fu il commento finale di Italo.

«Bene agenti, torniamo a noi. Cosa dobbiamo capire allora? Per chi lavora Quinod. Il motivo credo sia abbastanza semplice».

«Denaro».

«Bravo Italo. Invece per quanto riguarda chi lo paga è una situazione più spinosa. Ancora non sappiamo niente. Ora passo da casa, faccio una doccia e vado in ufficio. Devo chiamare il questore e dirgli un po' di cose. Antonio, vorrei tu andassi da Baldi, dovrebbe riferirci su quella Sonia Colombo, la tizia di Verrès».

«Ricevuto».

«Italo, tu invece stai attaccato a Quinod, non dargli tregua. Guarda chi incontra, che fa, lui è il nostro punto debole».

«Ricevuto».

«Tutto chiaro, muoviamoci».

«Posso andare prima da Lucrezia?» chiese Scipioni.

«Dipende, quanto ci metti?».

Antonio guardò Rocco, poi Italo. «Credo poco, anzi penso che già lo sappia».

Appena mise piede in casa Lupa gli saltò addosso gettandolo quasi a terra. «Amore no, ho la ferita...». Cercava di difendersi dalle zampate del cane che uggiolava e scodinzolava. Dovette sedersi sul divano e carezzarla per qualche minuto. «Mi sei mancata, piccola mia». Per festeggiare gli portò l'osso di gomma verde, l'oggetto più prezioso che possedeva. Gabriele era nel suo letto. Le effusioni di Lupa lo avevano svegliato. «Come va? E l'occupazione?».

«Ho lezione alle 10».

«Pensavo che sotto le feste non facevate niente».

«Ci prendi sottogamba. Perché tu e quelli della tua generazione ci guardate come degli imbecilli? Possiamo magari essere ingenui, sprovveduti e un po' creduloni, ma siamo persone serie e l'occupazione è una cosa seria. Non risolveremo niente? Chi se ne importa, ma almeno ci siamo fatti sentire. Esistiamo, non siamo dei cadaveri davanti a un videogioco».

«Ti sei svegliato in forma, vedo. Hai ragione, Gabrie'. Scusa».

«Bentornato però» e gli sorrise.

«Mamma?».

«Mamma è a Milano» fece il ragazzo guardandosi intorno assonnato.

«A Milano?».

«Sì, è partita per Milano ma rientra stasera».

«Io mi lavo, poi vado in ufficio. E la tipa, come si chiama, Marghi?».

Gabriele evitò la domanda. «Mi devi dei soldi».

«Ma se t'ho mollato 50 euro».

«Ne mancavano dieci più altri dieci».

«Prendili, sono nel portafogli. Nel loden». Finalmente andò in bagno. «Sei avido».

«C'era un accordo preciso e ho le mie spese».

«Per via di Marghi?».

Per la seconda volta Gabriele evitò la questione.

Si spogliò stando attento al cerotto. Salima gliene aveva dati altri cinque per rimetterseli dopo ogni lavaggio. «Magari per la doccia aspetterei» si era raccomandato Petitjacques, ma Rocco non gli diede peso. Staccò la garza con cura evitando di guardare la ferita. Era bello levarsi il puzzo e la patina dei giorni di ospedale. Dietro il vetro della cabina doccia Lupa lo osservava. «Ora ti metti un po' a dieta, Lupa, somigli a Gabriele» le disse. Dov'era andata Cecilia? Forse ha un uomo, pensò. Sarebbe stato un passo avanti anche perché quella convivenza cominciava a pesargli. I moti improvvisi di generosità li aveva sempre pagati cari. Nel momento in cui le aveva detto: «Cecilia, tu e Gabriele state qui da me!» sapeva che se ne sarebbe pentito. Come quando prestava soldi a un amico in panne e prevedeva che quei soldi non li avrebbe più rivisti, e nel novanta per cento dei casi ci azzeccava. Non poteva controllare quei gesti, non era nella sua natura. Se qualcuno entrava nel suo branco, Rocco doveva proteggerlo, senza domandarsi se fosse giusto o sbagliato. Lo aveva fatto da quando era un bambino, ora a quasi 50 anni cambiare lo stato delle cose era impossibile.

Si rivestì sempre guardato a vista da Lupa che non lo mollava un istante, paurosa di riperderlo per chissà quanto anche se i cani, e questo Rocco lo sapeva, non hanno una precisa nozione del tempo. Puoi andare a fare la spesa o a spasso per il mondo in 80 giorni, quando torni a casa ti fanno le feste come se non ti vedessero da anni. È la paura di essere abbandonati. Inutile rassicurarli, carezzarli, è una paura ancestrale, incistata nel DNA. Come gli uomini, d'altra parte. Tutti abbiamo paura di essere abbandonati. Da un amico, dalla salute, dalla vita. Rocco temeva la fine dei rapporti. Era il motivo per cui non riusciva a chiudere le porte, i cassetti e le ante dell'armadio, neanche il tappo del dentifricio. Qualsiasi gesto, per quanto banale, che puzzasse di definitivo, gli metteva ansia. La tavoletta del cesso no, quella non la chiudeva in quanto uomo. Salutò Gabriele e insieme a Lupa uscì di casa. La ferita tirava un po' di meno, si era rimesso il cerotto senza guardarla. A via Croix de Ville si fermò al civico numero 36 e citofonò a casa Negri. Erano le nove, sperava di trovare il professore ancora in casa. «Chi è?».

«Schiavone».

«Scendo, sto andando a prendere un caffè».

«Lei è uscito senza attendere il mio placet. Chiudo

un occhio ma lei viene a fare un controllo, diciamo dopodomani. Non è un invito, stavolta è un ordine».

«Sissignore!» rispose Rocco. «Dottor Negri, prima di entrare al bar dove possono esserci troppe orecchie, le devo dire una cosa molto importante».

«Mi dica».

«È omicidio».

«Lo so, Schiavone, l'assassino è l'ospedale. Caso risolto».

«No. Sto parlando di omicidio volontario».

«Cioè qualcuno...».

«Ha ucciso Sirchia. Io sono a metà del guado. So come l'hanno ucciso ma non conosco ancora il motivo».

Negri ingoiò la saliva. «Mi sta passando la voglia del caffè».

«Ascolti, questo che le sto dicendo deve morire qui, adesso. Lo faccio solo perché la voglio tenere informata, gliel'ho promesso, e perché desidero che lei dorma sonni tranquilli. C'è un figlio di puttana che comanda e un piccolo deficiente che ha agito. Il piccolo deficiente ce l'ho. Col grosso ci finisco l'album. Ma è questione di poco».

«Omicidio...». Negri guardava per terra, ripeteva la parola per convincersi che quello che aveva sentito fosse vero. «Omicidio».

«Già. Brutta storia, però guardi il suo orto. È meglio così, non crede?».

«Non lo so, Schiavone. Io non ho mai avuto a che fare con gli omicidi. Il mio lavoro, come ha detto lei, è l'esatto opposto. E non credo che questa notizia mi alleggerisca il morale. Un errore è possibile, siamo umani, chi non lo commette? Un omicidio è tutta un'altra storia».

«Certo, e gli uomini uccidono per motivi inutili e stupidi. Siamo i traditori della natura, dottore, e prima o poi verremo cacciati a calci in culo. E non possiamo certo dire che non ce lo meritiamo».

«E lei adesso deve trovare chi ha voluto compiere quest'atto sconsiderato...».

«Lo capisce quando le parlavo del fango, del pantano nel quale mi devo infilare?».

«Pienamente. Lo prende un caffè con me?».

«Non posso. Ho il questore in equilibrio sui coglioni» riuscì a strappare un sorriso al chirurgo.

«Grazie» gli disse Negri entrando al bar.

«Andiamo, Lupa!».

Gli occhi che lo scrutavano dal fondo del corridoio senza abbandonarlo un istante non gli erano sfuggiti da quando accompagnato da Lupa era entrato in questura. Tutti, agenti e dirigenti, gli stringevano la mano per congratularsi, sorridevano salutandolo con delicate pacche sulle spalle. Michela Gambino, seria, braccia conserte, lo fissava pallida. Notò subito un bellissimo anello infilato al dito medio. «Che c'è Michela? Hai scoperto che la terra è piatta?».

«Bentornato, imbecille».

«Grazie. È nuovo quell'anello?».

«Questo?» la Gambino lo osservò come se lo scoprisse in quel momento. «Sì».

«Bello... un regalo?».

«Sì, ci sono anche persone generose al mondo» gli disse.

«Se ti riferisci alla persona a cui penso io, generoso è l'ultimo aggettivo che mi viene in mente. Vabbè, che c'è? Mi guardi come se t'avessi rubato in casa».

«C'è un fatto strano».

«Solo uno?».

«Vieni» lo afferrò per il gomito per portarlo nell'angolo riparato dei distributori del caffè.

«Miche', non cominciare con il club dei 300, alieni e scie chimiche».

«Macché. Allora, mi sono fatta un mazzo tanto così e c'è un fatto che non quadra. Ti riassumo breviter. Sirchia aveva il gruppo 0 Rh negativo. Nella sacca c'era A Rh positivo. Ora però mi devi spiegare perché su un camice io ho trovato delle piccole macchie di un altro gruppo sanguigno: B Rh positivo».

Rocco la guardò. «Di questo sei sicura?».

«Ci ho fatto la notte. E ho chiamato per sicurezza anche Alberto. Abbiamo ripetuto le analisi insieme. B Rh positivo senza ombra di dubbio».

«Hai ragione, Michela. È un fatto strano».

«Ma parecchio. Ora ho finito con le analisi e mi rimetto a lavorare sulla pallottola per capire chi ha sparato».

«Aspetta un attimo» la richiamò Rocco. «Una sciocchezza. Visto che mi pare un termine scientifico, tu sai che vuol dire eupeptico?».

«Certo. E se hai fatto il classico come dici dovresti

saperlo magari tu. Viene dal greco, *eu* buona e *pèpsis* digestione. Tutto quello che aiuta una buona digestione o fa venire l'appetito».

Rocco ci rifletté sopra. «Una persona può essere eupeptica?».

«Boh, di solito si parla di aromi, piante, odori, ma di esseri umani... magari sì, perché no? Il motivo per cui me lo chiedi?».

«Niente... niente, grazie...».

La Gambino guardandosi intorno come una ricercata internazionale sparì nelle scale che scendevano al suo laboratorio, il suo regno, come amava chiamarlo. Rocco invece si incamminò verso il suo ufficio. Davanti all'ascensore c'era Deruta.

«Ben tornato, dottore!».

«Ciao Michele. Che succede? Sei ancora unto. Continui a non lavarti».

«Il panificio, dottore, finisco di lavorare e poi continuo a sudare per un po', mica so il motivo. Sia sulla fronte, le ascelle...».

«Va bene così, non addentriamoci nei dettagli. Che vuoi?».

«Io sto sempre dietro a quel Blanc».

Rocco aveva dimenticato il compito assegnato all'agente. Non se la sentì di dirgli che era stato tempo buttato. «Bene».

«Vuole sapere?».

«E certo. Sono tutto un fremito».

«Allora, Giuseppe Blanc la mattina va a fare la spesa, poi il pomeriggio si vede con il gruppo a fare le prove e suonano per almeno quattro ore. Poi torna a casa a cena. Poi esce e va al pub che si chiama...» tirò fuori una carta spiegazzata dalla tasca e lesse «Fiddler's Elbow. Mi sa che sono irlandesi, fuori hanno un tricolore come il nostro, ma il rosso è più un arancione, diciamo».

«Bene Deruta, adesso...».

«Poi dopo il pub se ne va a cercare le prostitute con un amico sulla statale e alla fine torna a casa alle tre. Poi va a dormire e ricomincia. Ah sì, ora ha i capelli viola».

«Ottimo lavoro. Può bastare. Fatti un po' di riposo. Vattene a casa, dormi, vai al cinema, insomma rilassati».

«Veramente?» chiese il poliziotto con gli occhi eccitati. «Che bel regalo».

Zompettando sui piccoli piedini Deruta si allontanò.

«Rocco?». Schiavone si affacciò nella tromba delle scale. Antonio era al piano di sotto e scuoteva un foglietto di carta. «Roba interessante».

Rocco scese e lo raggiunse. «Dimmi tutto».

«Baldi ha dato un'occhiata a questa Sonia Colombo che, detto fra noi, è una gran bella gnocca».

«Non sei nella posizione di disquisire sull'argomento. A proposito, sei stato da Lucrezia?».

«Era già partita senza lasciare un messaggio. Ho provato a chiamarla ma ha il cellulare staccato».

«Ti è andata bene, ci hai più culo che anima. Allora, che racconta Baldi?».

«È abbastanza semplice. La tizia riceve da tempo ogni mese 6.000 euro».

«Però. E che lavoro fa?».

«Non è uno stipendio. I soldi vengono tutti dal conto personale di Roberto Sirchia».

Rocco guardò l'orologio. «Vieni con me».

«Dove andiamo?».

«A dare un'occhiata, vediamo se riesco a incontrare Lorenzo Sirchia in territorio neutrale». Richiamò Lupa che si stava interessando a un bicchierino di plastica caduto fuori dal secchio dell'immondizia.

«Coppia di vasi policromi Gibus & Redon seconda metà dell'Ottocento, l'asta parte da 800 euro».

Si alzò una mano con la paletta dal centro della platea. «900».

Un'altra paletta. «1.000... 1.150 qui in prima fila» annunciava l'imbonitore.

Rocco e Antonio in piedi in fondo all'enorme sala guardavano i clienti della casa d'aste. Una settantina di persone sedute su delle comode poltroncine assistevano alla presentazione degli oggetti esposti su dei piedistalli rivestiti di velluto blu. Una telecamera ne rimandava l'immagine sui monitor piazzati lungo le pareti per chi era seduto distante. In fondo, sulla sinistra, c'era un tavolo con sei donne in tailleur impegnate al telefono. Ogni tanto una di loro guardava il banditore e alzava una mano.

«2.500 al telefono» disse quello al microfono.

«Duemilacinquecento euro quei due vasi?» sussurrò Antonio a Rocco che annuì. «Ma roba da matti».

«3.200 uno... due... tre!» l'uomo batté appena il martelletto di legno sul suo leggio in plexiglas. «Aggiudicato al numero 54» e scrisse qualcosa su un suo registro. Una ragazza si avvicinò alla seconda fila di poltrone con un foglio e prese le generalità del vincitore. Rocco ne scorgeva solo la nuca.

«Allora Rocco?».

«No, Lorenzo Sirchia non lo vedo. Andiamo a dare un'occhiata sul retro». Si mossero, poi qualcosa bloccò Antonio. «Guarda lì?» e indicò la sala. «Terza sedia a destra, bruna, ha una giacca rossa. Vista? Quella è Sonia Colombo».

La donna puntava gli occhi sul piedistallo mentre due addetti eleganti toglievano i vasi appena venduti incrociandosi con un altro valletto che sistemò un quadro pronto per la vendita all'incanto, una massa di colori gialli, pennellate casuali e frammenti di intonaco applicati sopra.

«Jonathan Meese, olio su tela del 2007, provenienza Contemporary Fine Arts di Berlino, autenticata e pubblicata sul catalogo generale a pagina 125. Base d'asta 14.000 euro».

«Io saprei fare meglio».

«Tu sei Scipioni Antonio e fai il viceispettore e se fai una roba simile al massimo la gettano nell'indifferenziato, quello si chiama Meese e fa il pittore».

«Fa cacare».

«È una storia lunga, un giorno se avrò tempo te la spiegherò. Ora però mi devo fare quattro chiacchiere con Sonia Colombo».

«15.000» diceva il banditore mentre Rocco attraversava la sala per raggiungere la donna. Non sembrava più interessata agli oggetti in vendita, teneva lo sguardo vago su uno dei monitor appesi alla parete. Si voltò appena percepì la presenza di Schiavone in piedi accanto a lei. «Sonia Colombo?» le sussurrò Rocco.

«Sì».

«17.000» annunciò il venditore.

«Vicequestore Schiavone. Possiamo farci due chiacchiere?».

Sonia si guardò intorno come se fosse inseguita. «Ora?».

«Preferisce fra un paio di mesi?».

Sonia capì e si alzò.

«19.000...».

Appoggiata alla parete dell'ingresso della casa d'aste aveva la faccia più imbronciata della statua dell'efebo neoclassico di marmo nella nicchia accanto. «Vuole essere così gentile da spiegarmi un paio di cose?».

«Sicuro».

«I suoi rapporti con Roberto Sirchia?».

«Fatti miei».

«Erano...».

«Come erano?».

«Erano fatti suoi. Ora con un omicidio di mezzo purtroppo diventano anche fatti miei, della questura e perfino della procura».

«Omicidio?».

«Sonia Colombo, la sua è una disfunzione uditiva o è un semplice vizio che la costringe a ripetere le ultime parole che qualcuno le dice?».

Sonia batté veloce le palpebre.

«Allora, ripeto con una calma serafica dettata più dal luogo ameno che dalla mia condizione psichica: quali erano i suoi rapporti con Roberto Sirchia?».

«Siamo stati a lungo amici».

«E da quando?».

«Almeno da una decina di anni».

«Lei svolge un lavoro per la ditta?».

«Svolgevo. Ero in amministrazione».

«Poi?».

«Poi mi sono allontanata».

«Quindi lì non lavora più. A quale titolo percepisce un lauto stipendio mensile allora?».

«Non credo che questi siano affari suoi» gli occhi erano diventati due fessure sotto le sopracciglia nere.

«Lo sono eccome. Perché se lei non me lo dimostra succedono tre cose spiacevoli: viene con me in questura, deve rendere conto alla guardia di finanza di queste entrate, e si prende un'accusa di intralcio alle indagini».

«Ho bisogno di un avvocato?».

«No, se mi dice perché intasca seimila euro al mese dai conti personali del fu Roberto Sirchia».

«Giancarlo».

«Chi è?».

«Mio figlio. È di Roberto».

«Visto? Ci voleva molto?».

Con un gesto della mano Sonia sembrò voler allontanare una mosca.

«Io sono venuto qui alla casa d'aste per incontrarmi

240

con Lorenzo Sirchia. Non mi aspettavo di vedere lei. Che interessi ha?».

Alzò le spalle e fece una smorfia.

«Stanno vendendo oggetti che le appartengono?».

«Non è per quello».

«E allora perché è qui?».

«Mi sembra che... rivedendo i suoi quadri, i suoi vasi, riveda anche un po' Roberto. Il nostro è stato un rapporto molto difficile».

«Potrei commuovermi, sono uno che si emoziona facilmente. Peccato che alle bugie ci ho fatto il callo, e la sua più che una bugia è una mitragliata di cazzate».

Lo sguardo di Sonia si indurì. «Gliel'ho detto, guardo i suoi oggetti e mi ricordo momenti della mia vita. Perché Roberto non c'è più grazie a quegli incapaci all'ospedale, e io da qualche giorno sono più sola. Lo sa? Lorenzo non vuole neanche che venga al funerale».

«Ah no?».

«No. E che Giancarlo sia suo fratello non lo ammetterà mai».

«Ma è suo fratello?».

Sonia tacque e gli occhi si offuscarono. «Sì, lo è...» sussurrò. «Roberto gli voleva bene a Giancarlo ma, come posso dire, non è mai riuscito ad abbracciarlo».

«Mi dica se sbaglio, i miei ricordi di diritto sono un po' lontani, ma ormai i figli fuori dal matrimonio sono considerati figli legittimi. È così?».

«Secondo il codice civile...» attaccò Sonia, ma Rocco la fermò. «Non la faccia tanto lunga, lei lo sa e lo so anch'io. Dunque vede? Qui, in questa sala, si vendono oggetti che in parte spettano anche a Giancarlo. Non parliamo di ricordi e momenti di vita, Sonia, siamo adulti e a nessuno piace essere preso per il culo».

Sonia non rispose. Abbassò un po' il viso, come se avesse scoperto in quel momento che indossava un paio di scarpe.

«Arrivederci Sonia, grazie per la bella chiacchierata. Qualcosa mi dice che io e lei ci rivedremo».

«Non so se augurarmelo» fece sprezzante la donna.

«Dipende» e con un sorriso Rocco lasciò l'ingresso della casa d'aste.

Nell'ufficio di Rocco aleggiava una coltre di fumo spalmata sul controsoffitto. Antonio sul divanetto accarezzava Lupa, Rocco con i piedi sulla scrivania fumava una sigaretta. «Sforziamoci e ricapitoliamo. Cui prodest? A chi conviene? Lorenzo Sirchia? Per prendersi l'eredità e avere finalmente mani libere in azienda?».

«Un po' poco per desiderare la morte del padre» obiettò Antonio. «È una testa di minchia, su questo non abbiamo dubbi, ma arrivare a tanto?».

«Però c'è sempre il premio assicurativo. Un sacco di milioni che non solo rimetterebbero in piedi la fabbrica, ma lo arricchirebbero».

«Giusto, questo è vero».

«In più il tipo non andava per niente d'accordo con suo padre».

«E allora lo lasciamo in sospeso?».

«Direi di sì».

«Di Maddalena Sirchia neanche ne parlerei» fece Antonio.

«No, invece parliamone. Suo marito aveva un'amante, e ci ha fatto addirittura un figlio». Rocco guardò Antonio che sospirò alzando gli occhi al cielo. «Nervo scoperto?».

«Stronzo. Comunque non lo so. Mi sembra così innocua. Parla poco, e la morte del marito sembra le abbia tolto la voglia di vivere».

«Questo è vero, ma la vendetta può essere covata per anni e alla prima occasione...».

«Mettiamola sospesa e andiamo avanti» propose Antonio.

«Sonia Colombo» disse Rocco, «e qui c'è un bell'incrocio di interessi».

«Mi hai detto che Roberto Sirchia è il padre di... come si chiama?».

«Giancarlo» disse Rocco. «Il ragazzino si intasca un terzo del patrimonio. Che non è roba da poco. Ora nasce spontanea una domanda. Sonia non mi pare abbia problemi di mettere insieme il pranzo con la cena, perché allora ammazzare un uomo che ti passa seimila euro al mese? Tanto prima o poi Roberto Sirchia se ne sarebbe andato e Giancarlo avrebbe ereditato».

«E se Sonia vuole i soldi subito? Se non le andava più di aspettare?».

«È un omicidio, Antonio, mica un giochetto di società. Sonia stava bene, nella bambagia, un mensile da fare invidia e si va a rovinare perché non può attendere una decina d'anni? Sirchia aveva anche un tumore...».

«E se avesse saputo della polizza assicurativa?».

«Per questo avrebbe accelerato i tempi?» fece Rocco.

«Esatto» disse il viceispettore, «all'avidità non c'è mai fine».

«Non lo so, Antonio. Lasciamo sospesa anche lei».

«Minchia, non abbiamo risolto niente!».

Bussarono alla porta. *Ammazza la vecchia col flit.* «Vieni avanti, Casella».

«Dotto...».

«E finalmente, Ugo! Che fine hai fatto?».

«Oggi manco sarei di turno».

«Prova a fare una rivendicazione sindacale e io ti sputtano con Eugenia Artaz. Allora, hai risolto?» gli chiese Rocco.

«Sissignore» tirò fuori il suo bloc-notes. «Allora, il cellulare di Quinod si è attaccato al ripetitore di Courmayeur, poi Arvier, poi Gressan e infine Aosta la mattina del giorno 24 dicembre 2013». Guardò soddisfatto i colleghi.

«Ottimo lavoro. Casella, fai fare la stessa ricerca alla postale, mi serve l'ufficialità della cosa. Bene, abbiamo la prova certa della presenza di Quinod e in più la testimonianza del fulgido Fumagalli». Rocco abbassò la testa e cominciò a giocherellare con una sigaretta spenta. «Quinod è il pezzo di merda, ma lo sapevamo già. Concentriamoci su di lui. Per chi lavora? Vediamo se conosce Sonia Colombo o la signora Sirchia oppure Lorenzo. Dobbiamo setacciare la sua vita. Che sappiamo? Che deve 4.000 euro a due spacciatori e fino a ieri ancora non li aveva, almeno così ci ha detto quel tizio, Riccardo il roscio».

«Esatto» fece Antonio. «Come far uscire il ragno dal buco?».

«Lo controlliamo giorno e notte e prima o poi farà un passo falso» propose Casella.

«No, Ugo. Acceleriamo i tempi. Il punto debole lo conosciamo».

Antonio fermò l'auto in doppia fila in via dei Donatori del Sangue. Italo, che da ore controllava Quinod, aveva parcheggiato lì vicino. Rocco scese riparandosi con il bavero del loden, il vento freddo e secco che spazzava le nuvole aveva abbassato la temperatura. Bussò sul cristallo dell'auto e Pierron aprì il finestrino. «È in casa?».

«È andato a fare colazione, poi è rientrato saranno venti minuti. Che fai?».

«Una visita».

«Difficile che parlerà».

«Non c'è bisogno che lo faccia. Che piano?».

«Rialzato».

Rocco si voltò e raggiunse il portone del palazzo. Non voleva citofonare e dare il tempo a Quinod di prepararsi, doveva coglierlo di sorpresa. Tirò fuori il coltellino e aprì la semplice serratura in pochi secondi. Fece una mezza rampa di scale e arrivò al pianerottolo. Poggiò l'orecchio sulla porta di Quinod ma dall'appartamento non giungeva nessun rumore. Suonò il campanello. Attese qualche secondo, poi udì la voce dell'uomo. «Chi è?».

«Saverio? È per la Norton» fece Rocco. Sentì un tramestio di chiavi, poi finalmente l'anta si aprì. «Ah, la Norton! Come...» ma non poté aggiungere altro. Con un calcio violento Rocco spalancò la porta ed entrò. Quinod spaventato era arretrato di qualche metro. «Saverio, allora mi fai incazzare!» disse e sbatté la blindata che vibrò facendo cadere pezzi di intonaco sul pavimento.

«Che c'è? Che...».

Gli arrivò un ceffone a mano aperta che schioccò sulla guancia come un ramo spezzato. Gli occhiali volarono a terra e Quinod barcollò. Rocco si avvicinò e gliene mollò un altro, ancora più forte. «Mi prendi per il culo?».

Saverio si riparava la testa con le braccia. Rocco gliele afferrò e lo guardò negli occhi. «Ho detto, mi prendi per il culo?».

«Io... io non capisco».

Il terzo colpo fu un pugno allo stomaco che fece afflosciare a terra il tecnico di laboratorio. In piedi il vicequestore gli incombeva addosso. «Ripeto per la terza volta: mi prendi per il culo?».

Quinod si rotolava cercando di riprendere fiato. Rocco lo afferrò per la collottola, voleva sbatterlo sul divano ma dovette desistere perché sentì i punti tirargli la ferita. «Mettiti seduto!» gli ordinò. Quinod strisciò e si arrampicò dolorante. «Che ho fatto? Chi cazzo sei?».

«Tu devi dare 4.000 euro al roscio».

«Eh?».

Bastò solo la minaccia del terzo ceffone a far parlare Saverio. «Io sì, sì, gliene devo 4.000, sì!».

«E lo sai di chi sono quei soldi?».

«Tuoi?» azzardò Saverio.

«Bravo. Allora facciamo così. Tu glieli porti oggi stesso altrimenti torno e ti massacro. Sono stato chiaro?».

«Senti, io non so se...».

Come da promessa il terzo ceffone arrivò, pieno e sonoro. Quinod cominciò a perdere sangue dal naso e a piagnucolare. «Basta, basta...».

«Entro stasera, Quinod, oppure torno. Ci siamo intesi?».

«Tu non organizzi i concerti di Blanc».

Rocco si chinò fino ad arrivare a pochi centimetri dalla faccia del tecnico. «No, io ti uccido» gli sussurrò, come se le sue fossero parole d'amore. Si voltò e prima di uscire dall'appartamento notò un mazzo di chiavi. Lo sollevò. «Sono originali?» chiese facendo tintinnare il logo metallico della Triumph. «No...» sospirò Saverio.

«Tira fuori i soldi e te le restituisco».

Calmo il vicequestore uscì dall'appartamento mettendosi in tasca il portachiavi e chiudendosi la porta alle spalle.

Dovettero attendere tre ore prima che il portone si aprisse. Saverio Quinod salì sull'auto e partì verso via Montmayeur. Rocco e Antonio davanti, Italo una cinquantina di metri dietro, lo seguirono. A quell'ora il traffico era inesistente, presero la statale 26 e cinque minuti dopo videro Quinod entrare nel parcheggio dell'ospedale.

«Piazzati all'uscita della morgue, hai visto mai che il sorcio passa per le fogne. Lascia un dito di finestrino aperto sennò Lupa me sfiata». Rocco scese dall'auto e si avvicinò di corsa a Italo. «Vai a controllare l'ingresso dell'ospedale» poi schizzò verso il nosocomio.

Quinod non era nella hall e neanche davanti agli uffici. Rapido Rocco si precipitò verso l'emoteca. Il corridoio era deserto e la porta del laboratorio chiusa. Si affacciò alla sala prelievi. Seduta a una scrivania c'era un'infermiera che giocava col cellulare. «S'è visto Quinod?» le chiese.

«No, non l'ho visto, perché? Chi è lei?».

Ma Rocco non rispose. Andò alle scale e salì ai reparti. Entrò in Chirurgia. Vide Damiano uscire dalla stanza con la sedia a rotelle. «Schiavone, di nuovo qui?».

«Damia', hai visto entrare per caso un tizio con gli occhiali, bassino, qualche livido sulla faccia?».

«No, nessuno... che succede?».

«Dopo ti spiego» richiuse la porta e si affacciò nel reparto di fronte. Nel corridoio c'era solo una donna vicino a una finestra che parlava al telefono. Tornò alle scale e salì. Alla Terapia intensiva dovette suonare e un infermiere venne ad aprirgli. «Polizia. È entrato qui un uomo bassino, con gli occhiali, lividi sul volto?».

«No, qui non è entrato nessuno da mezzogiorno».

Italo era in piedi proprio al centro della hall. Guardava il bar, la porta degli uffici. Poi colto da un'intuizione corse verso la sala controlli. Entrò senza bussare. «Polizia, agente Pierron... mi serve un aiuto».

C'erano due guardie che fissavano i monitor. «Dica...» disse la più anziana con un pizzetto sale e pepe e i capelli a spazzola.

«Potete controllare se cinque minuti fa è entrata una persona nell'ospedale? Può andare indietro con le telecamere?».

«Certo, guardi il monitor centrale» l'uomo eseguì. Ci volle un attimo. Vide Quinod attraversare l'atrio principale e uscire di campo nella parte bassa dell'inquadratura. «Eccolo! Secondo lei dov'è diretto?».

«Ambulatori» gli rispose.

«Grazie...».

«Si figuri, dovere».

Italo prese il cellulare mentre a passo veloce raggiungeva i corridoi ambulatoriali. «Rocco? L'ho beccato coi monitor. È giù, agli ambulatori».

«Vengo».

La porta era aperta. Italo entrò in una grande sala con gli uffici di ricezione per il pubblico. In alto brillavano ancora gli ultimi numeretti elettronici per le visite della mattina. Davanti a lui due porte. Infilò la prima. Un lungo corridoio sul quale si aprivano diversi studi. Erano chiusi a chiave tranne l'ultimo. Spalancò la porta. Una donna delle pulizie sobbalzò dallo spavento. «Oh mio Dio, m'ha fatto paura».

«Ha visto un uomo con gli occhiali, bassino, lividi sul volto?».

«No, no... nessuno».

Italo richiuse e tornò nella sala grande. Ci trovò Rocco. «Allora?».

«Niente di qui. Controlliamo l'altro corridoio».

Si lanciarono. Altre stanze, chiuse anche queste tranne una, che Rocco conosceva molto bene, era quella di Negri. Il medico era in silenzio concentrato a leggere una rivista. «Schiavone? Di nuovo qui?».

«Cerco una persona».

«Chi?».

«Saverio Quinod, il tecnico di laboratorio. Lo conosce?».

«Piccolino con gli occhiali?» chiese il chirurgo.

«Sì» fece Rocco.

«Conosco ma non l'ho visto. Sicuro che sia entrato qui negli uffici?».

«Non sono sicuro di niente. Mi scusi, dottor Negri, la saluto».

«Prego, dottor Schiavone, se serve sa dove trovarmi».

I poliziotti proseguirono la ricerca senza successo. «Andiamocene nella sala controlli, se esce lo vediamo da lì» propose Rocco.

«Sì, ma non sapremo con chi si è incontrato».

«Ma era in ospedale e questo restringe il campo».

«Se è venuto a prendere i soldi» dubitò Italo.

«Sempre che sia venuto a prendere i soldi, certo».

Guardavano i monitor senza staccare mai gli occhi. «Che ha fatto?» chiese la guardia giurata.

«Non le posso rispondere. Segreto istruttorio. Anzi, noi qui non ci siamo mai stati» fece Rocco guardando l'uomo in divisa.

«No, e chi vi ha mai visto?».

«Lei è più simpatico del suo collega, Blanc».

«Quello è una testa di cazzo, perdoni il termine. Pensa di essere un poliziotto nel Bronx e invece...».

«Lo so. Ma basta saperlo prendere» disse Rocco.

«Sì, a calci in culo» rispose l'altra guardia, più giovane, pelata e con la barba lunga. Somigliava a un mullah di qualche paese islamico.

«Niente, non c'è» fece Italo e in quel momento l'inno alla gioia riempì la stanza controlli. «Dimmi, Antonio».

«La merda è appena uscita dalla morgue».

Rocco diede una pacca a Italo e insieme lasciarono la stanza. «Va bene. Seguilo. Io e Italo ti veniamo dietro».

«Ricevuto».

Affrontarono più di mezz'ora di tornanti salendo di centinaia di metri verso la Valpelline. Lassù la neve aveva attaccato, a chiazze ricopriva campi e pascoli, disegnava le vene delle montagne come un velo di zucchero su un dolce. Case e costruzioni avevano lasciato il campo ai boschi fitti e scuri. Lupa guardava fuori dal finestrino con le orecchie in allerta. Se avesse potuto si sarebbe persa in quella macchia odorosa. «Quassù è proprio splendido» disse Italo.

«Parla per te» rispose Rocco e prese una sigaretta dalla tasca dell'agente. «Sempre 'ste cazzo de Chesterfield, ma non eri passato alle Camel?». Italo rispose con un'alzata di spalle. «Come ti vanno le cose? Ci siamo frequentati pochino di recente».

«Sei stato chiuso in ospedale».

«E tu? Hai lavorato?».

«Niente di che, non c'è stato molto negli ultimi tempi». Italo guardò fuori dal finestrino, l'auto con Antonio a bordo li seguiva a cento metri di distanza. La Punto di Quinod aveva due tornanti di vantaggio. Rocco soffiò il fumo che si spalmò sul parabrezza. «Hai una donna?».

«No. Cioè mi vedo con una ma niente di serio».

«Stai giocando, Italo?» chiese serio Schiavone.

«Io? Ma sei matto? No, Rocco, m'è bastato e avanzato».

«Sei sincero?».

Italo si baciò l'indice e il medio e se li portò sul cuore. «Giuro!».

Rocco tornò a guardare la strada. «'Ndo cazzo va?».

«Secondo me si va a nascondere. Quello i soldi non li ha».

«Ma li ha cercati in ospedale, Italo. Questo cambia tutta la scena».

«Hai ragione. E da chi?».

«Non lo so, ma s'è incontrato con qualcuno». Rocco spense la sigaretta. «Ma non c'è il posacenere?».

«Non li fanno più... per fortuna siamo rimasti in pochi a fumare in macchina».

«E mo' 'ndo la butto?».

«Fuori no» disse Italo. «Usa la lattina».

Rocco eseguì. «Da chi è andato?» ma lo chiese a se stesso, e Italo non azzardò nessuna risposta.

«Occhio che ha girato».

Quinod aveva lasciato la strada principale poco prima di Bionaz e si era addentrato nel bosco per una strada laterale. «Lo seguo?».

«E certo».

Italo si immise sulla stradina, Antonio invece rimase su quella principale ad aspettare. Pierron si fermò quasi immediatamente quando vide fra i tronchi degli abeti la Punto bianca frenare davanti a un piccolo casolare sfasciato, forse una volta serviva da alpeggio. Le pareti di pietra, il tetto sconnesso, le scale esterne che portavano al piano, legna tagliata a spicchi infilata nella legnaia. Quinod lasciò la macchina sotto una vecchia pergola coperta di lamiera arrugginita e entrò nel rifugio.

«Sappiamo dove si nasconde. Torniamo in città, tanto questo finché non ha i soldi non si presenta».

Italo mise la retromarcia per tornare sulla strada principale. «Andiamo in questura?».

«No. Lo facciamo piangere» disse Rocco. «Andiamo a casa sua». E dal finestrino fece cenno ad Antonio di seguirli.

Fecero il giro della palazzina e si ritrovarono sul retro. I box dei condomini erano una fila di porte basculanti giallastre. Qualche auto parcheggiata, sotto qualche finestra pendevano fili per il bucato. Sui balconi si ammassavano stendini, scalette, assi da stiro, biciclette. Un vecchio carretto col pianale di legno e gli pneumatici sgonfi carico di cianfrusaglie ferrose se ne stava appoggiato al muro di fondo. Rocco diede un'occhiata al caseggiato ricoperto di intonaco grigio. Poi si avvicinò a una finestra che era a un paio di metri di altezza. Indicò a Italo e Antonio di avvicinarsi.

«Fate la sedia».

«La che?».

«La sedia, con le braccia. Non la conoscete? Ma che infanzia avete avuto? Con la mano destra tu afferri l'avambraccio sinistro, lo stesso fa Antonio e...».

«Ah sì, ho capito» disse Antonio. «Ma perché?».

«Sennò come ci arrivo lassù?».

«Ma che vuoi fare, Rocco?» chiese il viceispettore preoccupato.

«Non ti distrarre, Antonio» gli suggerì Italo ormai abituato alle stranezze del vicequestore. I due poliziotti si chinarono, strinsero le braccia a formare un quadrato e Rocco ci salì sopra.

«Cazzo se pesi».

«Piano, occhio alla ferita» si raccomandò Antonio.

Il vicequestore si tirò su e poté sbirciare dentro l'abitazione di Quinod. Guardò in alto per controllare che non ci fosse nessuno affacciato nel cortile, poi con una gomitata ruppe il vetro.

«È scemo» mormorò Antonio.

«Tiratemi giù» ordinò. «Italo, io non ci riesco, i punti... Entra e vieni ad aprirci la porta».

Italo montò sopra gli avambracci dei colleghi e si issò. Prima tolse dal telaio le schegge di vetro rimaste attaccate, poi agile sgusciò nell'appartamento.

«Che cerchiamo?» disse Italo aprendo la porta di casa.

«Tirate fuori ogni cosa dai cassetti, dall'armadio, buttate tutto all'aria ma evitate rumori».

Schiavone attaccò il salone, Italo la camera da letto e Antonio pensò alla cucina. «È divertentissimo» fece Italo buttando giacche, maglioni e mutande per terra.

«Mah... e se ci trovano?» disse Scipioni. «Poi è difficile non fare rumore se debbo gettare posate e pentole».

«Appoggiale» gli suggerì il collega.

Dopo dieci minuti di duro lavoro in quelle stanze sembrava fosse passata una tromba d'aria. Rocco guardò soddisfatto il lavoro. «Bene ragazzi». Antonio non era a suo agio, continuava a passarsi la mano fra i capelli. «Rocco... io non...».

«Stai tranquillo, è solo un po' di casino. Ora andiamo ai garage sul retro».

«A fare?».

«Tu Antonio torna al nascondiglio di Quinod e stagli attaccato. Io e Italo dobbiamo prendere una cosa».

Italo guidava verso la questura seguito da Rocco Schiavone in sella alla Triumph Bonneville. Senza casco si godeva l'aria nei capelli e il rumore del tubo di scappamento. Poi all'improvviso, non seppe spiegare neanche lui il perché, gli venne il desiderio irrefrenabile di liberare tutti i cavalli e accelerò. Superò Italo. Le ruote tenevano bene sul bagnato e azzardò una piega alla rotonda per lanciarsi poi sul rettifilo verso la stazione. Tornò indietro, verso la questura, e guardandosi nello specchietto retrovisore si scoprì un sorriso da deficiente stampato sulla faccia. Mandibola, naso, fronte erano congelati eppure sorrideva.

La parcheggiò nel piazzale. «Così in vista?» fece Italo.

«Mo' dico a Casella di buttarci sopra 'na coperta» e soddisfatto la issò sul cavalletto. Lupa fece le feste al padrone. «La prossima volta te ce porto lupacchio'» le disse carezzandola.

«Bella! Una Triumph. Ricordati che hai una ferita e dei punti» gli disse Italo incamminandosi.

«Mi sta tornando la voglia di rifarmi la moto».

«Ad Aosta?».

«Magari per la primavera...» azzardò Schiavone.

«Senti, ma tu non hai pensato a quello che ho pensato io?».

«Spero di no Italo, mi s'abbasserebbe l'autostima».

«Non è che Quinod i soldi li voleva dal primario?».

Schiavone si fermò. Un'occhiata al cielo, alle montagne imbiancate. «No. Non ci credo e non voglio crederci. La vita non può essere così bastarda».

«Ma che motivazione è?» obiettò il poliziotto. «Insomma non c'era nessuno negli uffici, tranne lui».

«E a che pro avrebbe messo su questo casino? Per farsi licenziare? Per finire sotto processo e rovinarsi la carriera? Perché odiava Sirchia da quando era bambino? Perché era segretamente innamorato di lui? Negri non ha un solo motivo decente per fare quello che pensi abbia fatto» e detto questo entrarono.

Provato dalla giornata massacrante, desiderava solo

tornare a casa e stendersi sul letto, il suo e non più quello dell'ospedale, per dormire almeno qualche ora.

Trovò Gabriele e Cecilia sul divano a guardare un programma di sport. Lupa si riapropriò del suo cuscino. «Bentornata Cecilia, com'era Milano?».

Cecilia aveva l'aria stanca e cercò di stirare un sorriso. «Mozza il fiato, io la amo».

«E fai bene. Sono a pezzi...» disse Rocco. «Come primo giorno fuori dall'ospedale credo possa bastare».

«Per questo abbiamo ordinato quattro pizze, sei supplì di riso, birra e Coca-Cola, fra un po' ce le portano e ceniamo» disse Gabriele.

«Quattro pizze?».

«Due sono per me». Rocco fece una smorfia mentre versava le crocchette per Lupa nella ciotola. «Dai Rocco le fanno piccole» si giustificò il ragazzo. Uno sguardo di intesa passò fra il vicequestore e Cecilia. «Cecilia, bisognerebbe pensare seriamente a una dieta per Gabriele».

«Lo so. Io ci provo ma non mi ascolta».

«Non è il momento» protestò Gabriele.

«Scusa, non ho capito. Che vuol dire non è il momento?».

«Sono un ragazzo che sta vivendo la fase più complicata della sua esistenza. Si chiama adolescenza, e dunque non è il momento delle privazioni».

«Belle parole» commentò Rocco, «dove le hai lette?».

Gabriele arrossì. «Su "Vanity Fair"».

«Se non altro ha una certa coscienza di sé» disse Cecilia carezzandogli i capelli. «Che bello, te li sei lavati».

«Te l'ha appena detto, Cecilia, non è il momento delle privazioni. Questo include le pizze, i gelati, i supplì e finalmente anche la doccia».

«Non mi fai ridere» protestò Gabriele.

«Ti lavi perché sei adolescente o per Marghi?».

«Chi è Marghi?» chiese la madre.

Gabriele cambiò immediatamente discorso. «L'altra bella notizia è che ho preparato il film» e prese dalla tasca una pennetta USB. «Qui dentro c'è il capolavoro assoluto» si alzò dal divano e andò a infilare l'aggeggio in una presa posteriore del televisore. «Vedrete, vi farà impazzire. Horror puro, si chiama *Martyrs*».

«Dici?».

«Dico di sì».

«Bene, allora vado in bagno, aspettiamo le pizze e ce lo guardiamo…».

«Fichissimo, Rocco» disse Gabriele eccitato.

Dopo la doccia cambiò il cerotto e decise di radersi. Come sempre concentrava lo sguardo sul mento e le guance evitando gli occhi. Non gli piaceva guardarsi negli occhi mentre si faceva la barba. Si tolse il sapone residuo, si asciugò il viso e tornò in salone.

Le pizze erano di gomma, i supplì di cartone, la birra tiepida, in compenso il film era notevole. Quando Gabriele spense la televisione si guardarono con i visi provati. «Mamma mia» fece Cecilia, «incredibile. Una visione un po' ossessiva della vita».

«Della morte» la corresse il figlio. «Se questo gruppo

di persone ha pensato che solo nell'estasi suprema i santi riuscivano a vedere l'Aldilà, si parla di morte».

«Però torturare quella poverina, insomma, levarle la pelle di dosso per farla soffrire a tal punto da raggiungere l'estasi... c'è del sadismo».

«Era l'unico modo per rispondere al mistero, mamma. L'estasi come passaggio fra la vita e la morte, quei pochi attimi in cui, secondo loro, si può vedere dall'altra parte».

«Gabrie', quando ci vediamo *L'armata Brancaleone*?».

«Vero» si aggiunse Cecilia, «Rocco ha ragione. Il prossimo film lo scegliamo noi».

«Va bene... a proposito, Rocco, ti sono piaciuti i libri che ti ho portato in ospedale?».

«Divorati» rispose con un sorriso.

«Faccio una tisana per tutti?». Cecilia guardò Rocco per un solo istante e si alzò per raggiungere la cucina. Rocco capì. «Gabrie', porteresti Lupa a fare un giro?».

«Cinque euro».

«E che palle, ho pure pagato le pizze...».

«Hai ragione, scusa...» veloce si alzò, si infilò una felpa di cotone e richiamò il cane che scodinzolava felice per quella passeggiata imprevista.

«Mettiti un giubbotto che ti pigli la broncopolmonite!» gridò il vicequestore.

«Parla quello che va in giro col loden» gli rispose il ragazzo sbattendo la porta di casa.

«Che succede, Ceci'?» chiese Rocco una volta soli.

«Con molta probabilità mi hanno proposto un ottimo

lavoro. Mi vogliono all'ufficio comunicazione di una società di Milano, al FAI, il Fondo Ambiente Italiano».

«È una bella notizia».

«Sì. È un lavoro interessantissimo, raddoppio lo stipendio e restituisco il debito alla banca».

Rocco si accese una sigaretta. «Questo significa che dovrai trasferirti a Milano».

Cecilia annuì.

«Lui lo sa?».

«No».

«E quando glielo dici?».

«Volevo prima parlare con te».

«Per il tuo futuro mi sembra un'offerta difficile da rifiutare. Per quello di Gabriele è difficile da accettare. La sua vita è tutta qui. Sta faticando come una bestia per sintonizzarsi con la scuola, con quei quattro amici che ha. Ora spunta fuori anche questa Marghi...».

«Ma pensa alle possibilità che può avere a Milano».

«Ci può andare quando si iscriverà all'università... il che conoscendolo potrebbe avvenire anche fra 56 anni, lo so, ma non mandare all'aria tutto lo sforzo che 'sto ragazzo sta facendo».

«E la mia vita?».

«Cecilia, non è che fino ad ora sei stata molto presente».

«Se mi devi attaccare chiudiamola qui».

«Chiudiamola qui un cazzo! Gabriele è grande e sa badare a se stesso, lo fa da anni. Ha dovuto vedere sua madre giocarsi pure la camicia e rovinarsi al casinò, l'ha affrontato e cerca di superarlo o almeno di convivere con l'idea, ora sembra che riesca a tirare fuori la testa dalla sabbia, lo porti a Milano e lo rimetti nei guai».

Cecilia strinse le labbra, serrò le mani e guardò Rocco dritto negli occhi. «Sarò schietta e sincera, allora. Al vecchio lavoro non ci posso più andare. Mi stanno mobbizzando. Mi hanno tagliato anche un 25 per cento dello stipendio. Io devo restituire alla banca ancora diverse decine di migliaia di euro, e lo so, ho fatto tutto da sola, ma questo è lo stato delle cose. Un'altra possibilità la merito anche io, credo».

Rocco spense la sigaretta nel posacenere. «E hai ragione, Cecilia, ragione da vendere. Forse sto parlando da egoista».

«In che senso?».

«Non sono il padre, non sono lo zio e neanche un lontano parente di quell'attrezzo, ma gli voglio bene. Non mi piace l'idea di perderlo. Hai ragione, tu devi andare a Milano. Forse i primi tempi per Gabriele saranno duri, ma poi si abituerà. La città è bella, occasioni ne avrà a decine, si aprirà la mente e hai visto mai?, magari si mette pure a studiare. Scusa se ti ho fatto la morale, te l'ho detto, pecco di possessività». Si alzò dal divano. «Ora vado a dormire, la tisana non serve. Credo che mi addormenterò appena metto la testa sul cuscino».

Prese sonno alle tre di notte.

Martedì

Dall'interno della sua auto Antonio spiava il rifugio di Quinod. Una sola luce accesa, fioca, un occhio giallastro nella notte, indicava che il tecnico ospedaliero era in casa e all'una passata ancora sveglio. Ogni tanto le palpebre cedevano al sonno e il viceispettore era costretto a ripetere i tre passi fondamentali: sorso di caffè dal thermos, apertura finestrino, sigaretta. Tempo, silenzio e solitudine ne aveva d'avanzo, ovvio che la testa da ore girasse su Lucrezia, Serena e la cugina Giovanna che chissà se a quell'ora aveva già saputo. Ogni dieci minuti cercava sul cellulare un messaggio o una telefonata di una delle tre ragazze ma dalle parti di Senigallia tutto taceva.

L'una e trenta e niente da fare. Era l'aspetto del suo mestiere che odiava di più, restare per ore dentro una macchina a spiare le mosse di un sospettato con i dolori al nervo sciatico, uscire solo per andare a pisciare dietro un albero. Si alzò un po' di vento, i rami cominciarono a piegarsi, ad agitare le ombre che un pizzico di luna proiettava sulla terra imbiancata a chiazze dalla neve. Davanti all'auto apparve una lepre. Si fermò, si alzò appena sulle zampe posteriori, annusò l'aria, poi con due salti sparì fra i tronchi lasciando solo le impronte. Cominciò a prendere sul serio la decisione di andare a Senigallia per parlare con Lucrezia. A chiederle perdono, perché in fondo era lei che gli mancava di più. Non meritava un trattamento simile; quella relazione strampalata finita nel silenzio più totale lo faceva soffrire. In fondo lo sfogo di Serena era servito, un momento catartico di espiazione, la punizione equa per il suo comportamento vile. Aveva distrutto la casa, il prezzo era anche a buon mercato, aveva pagato e si trattava di far trascorrere il tempo finché quella storia senza capo né coda non fosse diventata un ricordo da cancellare dalla mente con un brivido e uno scossone del capo. Lucrezia no. Era andata via senza una parola, un biglietto, un'ingiuria, e quello gli causava un dolore insopportabile. Quel comportamento lo aveva spiazzato, lasciato senza difese, perché da quando era piccolo sapeva che a un errore doveva conseguire una giusta punizione. Hai preso tre in matematica? Per una settimana non esci di casa e studi. Sei tornato alle due di notte quando ti avevo detto alle 11? Due settimane di reclusione. Bocciato? Passi l'estate alla pompa di benzina mentre i tuoi amici vanno al mare a limonare dietro le cabine. Con Lucrezia la punizione non c'era stata, lasciandogli un vuoto ancora peggiore del rimorso. Martedì 31 dicembre, fra meno di 24 ore sarebbe finito l'anno, un anno di merda, pensò Antonio, ripromettendosi di fare del suo meglio per il 2014.

30 anni. Tanti se si pensa al liceo, niente rispetto alla vita. Tempo ne aveva, e voleva usarlo per cambiar-

si la testa, smontarla dal collo e sostituirla con una nuova. Poi un pensiero lo trafisse: il bambino. Come poteva risolvere una questione simile semplicemente ignorandola? Serena aspetta un bambino, ed è mio, si disse accendendosi la quarta sigaretta della nottata. E come la vuoi risolvere?, si domandò. Vai a Senigallia, fai una scenata a casa sua davanti al marito, ammetti le tue responsabilità e condividi il bimbo. Ma che è?, una multiproprietà? Oppure doveva dare retta a Italo sicuro che la donna sarebbe tornata fra le braccia di Massimo spacciando per suo quel figlio in arrivo? Come la girava la girava, era sempre una situazione triste, squallida, malinconica. La luce del rifugio si spense. Guardò l'ora. Le due. In quel momento il cellulare vibrò.

Era Giovanna. La cugina.

«Pronto?» fece a bassa voce. Dall'altra parte lo accolse una risata. «Giovanna, sei tu?».

«E chi volevi che fosse? Spero di averti svegliato».

«No, sto lavorando».

«A quest'ora? E che fai, batti?» un'altra risata. «Ma che hai combinato?» gli chiese, «hai fatto un casino, Antonio!».

«Lo so».

«Lo so che lo sai, idiota» terza risata. «Dovevi vedere la faccia di Serena».

«Mi dispiace, senti, io non...».

«Ma piantala! Volevi che non lo sapessi che ti trombavi Serena? L'ho sempre saputo. Me ne parlava continuamente. Lascio mio marito, e lo amo, e quant'è bello, due cuori e una capanna. Che palle! Me la sono sorbita per un anno e mezzo, Antonio, un anno e mezzo di spritz, pizze e birrette, una noia colossale. Invece di Lucrezia non ne sapevo niente. Hai capito l'acqua cheta? Non la facevo capace di tradire Aldo, e invece... con te poi» quarta risata.

«Va bene Giovanna, ti stai vendicando e me lo merito, però...».

«Vendicando di che? Pensi che sia offesa? Eri solo una distrazione. Ma figurati se metto in crisi il mio matrimonio per uno sfigato come te. Un agente di polizia...».

Sentì il sangue salirgli alla testa. «A parte che sono viceispettore» rispose gonfiando il petto d'orgoglio, «cos'è che non va in un agente di polizia?».

«No, dimmi tu cos'è che va! Lo stipendio? Una vita avventurosa? I viaggi all'estero? Antonio mio, mi dispiace per te. So come devi sentirti adesso. Una merda, vero?».

«Abbastanza».

«Mi pare il minimo, te lo meriti. Ma se provi a rifletterci, era ora che venisse fuori, no? Ti sei tolto un peso».

«A dire il vero un peso c'è ancora, Giovanna».

«A che ti riferisci?».

«Se sei la confidente di Serena saprai anche che aspetta un figlio».

Quinta risata, lunga e sguaiata, divertita e canzonatoria, Antonio dovette allontanare il cellulare dall'orecchio, quel gracchio rauco lo stava facendo innervosire. «Un figlio? Serena? Hai mai sentito parlare di policistosi ovarica?».

«No» ammise Antonio.

«Serena sì».

«E che significa?».

«È sterile, Antonio. Ha provato ad avere un figlio per anni senza riuscirci. Non avrei neanche dovuto dirtelo, così restavi nel dubbio che ti avrebbe corroso le budella, ma in fondo sono una persona buona. Un figlio... figuriamoci».

Antonio stringeva il cellulare, sembrava volesse frantumarlo. «Mi ha preso per il culo».

«Vi siete presi per il culo!».

«Quella stronza m'ha sfondato l'appartamento!».

«E certo! Le hai detto che te la facevi con la sorella e con la cugina. Ah, a proposito, mi ha tolto il saluto. Vabbè, chi se ne importa. Comunque, dicevo, sei fortunato che non si è sfogata su di te».

«Veramente mi ha tirato un cuore di metallo sul sopracciglio e ora s'è gonfiato che sembro Rocky».

«Un... cuore?».

«Sì, di metallo con una cordicella...».

«Ti sei fatto arredare la casa da Lucrezia per caso?».

«Insisteva».

Sesta risata di Giovanna. «Mi fa piacere che ti diverti».

«È meglio che al cinema!» riuscì a dire a stento, respirando a fatica. «Un cuore... comunque in fondo solo una contusione, ne puoi parlare. Antonio ascoltami, io lo so che tu non sarai mai un buon compagno, ancor meno un padre di famiglia. E ho cercato di spiegarlo a Serena, ma lei s'era convinta che con te avrebbe trovato chissà quale felicità. Conduce una vita che

266

detesta e si è fatta un viaggio Harmony con un finale horror».

Giovanna stava esagerando. Il cuore di Antonio trottava e il respiro s'era fatto rapido e affannato. «Pensa che a me il finale è la cosa che m'è piaciuta di più».

«Non alzare la testa, Antonio, lo dici perché sei arrabbiato. Invece ringrazia la qui presente per questa telefonata. In fondo ti voglio bene, lo vedi?».

Antonio si accese la quinta sigaretta. «Va bene, allora grazie, Giovanna. E buon anno».

«Mi fai già gli auguri?».

«Ti chiamo domani così ti fai un'altra risata?».

«Salgo io».

Antonio restò con la sigaretta appesa al labbro. «Non ho capito...».

«Salgo io, il primo».

«Cioè tu...?».

«Ho voglia di te, sì. Ti pare strano?».

«Mi pare molto curioso, Giovanna. Solo poco fa...».

«Non hai mai capito niente. Ci vediamo l'anno nuovo. E visto che non hai più una casa ci penserò io. Buonanotte».

L'avevano preso in giro, in un modo o nell'altro. Una fingendo interesse nei suoi confronti, l'altra una pazza, una mitomane che si era inventata un figlio per metterlo alla prova. «Ma che razza di gente è?». Avrebbe dato un piede per un sorso di liquore. Si guardò nello specchietto retrovisore. «Sai una cosa, Antonio? Ma andassero affanculo. Non ti meritavano».

Se la rabbia lo stava abbandonando il senso di colpa invece era ancora lì e si chiamava Lucrezia. Scosse il capo e alle tre di notte passate della vigilia di Capodanno maledì la sua natura, la neve, il freddo, il sonno e Quinod che a quell'ora dormiva beato sotto le coperte. «Insomma, beato... ne parliamo domani, stronzo». Doveva solo aspettare l'alba. Si coprì con un plaid che lui e i suoi colleghi tenevano sempre in auto, mise la sveglia alle sei e mezza, incrociò le braccia e si preparò a tre ore scarse di sonno.

«Vita di merda» mormorò mentre se ne andava dalle parti di Morfeo.

Italo Pierron posò il bicchiere vuoto sul tavolo. Posacenere colmi, mezza bottiglia di rum, fiches sparse, resti di panini e scaglie di cioccolato sul panno verde. Kevin si stiracchiò felice. «È andata bene anche stanotte, no?». Era rimasto solo Italo. Santino aveva accompagnato a casa il pollo di turno, un ragazzotto di 28 anni pieno di soldi che avrebbero ripulito anche senza segnare le carte. «Non dovremmo cambiare strategia?» chiese Italo.

«E perché?». Kevin riempì la pipa con una presa di tabacco. «Le cose funzionano. Sono altri quattrocento euro, Italo, dovresti sorridere».

«Sì, ma per non destare sospetti, perché una volta non cambiamo casa? Possiamo andare da Santino».

Kevin si passò le mani sulla barba lunga e biancastra. «Questo può essere» disse. «Ti vuoi giocare un centone alla carta più alta? Senza segni e senza lenti a contatto». Tirò con la pipa.

Italo aspettò che il fumo davanti al viso si diradasse per guardarlo negli occhi. «Kevin, è finito il tempo in cui mi prendevi per il culo».

L'uomo scoppiò a ridere battendosi le mani sulla gamba. «Nessuna intenzione di fregarti, giuro. Così, per l'ebbrezza».

«Vuoi provare l'ebbrezza? Monta fra tre ore in questura» e si alzò. «Provo a dormire un po'. Ci vediamo l'anno prossimo?».

«Sì, il 3 facciamo un'altra partita. Ti dico io dove... non ti accompagno, la strada la conosci».

Italo indossò il giubbotto e lasciò la taverna del villino di Kevin. L'aria fredda della notte lo risvegliò. Aveva un sapore terribile in bocca, fumo, alcol e quei panini comprati chissà dove. Salì in auto. Scendeva lungo i piccoli tornanti verso la città e un senso di vuoto riempì l'abitacolo della sua utilitaria. La noia. Profonda e senza senso. Giocare era diventato un lavoro. Finita l'ebbrezza del rischio, delle strategie, la fortuna invocata, le carte da scoprire, vincere un piatto con un punto basso solo grazie al coraggio e all'abilità. Cominciava a mettere da parte un po' di soldi con queste partite truccate, e capì di voler tornare al bar a tentare una partita vera. Magari pochi soldi, un paio di centinaia di euro, però sedersi alla pari con gli altri, sfidarli, studiarli. Lo poteva fare, adesso che lo stipendio era salvo, quel di più che stava guadagnando invece poteva diventare il capitale da rischiare sul tavolo da poker. Un tavolo vero, con le carte ancora nel cellophane. Se poi vedo che perdo mi fermo, si disse parcheggiando l'auto sotto casa. Qualche altra partita con Kevin, racimolo altri spiccioli e ci riprovo. Non rischio niente, pensò, solo di divertirmi un po'. «Che cazzo, me lo merito pure, no?» disse ad alta voce infilando le chiavi nel portone.

Rocco si svegliò di soprassalto alle sei e quarantaquattro, come riportato dal cellulare, anticipando la sveglia di sedici minuti. Lupa drizzò subito le orecchie. Lento si alzò dal letto, cercando di riprendere coscienza e contatto con la realtà. Silenzioso si infilò in bagno. Gabriele e Cecilia dormivano ancora. Mentre si passava l'acqua sul viso si chiese come avrebbe reagito il ragazzo alla notizia del trasferimento a Milano. Avrebbe protestato, certo, ma forse era meglio così. In fondo lui e la madre avrebbero ricominciato da zero. Nuova città, nuovi amici e nuovo ambiente. Cecilia aveva ragione, lo strappo sarebbe stato doloroso all'inizio ma poi tutto sarebbe migliorato. Come gli alberi, pensò. Li poti e diventano dei tronchi informi, ma poi passano le stagioni e in poco tempo sono più belli di prima. Fra tre anni, magari, incontrando Gabriele non l'avrebbe riconosciuto e di quei giorni passati insieme ad Aosta sarebbe rimasto solo un ricordo dolce e rassicurante. Un altro pezzo che se ne va, gli venne da pensare, ma cercò di cancellarlo subito dalla mente.

Se ne andò a piedi fino al bar centrale per fare colazione. Ettore era già dietro la Faema e c'erano pochi clienti. «Che cosa prende oggi, dottore?».

«Fai tu» disse arrendendosi.

«Come, faccio io?».

«Basta che non dici: il solito. Fa' tu».

Ettore si mise alla macchina, prese due brioche e le poggiò su un piattino. «Le preparo un caffè lungo e forte. Anzi guardandola negli occhi lo farei doppio». Lupa si era già nascosta sotto il tavolino all'ingresso e la luce dell'alba cominciava a rischiarare la piazza. Sandra Buccellato entrò sorridente e raggiunse Rocco. «Buongiorno».

«Buongiorno a te».

«Sei uscito dall'ospedale, potevi farmi almeno una telefonata, no?».

«Non ne hai bisogno, vieni a sapere le cose prima di tutti. Sei una giornalista, no?».

«Ti vedo in forma» disse Sandra alzando le sopracciglia.

«Lascia perdere. Mi fa ancora male la ferita».

«Lo so, non sei un paziente diligente. Così mi ha riferito Negri».

«Conosci il dottore?».

«Da tanti anni».

Ettore poggiò la tazza sul bancone. «Per lei, Rocco. Cosa le preparo, dottoressa Buccellato?».

«Un caffè e un toast» poi guardò Rocco. «Mangio salato la mattina, e credimi fino a pranzo non ho più fame».

«Interessante».

Sandra scoppiò a ridere. «Sei gentile. Potevi dire...».

«E sticazzi? Non mi pareva il caso».

«Novità sul caso Sirchia?».

«Niente ancora».

La Buccellato sbuffò. «Non è la giornalista che ti parla, è l'amica».

«Perdonami ma non riesco a distinguere le due cose».

«Ti ricordi di stasera? È ancora l'amica che ti parla».

«Sandra, ci penso da giorni, però...».

«Niente però. È importante per me. Ti passo a prendere o vieni da solo?».

«Dove?».

«Vengo io per le otto e mezza. So dove abiti».

«E che è, una minaccia?».

«Significa che non puoi sfuggire. E sta' tranquillo, è una cosa informale».

Appena entrato si chiuse nel suo ufficio. Preparò un caffè con la macchinetta che i suoi agenti gli avevano regalato, si tolse le Clarks fradice poggiandole sul termosifone, poi aprì il cassetto e prese le cartine, la marijuana dalla tasca e si rollò una canna dura e pesante. Allungò le gambe sulla scrivania e aspirò avidamente fino a quando i pensieri si alleggerirono. Lupa s'era addormentata sul divano e russava come una vecchia caffettiera. Provò a fare un cerchio col fumo senza riuscirci. Sentiva che un dettaglio insignificante gli era sfuggito. Nella mente del vicequestore i pezzi stavano tornando tutti al loro posto disegnando un panorama di uno squallore umano senza fine. Poi dal buio una piccola luce, poco più di una lucciola all'inizio, si ingrandì velocemente quasi fosse il faro di una locomotiva che gli correva incontro. Il quadro si fece più vivido, reale. Andò alla finestra e gettò fuori la cicca, si ripromise che appena la ferita fosse guarita sarebbe ridisceso sul balconcino per togliere i mozziconi, ormai erano una cinquantina. Prese il telefono. «Albe'? Ti disturbo?».

«Sempre».

«Bene. Dove sei?».

«Diciamo che sono cazzi miei?».

«E diciamolo. Ti devo chiedere quel supplemento di indagine sul corpo di Roberto Sirchia».

«Sì? E che cosa cerco?».

«Il taglio dell'operazione».

«L'ho già controllato, Rocco, non sono un chirurgo ma a grandi linee mi sembra...».

«Ti faccio raggiungere da Negri».

«Da Negri?».

«In due è meglio. Per favore sii collaborativo col professore».

«Bimbo, io nutro una stima infinita per il professor Negri. Insieme s'è fatto più conferenze noi che canne tu. Digli che fra un'ora al massimo sono ai frigoriferi».

«Ti ringrazio».

«E di che? Ah, a proposito, Michela ci ha preso pieno sulla storia del gruppo sanguigno».

«Allora sei con lei?».

«Primo non sono con la Gambino ma a casa, secondo...».

«Allora l'hai vista ieri sera?».

«Secondo, dovresti imparare a farti i cazzi tuoi come vai predicando ai tuoi agenti» e chiuse la telefonata. Rocco prese un respiro, chiamò il chirurgo. «Scusi se la disturbo così presto...».

«Niente affatto, mi stavo preparando. Mi dica, Schiavone, li sente gli idioti che sparano i petardi o come diavolo si chiamano questi affari che esplodono?».

«No, qui in questura non si sente niente. Perché in caso contrario ho dato ordine agli agenti di rispondere al fuoco con gli M12. Dovrei chiederle un favore».

«Sì... mi dica».

«Lei conosce Fumagalli?».

«Alberto? Accipicchia se lo conosco, un genio pazzoide, ma ce ne fossero. Spesso fa delle lectio magistralis all'università che sarebbero da filmare per la bellezza e, diciamo, per l'eccentricità».

«Potrebbe fare un salto da lui?».

«Certo, se mi dice il motivo...».

«Vorrei che lei desse una controllata al corpo del Sirchia. Soprattutto al taglio dell'operazione».

«L'assassino torna sempre sul luogo del delitto».

«Non lo dica neanche per scherzo, dottore. Le assicuro che sono molto vicino a mettere le mani su quello vero».

«Questo mi tira su il morale».

«Grazie, spero mi darà la notizia che cerco». Era il momento di radunare gli agenti. Stava per chiamare Italo quando sentì tre colpi rapidi alla porta, forieri dell'arrivo di Pierron. «Vieni Italo!». L'agente entrò. Pallido, occhiaie scavate e nere, barba lunga di tre giorni e palpebre gonfie. «Vai a dormi' la notte, pari 'na medusa spiaggiata».

«Ha appena chiamato Antonio» disse Pierron. «Quinod si sta preparando per uscire. Andrà in ospedale, no?».

«Lavora' deve lavora'. Allora siccome il sorcio è probabile che oggi faccia qualche passo importante, voglio tutti lì. Chiama Casella e Deruta. D'Intino?».

«Non lo so, non lo vedo da un po'».

«Vabbè, poco male. Diamoci una mossa, dobbiamo piazzarci in ospedale prima che ci arrivi Quinod. Le radio le abbiamo o te le sei vendute?».

Italo fece una smorfia.

«Lupa, tu te ne stai qui al calduccio, intesi?».

La cucciola non aveva nessuna intenzione di uscire. Acciambellata come una volpe nella tana col muso avvolto dalla coda proseguiva il suo sonno profondo.

Casella si piazzò nella sala dei prelievi, Deruta nella morgue, Antonio e Italo nel sotterraneo che univa il corpo centrale dell'ospedale con l'obitorio e i reparti infettivi. Rocco invece era davanti ai monitor della sala controllo. C'erano di turno di nuovo il biondino coi capelli e i baffetti da moschettiere, Guglielmo, e Matteo Blanc. «Non ho capito che cosa deve controllare» chiese arrogante Matteo.

«Blanc, cerca di chiudere la fogna e fa' il tuo lavoro. Tu come ti chiami che non mi ricordo?» chiese Rocco all'altra guardia giurata.

«Guglielmo».

«Bene Guglielmo, occhi sui monitor e controlliamo quando entra Quinod, lo conosci?».

«Come no, il collega di suo fratello» e indicò Matteo.

«Esatto».

«Perché?» chiese Blanc.

«Perché è un bastardo che per poco non metteva in mezzo tuo fratello Giuseppe. Ora lasciami fare il mio lavoro e taci» prese il walkie talkie. «Uno alla volta. Casella?».

Un rumore bianco, poi la voce dell'agente gracchiò: «Sono qui dottore, passo».

«Italo?».

«In posizione, per fortuna c'è il segnale anche qui sotto. Sono vicino all'entrata dell'obitorio».

«Antonio?».

Nessuna risposta. «Antonio, mi senti?».

«Forte e chiaro. Anch'io sulle scale che dal sotterraneo portano all'emoteca».

«Deruta?».

«Sono qui all'obitorio, dottore. Fa venire i brividi».

«Miche', è dei vivi che ti devi preoccupare. Restate in comunicazione, chiudo...».

«Ma è una retata?» chiese eccitato il moschettiere.

«No» rispose secco il vicequestore. «Quali sono le telecamere che controllano l'ingresso?».

«Monitor 1».

Rocco si avvicinò al piccolo schermo e strizzò gli occhi. C'era un intenso viavai di persone. «Passano tutti da qui? Intendo medici e paramedici?».

«Io direi di sì» fece Guglielmo cercando conferma nel collega.

«Qualcuno dalla posteriore, che sarebbe il moni-

tor 4...» disse Blanc seduto stravaccato sulla sua poltroncina.

«Sì, teniamo d'occhio anche quello».

Proprio in quel momento dall'entrata posteriore vide entrare Salima.

«Mi scusi, io non ho capito. Cosa intende quando dice che Quinod ha quasi messo in mezzo mio fratello?».

«Nel senso...» disse Rocco continuando a osservare
con estrema attenzione i televisori, «che per le sue cazzate per poco non ci rimetteva Giuseppe».

«Ma pensa un po'. E l'ha scoperto lei?».

«Non grazie alla tua collaborazione, Matteo, sei stato una rottura di coglioni di livello nove».

«Mi spiace» disse rammaricata la guardia giurata, «ma
dal primo incontro con lei quella notte... insomma, lei
non è una persona simpatica. È maleducato, aggressivo e poi...».

«Eccolo!» fece Rocco e prese subito la radiolina. «Occhio, parlo con tutti, è entrato».

Sul monitor centrale aveva fatto il suo ingresso Quinod a passi rapidi.

«Dove va?».

«Ha preso verso la porta di mezzo... starà andando
al reparto».

«Lo possiamo seguire?».

«Certo!» fece Guglielmo e digitò sulla tastiera. L'inquadratura cambiò, al posto dell'androne una sala deserta. Puntuale videro Quinod attraversarla. «Bene.
Ora?».

«Ora starà andando al laboratorio» un altro tasto e

apparve il corridoio dell'emoteca. Rocco prese la radio. «Casella, sta venendo lì».

«Ricevuto».

Quinod entrò e si chiuse la porta alle spalle. «C'è una telecamera lì dentro?».

«No, lì dentro no. Questione di privacy, sa, i sindacati... ora si sarà messo a lavorare, no?».

«Cioè Quinod poteva mettere Giuseppe nella merda?» niente da fare, i neuroni di Matteo Blanc erano ancora concentrati sulla storia di suo fratello, bloccati come un'auto sulla tangenziale.

«Matteo, fattene una ragione» disse Rocco. «Sii collaborativo e dammi una mano».

«A disposizione».

«Stammi con gli occhi su Quinod. Qui ti scrivo il mio cellulare, se lo vedi uscire, respirare, fumarsi una sigaretta, chiamami. Capito? Io vado a dargli una spintarella».

«Forte e chiaro». Matteo s'era eccitato. Nella sua testa era diventato un operativo dei NOCS, un GIGN francese, uno SCO19 inglese. «Forza Guglielmo, stiamo sull'uomo, cazzo!» gridò alzandosi dalla poltroncina.

Nella penombra della galleria sotterranea Italo rischiava di addormentarsi. Preferì restare in piedi per scongiurare il rischio e camminare su e giù per quel buco che puzzava di muffa e funghi. Antonio invece si era messo a cercare fra i mobili vecchi accantonati dall'ospedale se ci fosse qualcosa di utile per casa sua. Per poco non si tagliò il dito con una scheggia di vetro di un armadietto. Deruta stanziava nell'ingresso principale della morgue, a pochi metri dalle scale che scendevano nei sotterranei. Vide Fumagalli uscire da uno studio con il solito camice sporco di sangue e un panino nella mano destra. «Come mai da queste parti, Deruta?».

L'agente alzò la radio come se bastasse a soddisfare la curiosità di Fumagalli. «Non ho capito».

«Sono di guardia a quella porta».

«Quella del sottoscala?».

«Esatto».

«Cosa v'aspettate ne possa uscire?».

«Boh».

«Buona fortuna» gli disse, «torno al lavoro... ci si vede».

Spero il più tardi possibile, pensò Deruta, ma non lo disse.

Rocco bussò con le nocche. Poco dopo Quinod aprì. Il viso stanco, aveva riparato gli occhiali con un pezzo di scotch. Appena realizzò chi aveva davanti cercò di richiudere ma il vicequestore con una mezza spallata spalancò la porta ed entrò nel laboratorio. Quinod cercò di allontanarsi il più possibile, il tavolo al centro della stanza gli bloccò la ritirata.

«Me li dovevi portare ieri, Quinod» fece Rocco avvicinandosi.

Quello lo guardava atterrito, le mani vicino al viso per parare un eventuale colpo. «Lo so, lo so... adesso io...».

«Adesso tu un cazzo. Sei passato da casa?».

«Eh?».

«Ti ho chiesto se sei passato da casa, visto che hai dormito fuori».

«Io? No».

«Passaci» gli suggerì Rocco. «A che ora?».

Quinod era spaventato, non riusciva a ragionare, a capire le domande. «A che ora cosa?».

Rocco lo afferrò per il bavero del camice. «A che ora me li dai?».

«Stamattina, massimo alle undici».

«Che faccio, aspetto?».

«Non... non lo so. Aspetti?».

«Aspetto» disse Rocco mollando la presa. Alzò una mano e Quinod chiuse gli occhi portandosi le braccia a protezione davanti al viso. Invece il vicequestore gli fece una carezza. «Saverio, luce dei miei occhi. Io aspetto al bar, se alle undici non ti vedo la Triumph che ho prelevato dal garage prende fuoco. Peccato perché è una bella moto».

«No...» gli uscì con un fiato.

«Sì invece. Alle undici, allora».

Alle scale che lo portavano all'ingresso principale, Rocco prese il walkie talkie. «C'è da aspettare e stare all'erta. Qualsiasi movimento avvertitemi».

«Rocco, io mi sono già rotto i coglioni, qui sotto c'è una puzza...» era la voce di Italo, ma il vicequestore neanche gli rispose. Andò al bar. Il barman laureato in Scienze della comunicazione lo riconobbe immediatamente. «Dottor Schiavone, ancora qui?».

«Visita di controllo» gli disse.

«Che le faccio? Un caffè? Lo vuole il panettone?».

«Solo un caffè, me lo porto al tavolino».

Entrò Petitjacques chiuso in un cappotto grigio di tweed dall'ottimo taglio. Una sciarpa rossa annodata sotto il pomo d'Adamo, era pronto ad affrontare una nuova giornata di lavoro. «Schiavone!» fece sorridendo.

«Jerry! Buon anno».

«Anche a lei. Come si sente?».

«Benone. Ogni tanto mi fa un po' male, soprattutto la notte quando mi metto a letto, ma la sensazione è che il peggio sia passato».

«Certo che è passato, da tempo. Io mi volevo però scusare con lei».

«E perché?».

«Diciamo che ogni tanto mi sono innervosito e ci siamo un po' beccati».

«Jerry, lei fa un lavoro di grande responsabilità, e capisco che le possono saltare i nervi, soprattutto con un paziente come me che paziente non lo è affatto».

«Piero, faresti un caffè pure a me?» chiese al ragazzo mentre quello depositava la tazzina di Rocco sul bancone. «E mi dica, ha fatto progressi?».

«Si riferisce a Sirchia? Oh, sì. Diciamo, un fatto è certo, l'ospedale non c'entra niente».

«Ah no? Bene, mi toglie un peso dal cuore. Si prenda il caffè sennò si raffredda. Non vedo l'ora di sapere chi ha messo le mani nel posto sbagliato. Mi tenga informato» e si portò la tazzina alle labbra.

«Lei e Negri sarete i primi a saperlo».

«Che il professore e tutta l'équipe dovesse pagare per

un errore mai commesso non mi faceva dormire la notte. Anche per quello sono stato un po' nervoso con lei».

«Acqua passata, Jerry».

«Se ha bisogno io vado in studio. Sono piuttosto libero. Vogliamo dare una controllatina? Altrimenti che ci fa qui in ospedale?».

«Aspetto il primario. Dovrebbe essere qui a momenti».

«Ancora buon anno» e Petitjacques se ne andò portandosi via il profumo di dopobarba. «Un po' arrivista ma simpatico» disse il barman.

«Vero» rispose Rocco. «A dirti la verità non mi è mai stato simpatico, ma dicono sia bravo».

«Così pare, dottor Schiavone. Ha cambiato idea sul panettone?».

«No, però fammi un altro caffè, quello era acqua».

«Ne preparo due».

«Perché?».

«Sembra che cerchi proprio lei» e con un gesto del capo indicò la hall. Rocco si voltò e vide Michela Gambino attraversare la sala centrale per entrare di fretta nel bar. «Minchia, rifà freddo. Un caffè, Piero».

«Subito».

«Ma che lo conosci?».

«Certo. Io ogni tanto qui all'ospedale ci vengo».

Rocco pensò alla morgue, a Fumagalli e capì. «E fai bene».

«In ufficio mi hanno detto che eri qui. E qui sono venuta...» aprì la borsa e tirò fuori una busta gialla di carta chiusa con la ceralacca, che passò al vicequestore. «Che cos'è? Le copie del dossier Odessa?».

«E le davo a te? Dovevo rintracciare l'arma dalla quale partì il proiettile che ti futtìo un rene? E lo feci. La risposta è qui dentro».

«Perché la ceralacca?».

«Perché è un documento ufficioso. Deciderai tu se dargli o meno ufficialità».

«Sempre 'ste cose strane con te».

«Non è strano, leggi e capirai. Io vado. So che Negri e Fumagalli stanno lavorando ancora sul corpo di Sirchia. Non me lo perdo per niente al mondo».

«È interessante?».

«Da morire. Anche perché ho capito cosa stai cercando». Gli fece l'occhiolino e se ne andò.

«Michela! Il caffè?» urlò il barman.

«Mai chiesto» rispose la Gambino senza neanche voltarsi.

Piero scosse la testa. «Strana, eh?».

«Strana? È una che se sta a piede libero deve ringraziare la legge Basaglia».

«Lo vuole lei? Così lo prende doppio».

«E dammelo va'...» si mise la busta in tasca, prese la tazzina piena fino all'orlo e si sedette a un tavolino ad aspettare.

Mezz'ora, tanto durò la lettura del giornale. Italo dal buio del sotterraneo aveva mandato altri segnali di insofferenza, Deruta invece si era addormentato, e Casella non sopportava più di stare nell'ambulatorio dei prelievi. L'unico stoico era il viceispettore Scipioni. Dalla sala controlli tutto taceva, Quinod era ancora nell'emoteca a lavorare. Rocco guardò l'orologio. Le dieci e mezza. Fra mezz'ora scadeva l'ultimatum ma sperava di non dover tornare a spaventare Quinod. Perché non ti muovi?, pensò. Poi l'inno alla gioia risuonò nel bar. Era Fumagalli. «Dammi buone notizie».

«Buone per te, una débâcle per me» rispose il patologo. Per la prima volta la sua voce era stanca, lontana e cupa.

«Di che si tratta?».

«Abbiamo studiato la ferita. Io non l'avevo visto, se n'è accorto Negri».

«Cioè?».

«Un taglio all'aorta addominale, un centimetro sopra l'arteria renale».

«Che taglio? Puoi descrivermelo?».

«Piccolo, conta che l'aorta è di 0,25 centimetri, questo sarà uno 0,5».

«Riesci a risalire alla lama che l'ha provocato?».

«Difficilissimo, ci sta pensando Michela, forse la sua attrezzatura ci darà una mano. Ma ti rendi conto, Rocco? Non l'avevo visto!».

«Fammi capire, non sono un chirurgo».

«Nessuno ne dubitava, Rocco».

«Ma Negri non ha dovuto effettuare un taglio simile?».

«Non capisci, o fingi di non capire. Questo è sull'aorta addominale, non è un taglio che ha fatto Negri».

«E ha causato una perdita copiosa di sangue?».

«Neanche ti rispondo. Secondo te? E io non l'ho notato. Bestia che sono».

«Non ti buttare giù. Sei sempre il numero uno».

«Ho sbagliato. È la prima volta che mi succede. Sono una merda».

«Adesso stai esagerando».

«Due lauree a che servono se non ho notato un dettaglio così marchiano?».

«Va bene, Alberto. Ora riposati e riprenditi».

«Ne devo fare ancora di strada per definirmi un vero anatomopatologo. Morgagni, Doerr, Weigert si staranno rivoltando nella tomba» e attaccò. Questo bagno d'umiltà gli avrebbe fatto bene, Rocco ne era convinto. Con l'animo sollevato si mise il telefono in tasca. Era la notizia che aspettava, un sorriso leggero apparve sul suo volto sfinito. Le undici meno un quarto. Doveva pensare a un altro piano, quello sembrava stesse andando a rotoli. Ma l'inno alla gioia, la sua suoneria, risuonò soffocato dalla tasca del loden.

«Sono Blanc dal controllo. L'amico si muove».

«Grazie Matteo!» e uscendo dal bar prese il walkie talkie. «Casella?».

«Sul posto, dotto', l'ho appena visto passare. Lo seguo?».

«A distanza. Scipioni, Italo e Deruta, Quinod si è mosso».

«Perfetto».

«Tutti in campana!».

«Ricevuto».

Rocco si appoggiò a una colonna e si nascose. Quinod stava attraversando l'ingresso principale dell'ospedale, diretto verso gli ambulatori. Casella era dieci metri dietro di lui. Scambiò uno sguardo col vicequestore che lasciò il nascondiglio. «Non lo perdiamo».

Entrarono nella sala d'attesa.

«Numero A 29 sportello 2» li accolse una voce elettronica. Una trentina di persone sedute sulle poltroncine o in piedi scrutava i numeri elettronici che segnavano l'avvicendarsi dei turni. Dietro le vetrine di un box accoglienza c'erano tre impiegati che sbrigavano le pratiche di ricezione. «Numero B 24 sportello 3». Quinod si era infilato nel corridoio di destra. Rocco e Casella lo seguirono.

Le porte degli ambulatori erano chiuse. Fecero appena in tempo a vedere Quinod svoltare l'angolo in fondo. Corsero per recuperare terreno. Quando si affacciarono Quinod era sparito. «È in una di queste stanze» fece Rocco. Con delicatezza provò ad aprire la prima porta. Era chiusa. Casella ebbe fortuna con quella dirimpetto ma era un deposito di detersivi e scope. Un'altra era lo studio di un oculista. Vuoto. Solo la sedia e la tavola optometrica. Casella si affacciò in una camera buia dove un ecografista stava esaminando il petto di una signora. «Cosa c'è?» fece il dottore innervosito. Casella richiuse subito la porta bofonchiando una scusa. Rocco arrivò all'ultima stanza, quella del professor Negri. La aprì. Lo studio era vuoto. «Allora è la prima!» fece Rocco e tornarono indietro. «È chiusa» notò Casella, ma Rocco era già al lavoro per aprirla. «Ma da chi sta andando?».

«Lo so io, Ugo, forza!». La spalancò e si ritrovarono davanti a delle scale che scendevano nel sotterraneo. «Antonio... Italo... è giù» disse alla radio. «Andiamo».

Scesero i gradini. Una galleria lunga e semibuia davanti a loro. «Occhio Case', qui sotto è un labirinto» ma con una certa sorpresa il corridoio finiva lì. Si ritrovarono all'esterno, vicino alla tromba delle scale di servizio. «Mica tanto labirinto, dotto'» protestò Ugo Casella chiudendosi il giubbotto per il freddo improvviso.

«Falso allarme, non è sceso nei sotterranei. Ha preso solo un corridoio...» e il vicequestore avvertiti gli agenti chiuse la radio. «'Ndo cazzo è andato?» chiese Rocco alzando la testa. Poi la riconobbe. Era la scala antincendio sulla quale, al terzo piano, lui si era fumato ogni notte la canna serale. Un po' di cicche spente giacevano sul pianerottolo. «'Sta rampa porta ai reparti. Saliamo».

«A quale piano?».

«Se ho visto giusto al primo».

Rapidi per quanto il fiato di Casella e il rene mancante di Rocco lo permettessero, arrivarono a Chirurgia uomini. Spalancarono la finestra di cristallo e alluminio e entrarono. Un'infermiera che Rocco non conosceva portava un paio di flebo, un uomo anziano se ne stava con la vestaglia davanti al televisore nella sala d'attesa. Di Quinod nessuna traccia. «Schiavone? Me ti sei innamorato dell'ospedale?». Seduto sulla sedia a rotelle Damiano era dietro di loro e guardava il poliziotto con un sorriso sincero. «Damia', hai visto entrare qualcuno? Da qui?».

«Stavolta sì, ma infatti mi chiedevo, non esiste più il portone principale?».

«Aveva gli occhiali?».

«Sì, piccoletto. È andato lì» e indicò la stanza della guardia medica. Rocco e Casella si precipitarono. Aprirono senza bussare. Quinod era in piedi, dietro alla scrivania stava Petitjacques con indosso il suo camice. «Schiavone? È venuto per il controllo?».

Quinod guardava ora Rocco ora il medico senza capire. «Casella, controlla un po' l'amico?». L'agente si avvicinò al tecnico di laboratorio. Bastò una sommaria perquisizione per trovare una busta. L'aprì. «A occhio sono quattromila euro, dotto'...» disse in tono quasi dispiaciuto.

«Dottore? Ma lei...» provò a chiedere Quinod ma Rocco lo anticipò. «Vicequestore Schiavone. Jerry e Quinod, andiamoci a fare un giro in questura».

«E posso sapere perché?» chiese l'assistente del chirurgo rimanendo seduto con un sorriso sprezzante sul volto.

«Omicidio per te, Jerry, e 'sto cazzetto qui per concorso. Mo' basta fare domande sennò ve metto le mani addosso». Prese il walkie talkie. «All'entrata dell'ospedale, tutti. Li abbiamo presi».

Costa era raggiante, Rocco molto meno. Baldi invece faceva su e giù per la stanza, mentre una luce diafana invernale penetrava dalla finestra. «I pezzi li ho rimessi insieme quando mi sono ricordato un dettaglio stupido. Il giorno dopo l'operazione Jerry...».

«Chi è Jerry?» chiese Costa.

«Quel Petitjacques... oh, finalmente ho azzeccato il cognome. Me se intorcina sempre la lingua. Dicevo, Jerry venne in stanza a fare il giro visite. Gli vidi un taglio sul dito, sull'anulare destro per la precisione. Mi venne da ridere, un chirurgo che si taglia è comico, no?».

«E che c'entra?».

«C'entra, dottor Baldi. L'uomo, di nascosto al primario, ha inciso in sala operatoria l'aorta addominale del Sirchia per provocare una enorme fuoriuscita di sangue ed essere così sicuro che ci sarebbe voluta la trasfusione. Col sangue che il suo complice, Quinod, aveva già truccato in emoteca qualche giorno prima».

«Però solo questo non basta» disse Costa.

«No, per quello scambio di etichette il prezzo era diecimila euro, e il primo pagamento è avvenuto oggi, al reparto Chirurgia davanti ai miei occhi. Quinod è un mezzo tossico, deve denaro a qualche spacciatore, insomma stava in mezzo ai debiti e agli impicci, per lui diecimila euro erano la salvezza».

«L'ha fatto per questo? Intendo, il cambio dell'etichetta?».

«Certo. Sapeva che non sarebbe stato uno scherzetto fra colleghi ma qualcosa di molto più grave. Non è che uno caccia diecimila euro per fare un giochino. Infatti è entrato in ospedale di nascosto, durante le sue ferie, per crearsi un alibi».

«Questa è sicuramente un'aggravante» rifletté il magistrato.

«Che la faccenda fosse strana» proseguì Schiavone, «me l'aveva comunicato Gambino, il sostituto della scientifica che ha esaminato camici e attrezzatura della sala operatoria. Il primo elemento fuori posto era la mancanza di un paio di guanti chirurgici. Il secondo il ritrovamento di un terzo gruppo sanguigno, estraneo a quello del Sirchia, 0 Rh negativo, e a quello portato surrettiziamente in sala chirurgica nelle sacche, A Rh positivo. Questa terza macchia era B Rh positivo. Qualcuno dunque aveva perso sangue in sala operatoria. Perché?».

«Si era ferito?».

«Esatto, dottor Costa. E l'unico che poteva ferirsi era l'autore del taglio all'aorta del Sirchia. Doveva tenere nascosta la lama per sfuggire all'occhio attento di Negri ed è probabile che un bisturi affilato, anche se in mano ad un dottore bravo come Petitjacques, in quella scomoda situazione possa aver causato una ferita».

«Una lama nuda, lei pensa, senza manico e niente».

«Esatto, dottor Baldi, la punta del bisturi, da poterla nascondere dietro un dito. Tagliarsi facendo l'incisione è estremamente facile, dunque il nostro Jerry fa sparire i guanti, perché il destro è sporco del suo sangue e riporta sicuramente uno squarcio al dito anulare, ma non si accorge che aveva imbrattato anche il camice, dettaglio che non è sfuggito a quella scassacazzi di Michela Gambino. Ora a Jerry stiamo facendo le analisi e mi gioco qualunque cosa che il suo gruppo sanguigno è proprio B Rh positivo. Se non bastasse ci facciamo un po' di prove del DNA ma non credo sia opportuno».

«No, anche perché le prove del DNA sono una rottura di coglioni, Schiavone, che lei dovrebbe catalogare al nono livello» commentò Baldi. «Un mese e passa fermi ad aspettare, ma siamo impazziti?».

«Bene...» disse Costa alzandosi dalla scrivania, «sono molto...».

«Un momento prima di cantare vittoria» lo interruppe Schiavone. «Il motivo, quello ancora non lo so».

«Già» concordò il magistrato. «E ci risiamo: cui prodest? Per quale motivo Petitjacques ha volontariamente tolto la vita a Sirchia se neanche lo conosceva?».

«Seguiamo i soldi. E qui tornano i tre sospettati principali». Rocco andò alla finestra. Guardò il piazzale della questura con le auto parcheggiate. La moto di Quinod sotto un telo di plastica. «Maddalena Sirchia, Lorenzo Sirchia e Sonia Colombo. Se per i primi due l'eredità è una ragione piuttosto valida, mi sfuggono le motivazioni della Colombo. Era mantenuta da Sirchia, la riempiva di regali, aveva riconosciuto il figlio, Giancarlo, perché ucciderlo?».

«Forse proprio per questo motivo? Dal 2012 non c'è più differenza fra figli legittimi e illegittimi fuori dal matrimonio, la giurisprudenza li riconosce tutti come figli punto e basta».

«Quindi lei sospetta una tragedia familiare?» disse Costa, ma Rocco non rispose.

«Allora signor questore» riprese la parola il magistrato, «io eviterei conferenze stampa e altre comunicazioni. Il caso è ancora aperto. Farò qualche controllo su Petitjacques».

«Non c'è bisogno di scomodare ancora le banche. Basta molto meno» lo interruppe Rocco.

«Cosa intende?».

Era pomeriggio quando Ugo Casella bussò alla porta di Eugenia Artaz con il cuore in gola. Ogni volta che si avvicinava alla donna perdeva anche quelle poche facoltà intellettive che possedeva. Non aveva più salivazione e la gola si stringeva in un nodo scorsoio dal quale era difficile far uscire un fiato, figuriamoci parole di senso compiuto. Aprì il figlio con gli occhi stanchi. «Ugo. Tutto bene? È servito il lavoro che abbiamo fatto?».

«Certo Carlo, però mi serve ancora un tuo aiuto. Piccolo, non ti preoccupare, e poi stavolta è molto più semplice».

«Vieni, entra». Un paio di petardi risuonarono dalla strada e scatenarono la sirena antifurto di qualche automobile. «Che fai stasera?».

«Eugenia, sì insomma tua madre, mi ha invitato a casa di amici. Io volevo andare alla Torretta ma lei ha preferito così» rispose il poliziotto.

«Ah, ecco perché è andata a comprarsi un vestito. Vieni, andiamo in camera mia».

«Tu invece che fai?».

«Io ho una festa a un rifugio sopra Cervinia. Parto fra poco, facciamo la notte lì e domattina torniamo giù con gli sci».

«Sembra bello».

«Lo è» gli dette un leggero colpo di gomito. «Pieno di gnocca».

«Bene!». Ugo arrossì e iniziò a frugarsi in tasca. «Allora il cellulare è questo. Possiamo tirare giù tutti i numeri che ha chiamato ultimamente, messaggi fatti e ricevuti e sapere a chi appartengono?».

«Certo, che ci vuole? Mettiti seduto». Al solito i computer della stanza erano in piena attività. «Mi dispiace che mamma è uscita, sennò mentre aspettavi potevi farti quattro chiacchiere con lei».

«Ah, è uscita?».

«Certo, sennò alla porta sarebbe venuta lei» e gli fece l'occhiolino. «Allora vediamo un po'. Un android, meglio, tutto si semplifica...» si mise a digitare sulla tastiera. «Come al solito i fumetti sono lì».

«Grazie Carlo».

«A che ora hai appuntamento con mamma?».

«Alle otto e mezza».

«Fai nove, la conosco a memoria».

«Nove, sì... Carlo, ti posso fare una domanda?».

«Sicuro».

«Ma a te dà fastidio che io... insomma, che mi vedo con Eugenia?».

«Fastidio? Io non vedo l'ora che te la porti via!» e scoppiò in una risata piena che contagiò anche Casella.

Non aveva più niente da fare per la giornata. Era tornata «la manta», così aveva ribattezzato quell'emozione. Come l'arrivo lento e solenne di quel pesce cartilagineo offusca la luce, nella sua anima era calata un'ombra al momento dell'arresto di Petitjacques. La solita caduta nello sconforto, il senso di sporcizia che nessuna doccia avrebbe lavato via. I suoi colleghi ormai avevano imparato a lasciarlo solo ogni volta che chiudeva un caso, con il suo umore nero e un pessimo sapore in bocca. La solita palude nella quale aveva sguazzato per giorni per trovare l'omicida puzzava sempre di più. All'inizio della sua carriera era poco più di una pozzanghera, ma a trent'anni bastava una serata con Brizio Furio e Sebastiano, due bicchieri per archiviare la pratica e passare ad altro. E poi c'era Marina. Con lei poteva affrontare anche le paludi della Florida coi serpenti mocassini e gli alligatori. Ma quel tempo era finito, e con lui le scorte di ottimismo. Togliersi quel fetore dalla pelle ormai era impossibile. Inutile accendersi una canna come aveva appena fatto stravaccato sul divanetto in compagnia di Lupa, inutile pensare a Sandra Buccellato, anzi l'unica certezza era di voler evitare a tutti i costi la festa di Capodanno. Forse solo un amico vero l'avrebbe aiutato almeno a tirare avanti fino a notte.

«Brizio?».

«Ciao frate'... novità?».

«Nessuna. Seba non si è fatto più vivo. Che fai stasera?».

«E da quando t'è fregato qualcosa del Capodanno?».

«Non lo so».

«Hai appena chiuso un caso, mi sa».

«Eh» rispose Rocco aspirando l'ultimo tiro.

«E mo' stai in ufficio, fuori fa freddo, le scarpe sul termosifone e te pija lo stranguglione».

«Eh».

«Io e Stella se vedemo con Furio, mo' ha trovato una tipa, mezza argentina. Ma tanto quanto vuoi che dura?».

«Poco... e dove annate?».

«A casa de amici di Stella, stanno fuori Roma, a Sacrofano».

«Vabbè Bri', divertite».

«Mai divertito a Capodanno, perché 'st'anno dovrebbe anda' diversamente?».

«Pure tu Brizio mio, daje a ride».

«Capodanno, Natale, Pasqua e Epifania sono tutte pratiche da sbriga' per il quieto vivere. Lo sappiamo, no? Tu però non stare da solo, non mi pare il caso».

«Ce provo amico mio, ce provo».

«Lo sai che? Io te e Brizio dovremmo fasse un viaggio, annassene affanculo da qualche parte al mare, noi tre da soli. Una settimana a cazzeggia'».

«Tipo?».

«Se partiamo d'inverno Caraibi, Mauritius, Maldive...».

«A me su un'isola dopo tre giorni me vie' l'orticaria».

«E annamo a Zanzibar. Lì non te viene l'orticaria. Poi gira' quanto te pare».

«È 'na bella idea, Bri', pensiamoci seriamente, anche perché io me devo rimette da ospedale e operazione. Senti un po', ma secondo te con un rene solo posso bere l'alcol?».

«Secondo me sì. Conta che zio Claudio ce n'aveva uno solo e che funzionava pure maluccio».

«Bri', è un esempio che non regge, zio Claudio è morto di cirrosi epatica».

«Pure questo è vero. Però non l'ho mai visto piangere».

«E certo, non era mai lucido. Buon anno, amico mio».

«Pure a te, Rocco. Famme sape' qualsiasi cosa su Seba».

Vide la busta gialla della Gambino spuntare dalla tasca del loden. Si alzò dal divanetto e la prese. Aprì la ceralacca, il timbro era una M sovrastata da una G. «Pure le iniziali» mormorò. C'erano foto, ingrandimenti, tutti dettagli che saltò. Arrivò alla fine del documento per scoprire l'identità del tiratore che gli aveva strappato un rene. Lesse il nome.

Suonò alto un grido!

Nella sala agenti si erano riuniti per un brindisi veloce Scipioni, Italo, Deruta, Casella e anche D'Intino del quale si erano perse le tracce da qualche ora. «Allora, alzo il bicchiere pieno di spumante per fare gli auguri a tutta questa gente» disse Deruta.

«Non fa rima» gli fece notare Italo.

«No?».

«No, alzo il bicchiere pieno di spumante per fare gli auguri a tutta questa giante, fa rima».

«Sì, ma giante non vuol dire niente» protestò Deruta.

«Sta cercando di dirti» intervenne Scipioni, «che devi trovare una parola che fa rima con spumante. Tipo diamante».

«Aliante» suggerì Casella.

«Alzo il bicchiere pieno di spumante alla salute dell'aliante. Sì, ma che vuol dire?» disse Deruta.

«No, infatti non va bene» concordò D'Intino, «e manco diamante».

«Alicante?».

«Nemmeno, Italo» disse Casella. «Tante fa rima con spumante. Tipo: alzo il bicchiere pieno di spumante e di auguri ve ne faccio tante».

«E no Case', tanti, no tante. Auguri è maschile» lo corresse Italo.

«Ragazzi, ci stiamo perdendo». Scipioni tentò di riportare il gruppo all'ordine. «Alzo il bicchiere di spumante alla salute di 'sto gruppo aitante!».

«Evviva!» gridò Deruta.

«Si' capite perché lui l'hanno fatte viceispettore e a noi no?» sottolineò D'Intino. Brindarono ridendo. «E 'sto brindisi con un certo affanno era per augurare a tutti buon anno!» raddoppiò Italo. Deruta scoppiò a ridere. «Sentite questa» fece Casella. «Alzo il calice di questo vino pazzo alla salute di...». Un urlo ferino dall'ufficio di Schiavone gelò le schiene a tutti i poliziotti. «Che è?». Sentirono la porta spalancarsi. Dieci secondi e apparve Rocco, scalzo, il viso stravolto. «Dotto', che succede?».

Schiavone respirava a fatica cercando di mantenere la calma. «Ho appena saputo da quale pistola è partito il colpo che mi ha fottuto un rene». Si passò la mano sul viso. «Tutto avrei potuto immaginare, tutto, e l'avrei accettato, rischi del mestiere, no?». I poliziotti si guardarono spaventati.

«Stai dicendo Rocco che è stato fuoco amico?» chiese timido Pierron.

«Amico? Amico stocazzo!» rispose Rocco. «Volete sapere chi è il genio, il pistolero, il Wyatt Earp della questura di Aosta?». Fu il silenzio a rispondere alla domanda del vicequestore. «Sei tu, D'Intino!» e lo guardò con gli occhi di fuoco. Gli altri puntarono il collega che lento poggiò il bicchiere di plastica su una scrivania. Tremava, il volto pallido e la testa incassata, mai in tutta la sua vita si era sentito solo come in quel momento. «Mi hai sparato tu, invece che ai banditi hai sparato al tuo vicequestore. Lo capisci? Il colpo è partito dalla tua pistola!».

«Non le so' fatte apposta» provò a difendersi l'agente.

«E ci mancherebbe!» urlò Rocco. «Ti mando in Barbagia, in mezzo alle foreste della Garfagnana oppure sulla cazzo di Maiella nella solitudine più totale a giocare a schicchere con le palline di merda delle pecore!».

«Per favore, dotto', io non...».

«Rocco, attento ai punti» suggerì Italo.

«Io non che? È grave, D'Intino, grave come poche cose nella vita. Lo sai che se questa notizia esce di qui ti buttano fuori dalla polizia?».

D'Intino guardava i colleghi che imbarazzati tenevano lo sguardo a terra o concentrato sui bicchierini di plastica. «Je la pistola non la sacce usa'» tentò una difesa. «Je dotto' le tenghe la voje de fatica', ma magari arrete a 'na scrivania, nghe le carte, ma pe' pigliarme lu diploma di raggioniere ce so' messe nove anni... manco per quelle so' bbone».

Rocco respirava a fatica e stringeva i pugni. «M'hai fottuto un rene!» ringhiò. «Per la tua incapacità del cazzo!». Rocco lo afferrò per il maglione. «Svegliati D'Intino! Qui non è a scuola, non siamo in gita scolastica. È la vita vera! Piantala di essere un coglione e se non ce la fai, non prendere mai iniziative! Una cosa è sicura, con la squadra sul campo non ti ci voglio più!». Lo mollò.

«Tenete raggione» ammise Domenico D'Intino aggiustandosi il golf. «Però...». Tutti attesero quello che l'agente abruzzese aveva da dire. «Però?».

«Però mi dovete fa' nu favore: non mi levate l'amicizia. Me ne stenghe bbone bbone all'amministrativo, alla guardiola, sotto all'ingresso, vado pure a lava' le machine, ma non mi levate l'amicizia». Deruta provò ad avvicinarsi, Italo lo bloccò. «Lo saccio, so' nu fesso. Da quando sta qua dotto' je ne so' fatte pe' fanne. Je so' lente, le cose ne le capiscie o le capiscie dopo. Ma ormai ce so' fatte l'abitudine. Dotto', voi tenete raggione... e questa cosa de lu rene m'accise. Je so' nu mbapite, e chiedo scusa a tutti...» lento si voltò e uscì dalla stanza. Stettero tutti in silenzio. Rocco si passò la mano sulla barba, poi guardò gli altri. «Fine della sceneggiata. Novità?» disse con gli occhi di fuori. Guardò la sua squadra. Fu Casella a rompere il silenzio. «Ho portato il cellulare di Petitjacques a controllare da Carlo».

«E?».

«Se vuole venire abbiamo delle belle novità!».

«E che cazzo aspettavi Ugo a dirmelo?».

«Dopo il brindisi venivo da lei».

«Non t'è balzato in testa che aveva la precedenza assoluta? È un miracolo che con voi si arrivi da qualche parte...».

Casella consegnò un foglio a Rocco. «Ecco, questi sono i tabulati delle chiamate in entrata e in uscita del dottor Petitjacques. Soprattutto, guardi dotto', c'è un numero che si ripete decine di volte in maniera quasi ossessiva nei giorni 26 e 27 dicembre».

«E sappiamo a chi appartiene?».

Casella abbassò la testa. «Ancora non lo so».

«Ecchecazzo! Dammi il cellulare di Petitjacques». Casella si mise una mano in tasca e lo consegnò al vicequestore che compose il numero.

«Che fa, chiama?» chiese Deruta.

«E certo» rispose Antonio, «inutile perdere tempo con la postale, tanto chi risponde noi lo conosciamo già, è giusto?».

Rocco annuì e attese in linea. Mise in vivavoce. Il suono del segnale telefonico riempì la stanza degli agenti. «Pronto, Gerardo?» dall'altra parte una voce di donna.

«No, non sono Gerardo. Sono il vicequestore Schiavone».

Ci fu una breve pausa. «Dottor Schiavone? Perché mi chiama con il numero di Gerardo?».

«Secondo lei?».

«Oddio, è successo qualcosa?».

«Stia tranquilla. Com'è andata la vendita all'asta?».

Gli agenti si guardarono.

«Non... non lo so, spero bene...».

«E ti credo. Senta un po', signora Colombo, che facciamo, vengo io a prenderla o si presenta lei in questura di sua spontanea volontà?».

A quel nome Antonio Scipioni e Italo scattarono fuori dalla stanza.

«In questura? A fare che?».

«Che si fa in questura?». Sonia non rispose. «Mi vorrei fare due chiacchiere con lei».

«Ma, non lo so, proprio oggi che è la vigilia di Capodanno? Non possiamo fare domani, dovrei andare a una festa».

«Mi dica un po', signora, io la sto chiamando col telefono del suo amante, si è chiesta perché ce l'ho io?».

«Ha avuto un incidente?» la voce della Colombo era strozzata dal terrore.

«Sì, ma niente di grave. Niente che non si possa aggiustare con una ventina di anni».

Sentiva il respiro di Sonia Colombo al telefono. «Possibile che non le viene il sospetto del motivo della mia chiamata?».

«No... davvero no...».

«No? Vuole che l'aiuti?».

«Come...?».

«Non faccia finta di non aver capito. È semplice. Gerardo, io lo chiamo Jerry, ha già raccontato tutto. Quindi le domando forte e chiaro: la vengo a prendere io o viene di sua spontanea volontà?».

Sonia Colombo scoppiò a piangere. «Signora Colombo? Mi sente? Perché piange adesso?».

«Io... non ho...».

«Va bene, ho capito. Allora si rilassi, si metta seduta, prenda un caffè o un bicchiere d'acqua, fra venti minuti due miei uomini saranno alla sua porta. Non faccia cazzate tipo scappare o altre stronzate simili, ricordi che ha un figlio a cui pensare. Ci vediamo» e chiuse la comunicazione. Guardò Casella e Deruta. Pallidi non dicevano una parola. «Non vi fate impietosire dalle lacrime, 'sta stronza ha ammazzato un uomo. Ricordatevelo sempre. E non per legittima difesa o per proteggere suo figlio. No. L'ha ammazzato per soldi».

Casella annuì. «Io non mi sono intristito per questa qua. Mi stavo intristendo perché dopo anni che faccio 'sto lavoro ancora non ho capito come si può arrivare a tanto».

«Non lo capiremo mai, mi sa» fece Deruta.

«No amici, mai. Ora voi andatevene a casa. Case', vedi stasera di fare quello che devi fare con... come si chiama? Eugenia. E tu Deruta stai con tua moglie e brindate e bevete fino a perdere coscienza. Domani non vi voglio qui, vi voglio a letto con il mal di testa come ai tempi del liceo».

I due agenti annuirono. «Avanti, io me la vedo con il questore e Baldi. Bravi a tutti». Rocco si alzò, neanche un passo e con il mignolo del piede colpì la gamba della sedia. Lanciò un urlo e si dovette sedere per il dolore lancinante che gli aveva trapassato il cervello. «Dotto', tutto bene?» chiese Deruta. «E lo so» commentò Casella, «quello è un dolore terrificante, però passa subito. Vero? È passato?».

Rocco annuì stringendo le labbra e zoppicando tornò alla sua stanza. Raggiunse la scrivania, prese i documenti lasciati dalla Gambino e li strappò. Buttò i fogli nel cestino. «Mi devi un rene, D'Intino» disse a bassa voce.

Erano le sette di sera, il notiziario regionale aveva già mandato la notizia e Costa aveva immediatamente convocato una conferenza stampa per cantare vittoria. Rocco si era dileguato. Nell'ufficio del dottor Negri aveva riportato tutta la faccenda al chirurgo che aveva ascoltato in silenzio senza battere ciglio.

Quando Rocco terminò il racconto Negri si tolse gli occhiali. Si stropicciò gli occhi rossi per la stanchezza. Scuoteva la testa incredulo. «Io... non lo so, non ci posso credere, è assurdo. Gerardo. L'ho capito quando ho visto quel taglio all'aorta da Fumagalli, ma speravo... chi lo sa cosa speravo? Un errore? Avrei preferito un mio errore, Schiavone, glielo giuro. Era un chirurgo di buone speranze, niente di che mi creda, ma insomma l'appendicite me la sarei fatta togliere. Soldi, mi dice?».

«Soldi. Lui e l'amante si sono fatti bene i calcoli. Al figlio della Colombo riconosciuto dal Sirchia spettava una bella quota di denaro. Parliamo di qualche milione di euro. Ancora non ho capito se i due erano d'amore e d'accordo o se in un secondo momento poi la Colombo avrebbe tirato la sola al nostro chirurgo volandosene ai Caraibi. Ah, sola vuol dire fregatura».

«Sì, lo so» disse Negri, «l'ho sentito una volta in televisione».

«Vede? L'ospedale non c'entrava niente, la denuncia verrà ritirata e il 2, se le fa piacere, ci saranno i funerali di Roberto Sirchia».

«Credo proprio che andrò».

«Mi ha fatto piacere conoscerla, dottore. Anche se in una situazione simile. Ma ho detto una sciocchezza. È sempre in situazioni simili che io conosco le persone».

Negri sorrise. «Anche a me ha fatto piacere. Ci diamo del tu?».

«Volentieri, Filippo».

«Rocco, che mi dici della sporcizia e del fango? Riesci a togliertelo?».

Schiavone scosse la testa, appena un sorriso che formò le rughe intorno agli occhi. «Un po' andrà via, un altro po' resterà appiccicato. Me lo porto dietro. Immaginami rivestito da una scorza di sterco. Ecco, dopo più di vent'anni di questo lavoro, quello sono io».

«Mi dispiace. Ciao Rocco».

Il vicequestore si alzò. «Ciao Filippo. Che fai questa sera?».

Negri gli tese la mano che Rocco strinse. «Non lo so. Non ho voglia di andare a festeggiare. Me ne sto con mia moglie».

«Non sai quanto ti invidio».

Il vicequestore uscì dall'ufficio. In piedi, illuminati dai neon del corridoio c'erano Lorenzo e Maddalena Sirchia. Si guardarono. Fu Maddalena a prendere la parola. «Dobbiamo come minimo le scuse al dottore» fece con una voce sicura come se avesse recuperato dignità.

«Condivido» disse Rocco.

Lorenzo si fece avanti. «Lei non ha mai creduto nell'incidente, vero?».

«Mai».

«Quel giorno in questura mentiva?».

«Dall'inizio alla fine. Sapevo poco e non mi potevo sbilanciare».

Lorenzo guardò la madre. «Io non so cosa prevede la giurisprudenza...».

«Una ventina di anni?».

«No, mi riferivo a Giancarlo, il figlio che mio padre ha fatto con quella donna».

«Non lo so neanche io. Se la signora ha parenti andrà con loro, ma...».

«Intendevo l'eredità».

«Non sono un notaio» rispose freddo il vicequestore.

Intervenne Maddalena. «Noi non vogliamo abbia la sua parte. Era il figlio di Roberto, d'accordo, ma l'ha fatto con quella... donna e non merita la nostra generosità. Noi abbiamo una fabbrica da mandare avanti, operai, famiglie...».

«Signora Sirchia, cosa vuole che le dica? Ne parli con il suo avvocato. Vede, come diciamo a Roma, non me ne frega un cazzo dell'eredità di suo marito e non me ne frega un cazzo a chi andrà, e me ne frega ancor meno di un cazzo della vostra fabbrica di salami. L'unica cosa che mi interessava era mettere le mani su chi ha ucciso Roberto Sirchia buttando la colpa su un innocente. E non preoccupatevi dell'assicurazione sulla vita, sono sicuro che la intascherete. Vi rinnovo le condoglianze. Buon anno invece non me la sento di augurarvelo».

«Neanche noi a lei» ribatté Lorenzo aggressivo.

Rocco alzò le spalle. «E sticazzi?».

Si incamminò lungo il corridoio. Quando uscì dall'ospedale prese un profondo respiro catturando tutta l'aria fresca che poté.

Lo vide all'ingresso dell'ospedale mentre caricava una piccola valigia in macchina dove una donna, forse la moglie, lo stava aspettando. «Giuliano, come va?»

fece Rocco. L'uomo si voltò. Chiuse il portello posteriore, lo guardò con infinito disprezzo. «Che vuoi?».

«Ti ricordi di me?».

Quello si staccò dall'auto pulendosi le mani. «Vicequestore, no?».

«No, Rocco e basta. Niente polizia, io e te. Dicevi che mi volevi mangiare il cuore, no? Eccomi qua» e si aprì il loden. «Piglialo».

«Una sola cosa. Io non meno al tuo fianco, tu non picchi al fegato. Abbiamo tutti e due i punti».

«Mi pare ragionevole».

«La piantate?» la moglie era uscita dalla macchina. Bruna con i capelli ricci e gli occhi chiari. «Giuliano e lei, come si chiama?».

«Rocco».

«Ecco, tutti e due, sembrate due ragazzini di dieci anni. Giuliano, rientra in macchina, e lei, Rocco, a casa. Ma guarda te se a questa età dovete fa' ancora i deficienti!».

«Signora, Roma?» chiese Rocco.

«E certo, San Giovanni. Lei?».

«Trastevere».

«Perché 'sta cosa fra voi due?».

«Perché suo marito ha fatto lo stronzo».

«Io? Ho solo detto...».

«Hai mancato di rispetto a un uomo appena morto» lo accusò Rocco.

«È così, Giuliano?» chiese la moglie guardandolo duro.

Il marito abbassò un po' la testa. «Insomma, mancato di rispetto. Ho solo detto finalmente ora si dorme. Quello ogni notte urlava e mi teneva sveglio» tentò di giustificarsi.

«Lo picchi» fece la moglie rientrando in macchina.

Rocco scoppiò a ridere. «Ammazza tua moglie...» disse.

Anche Giuliano cominciò a ridere. «Eh sì, ha un carattere un po' vulcanico. Però le voglio bene, stiamo insieme da vent'anni. Va bene, Rocco, mi dispiace, sono stato un coglione» e allungò la mano. Rocco la strinse. «Ma che hai fatto al fegato?».

«Cistifellea. Tu?».

«Asportazione del rene».

«Ah sì, sei quel poliziotto della sparatoria. Brutta storia. Ci andiamo a prendere un caffè in un bar decente?».

«E lo puoi fare?» gli chiese Rocco indicandogli il fegato.

«E che sarà mai un caffè» poi bussò sul tettuccio dell'auto. «Carla, noi andiamo a prendere un caffè, che fai vieni?».

«No, io coi bambini non faccio amicizia».

«E su signora» disse Rocco, «un caffè non è niente».

La donna uscì dall'auto. «Se solo sento una parola di troppo vi lascio lì dove siete e tu, Giuliano, te ne torni a Pont-Saint-Martin a piedi».

«Va bene, amore».

Si incamminarono verso il centro della città. «Quant'è che manca da Roma, Carla?».

«Dammi del tu. Saranno ventidue anni».

«Be', ormai ti sarai abituata».

«No» rispose quella e scoppiarono a ridere.

Guardò il cielo scuro, l'ultima notte dell'anno avvolgeva la città che aveva acceso finestre e lampioni. Lontano uno scoppio di un petardo, le macchine a passo d'uomo si trascinavano sull'asfalto gelido. Decise che prima di tornare a casa nonostante i punti e il taglio, voleva camminare fino a stancarsi, fino a quando piedi spalle e schiena non avessero richiesto una tregua. Non era la soluzione giusta per cacciare la morte che gli si era annidata in fondo allo stomaco, ma era il metodo migliore per evitare che ci ristagnasse impedendo agli altri pensieri di affacciarsi alla mente. Un tempo, a Roma, le passeggiate per il centro riuscivano ad alleviare quel peso. Le voci, i colori notturni, anche il Tevere sporco e melmoso che tirava dritto verso il mare. Gli piaceva sostare su Ponte Sant'Angelo a guardare la tomba di Adriano, osservare le vetrine degli antiquari di via dei Coronari, sbirciare nelle botteghe dietro via del Pellegrino. La bellezza, quella oggettiva e insindacabile, davanti alla quale qualsiasi esteta non poteva che essere d'accordo nel definirla tale, lo aiutava, più potente di quel senso di sconfitta e di imbecillità umana che si portava dietro e che lo schiacciava; finiva per riportarlo in superficie, gli dava ristoro e consolazione. Tornavano a fiorire i pensieri migliori, perché se era vero che un uomo aveva appena tolto la vita a un altro e lui si era dovuto insozzare in quella melma di aberrazione per stanarlo,

c'era anche stato un essere umano in grado di scolpi-
re la Fontana dei Fiumi, di progettare Sant'Andrea della Valle, di ritrarre la Vocazione di San Matteo. Ad
Aosta non funzionava così. Montagne e boschi non riuscivano a lenire quel dolore sordo, perché non erano
opere dell'uomo, erano natura e lui non aveva fede.
Solo l'opera di un uomo poteva riscattare quell'abis-
so sordido e inutile dell'omicidio, la natura no, la natura gli ricordava che gli esseri umani l'avevano tra-
dita, non creata, e osservarla peggiorava solo il suo ma-
lessere. Nessuno era responsabile della bellezza di un
albero, semmai poteva essere il motivo per cui quel-
l'albero era stato tagliato.

Gabriele e Cecilia si stavano preparando. Gabriele
avrebbe raggiunto gli amici e passato l'ultimo dell'anno nella scuola occupata, Cecilia invece aveva ricevuto un invito da un suo collega di lavoro che Gabriele
aveva ribattezzato Quinto Fabio Massimo, il politico
romano passato alla storia come il temporeggiatore, perché il tizio non si decideva mai a fare il gran passo. Era
una definizione troppo colta per il ragazzo e Rocco aveva scoperto che era farina del sacco di Marghi che davanti a un voto più basso del nove quasi si metteva a
piangere ed entrava in un tunnel di disperazione che
solo un dieci in latino poteva cancellare. «Mi chiedo
come tu possa solo immaginare che un genio simile riesca a trovare interesse per te, Gabriele».

«Le farò pena» rispose infilandosi il maglione a collo alto.

«Lavati i capelli per stasera, per favore» poi si rivolse a Cecilia. «Serve il bagno? Mi devo fare la doccia».

Truccata e vestita con un abito verde e un paio di orecchini smeraldo che facevano risaltare gli occhi, Cecilia si affacciò dal séparé che isolava il divano letto dal resto del salone. «Vai tranquillo» e gli sorrise. Sembrava rilassata, sicura e leggera come non l'aveva vista mai. «Hai parlato con Gabriele?» le sussurrò.

«No, aspetto un po'...» rispose con tono di scusa. «Devo trovare il momento, le parole».

«Eh sì, le parole sono importanti».

Stette quasi un quarto d'ora sotto il getto caldo della doccia ad occhi chiusi fino a quando Gabriele bussò. «Rocco? Giù c'è una persona per te!» gridò attraverso la porta.

«Porca zozza!» fece il vicequestore. Doveva essere Sandra Buccellato, si era dimenticato l'orario dell'appuntamento, le otto e mezza. Veloce si asciugò e uscì di corsa dal bagno. «Noi andiamo, Rocco!» fece Cecilia. «Buon anno!».

Rocco la baciò sulle guance. Poi abbracciò Gabriele: «Buon anno, pische'». Col maglione nero a collo alto, i capelli pettinati all'indietro, i pantaloni nuovi sembrava un ragazzo normale. «Mi piaci come te sei vestito. Sembri un... ragazzo».

«Invece di...?».

«Invece di un emarginato». Si abbracciarono.

«Buon anno, Rocco. Che il 2014 ti porti serenità».

«A te una vita splendida» poi si abbassò e gli sussurrò all'orecchio per non farsi sentire da Cecilia: «E pure un po' di figa non guasterebbe».

Gabriele lo spinse via con le guance rosse. «Ma va', va'!».

«Diciamo alla signora di salire?» chiese Cecilia aprendo la porta.

«No, fate il favore di dirle che sto per arrivare. Mi vesto e do da mangiare al cane».

«Ciao Rocco».

Rimase solo in casa. Veloce andò in camera da letto e si accorse che aveva una sola camicia pulita. A quadretti gialli e verdi. Si tolse la maglietta. Non si era rimesso il cerotto. Qui e lì qualche punto c'era ancora, i bordi del taglio erano nerastri. Coi capelli ancora bagnati tornò in bagno per applicarsi uno dei cerotti che gli aveva lasciato Salima, poi finì di vestirsi. Quando scese in strada erano le otto e quarantacinque. Sandra era al cellulare e fumava una sigaretta. La osservò illuminata dal lampione avvolta in un cappotto scuro lungo fino al polpaccio e un cappello calcato sulla fronte. «Sono qui» le disse. Lei si voltò, gli sorrise e chiuse la telefonata. «Andiamo? Ho la macchina».

«Pure io».

«Sì, ma preferisco guidare che spiegarti la strada» gli offrì il braccio e si avviarono verso la cattedrale.

«Ecco, siamo arrivati».

Rocco gettò un'occhiata al di là del parabrezza. Su una piccola collina c'era un castello. Di quelli da illustrazione di libri per ragazzi. Un mastio quadrato alto e centrale dominava la struttura. Due torri più basse e cilindriche si ergevano ai lati del portone d'ingresso, una terza distante chiudeva il perimetro a sud. Intorno un'alta cinta muraria puntellata da merli a coda di rondine. Davanti un barbacane morsicato dal tempo in più punti. Fari potenti nascosti dietro le bertesche gettavano delle lingue di luce sui muri di pietra scura. Le finestre piccole e le feritoie illuminate e le macchine parcheggiate ai piedi del maniero lasciavano capire che la festa era già cominciata. «Andiamo?» fece Sandra e scesero dall'auto.

«Chi organizza, re Artù?».

«I miei» rispose tranquilla la giornalista.

«Fammi capire, hanno affittato questo posto?».

«No, Rocco. Loro qui ci abitano. Vedi quella finestra?» alzò un dito a indicare l'edificio principale.

«Sì?».

«Quella è camera mia».

Rocco sorrise. «Mi stai prendendo per il culo?».

«Perché dovrei? Sì, mi rendo conto, è un posto un po' curioso per vivere, per passarci l'infanzia...».

«Curioso?».

«Mi ricordo quando i miei amichetti di scuola venivano a trovarmi per fare i compiti, passavamo il tempo a giocare ai cavalieri. Uno di loro, Riccardo mi pare si chiamasse, si perse pure nelle cantine. I genitori non li mandarono più».

Man mano che si avvicinavano sentivano la musica e il chiacchiericcio della festa crescere d'intensità. Davanti all'ingresso due camerieri in livrea, che probabilmente sarebbero stati ritrovati il giorno dopo in stato di semiassideramento, offrivano un bicchiere agli ospiti. «L'hanno comprato i tuoi?».

«No, questo posto è della famiglia di mia madre. Ma ci siamo stati fino a quando non ho fatto il liceo. Poi trasferimento a Torino».

«Al Valentino, suppongo».

«No, un appartamento normale con il riscaldamento, la televisione e l'acqua calda che esce quando apri un rubinetto».

Presero due bicchieri ed entrarono. «Va scolato d'un fiato» fece Sandra.

«Cos'è?».

«Non ti preoccupare, e bevi».

Rocco obbedì. Era buono e scaldava.

«Genepy, mai bevuto?».

«No».

«Male!» fece Sandra lasciando il bicchierino su un tavolo dietro al cameriere.

Il cortile era adornato di piante e di luci che spandevano un chiarore giallastro sui muri di pietra grigi. Sandra cominciò a sorridere agli invitati, poi fece un segno a Rocco che si era perso a guardare le costruzioni all'interno del maniero. «Vieni...» salirono una scala di pietra ed entrarono in una stanza piena di persone che lasciavano i cappotti a due ragazze bionde pronte a raccoglierli e appenderli con una gruccia alle loro spalle. Sandra consegnò il suo. Stava benissimo coi capelli legati e un tuxedo nero. La giacca coi revers di satin avvitata era indossata direttamente sulla pelle, niente reggiseno. I pantaloni a sigaretta arrivavano alla caviglia, calzava un paio di scarpe nere che avevano l'aria di costare quanto lo stipendio di un agente di polizia. Si guardò la camicia a scacchi, la giacca di velluto lisa ai gomiti, le Clarks e solo in quel momento ebbe il sospetto di essere fuori luogo. «Ma non avevi detto che era una cosa informale? Pare de sta' agli Oscar».

«Andiamo?» gli disse. Rocco lasciò il loden al guardaroba e seguì la Buccellato su per una piccola scala di marmo che portava al piano superiore. Una sala enorme coi soffitti alti una decina di metri. Tutt'intorno decorazioni di scudi e sulle pareti affreschi di scene di guerra e di caccia. In un camino grande quanto una porta di calcio ardeva mezza quercia. Più di un centinaio di persone dai 30 ai 70 anni, vestite da sera, parlavano e bevevano. Nell'aria una musica soffice che Rocco conosceva ma non ricordava l'autore. Gli invitati salutavano Sandra che fendeva la folla diretta al buffet. «Questa una volta era la sala del trono» disse a Rocco. «La sala più importante del castello».

«Fa caldo».

«Sì, ma non è il camino. Quello è solo per scena. C'è il riscaldamento a pavimento». Sandra si fermò davanti a un uomo in smoking coi capelli candidi e gli occhi neri e profondi. «Rocco, questo è mio padre. Papà, il vicequestore Schiavone» l'uomo sorrise e strinse la mano di Rocco. «Mi creda, è un onore averla qui. La stimo e la seguo da quando è arrivato in Valle. Mi chiamo Ruggero...».

«Piacere, Rocco».

314

«E questa mia madre...».

Rocco si voltò alla sua sinistra. Era il ritratto di Sandra solo con una trentina di anni in più. Gli occhi nitidi sembrava avessero la capacità di intuire i pensieri degli altri. I capelli chiari raccolti in uno chignon, indossava un abito verde petrolio, una collana di pietre rosse adornava il collo magro e liscio come se avesse ancora trent'anni. «Mamma, ti presento il vicequestore Schiavone».

«Piacere. Margherita» lo guardò mentre si stringevano la mano.

«Avete una casa splendida. Oddio, casa...».

Si misero a ridere. «Lasciti di famiglia, non ho fatto niente per meritarla».

«A me non hanno lasciato neanche un garage».

La donna prese sottobraccio Rocco e si allontanò dal marito e dalla figlia. «Sandra spesso mi racconta di lei. Io e mio marito eravamo molto curiosi di conoscerla».

«Sono un poliziotto e mi creda, neanche una bella persona».

«Lo lasci giudicare agli altri».

«Non è un mio giudizio infatti, riportavo solo i fatti».

Scivolavano fra le persone e i camerieri. «Le manca la sua città?».

«Una volta sì. Ora un po' meno».

«Le radici sono importanti».

«Quando non te le strappano, forse, ma ho imparato a convivere con l'idea che alla fine un posto decente dove spandere le ossa non c'è. Almeno per me».

«Questo luogo ha una storia molto interessante. Se la faccia raccontare da mia figlia».

«Roba di fantasmi?».

Margherita rise. «Lei ci crede?».

Rocco non rispose. Margherita con un'abile veronica si diresse verso uno dei tavoli del buffet. «Venga, mangi qualcosa insieme a me. Non le nascondo che più della metà di queste persone non ho idea di chi siano. L'altra metà invece le conosco ma non le sopporto».

«Perché la festa allora?» le chiese Rocco.

«Lo domandi a Ruggero, mio marito» rispose Margherita. «Vede Schiavone, sono una donna, e come tutte le donne sono abituata a fare cose per le quali non solo non ho interesse ma spesso mi causano fastidio. La mia generazione non è stata molto libera di scegliere. Abbiamo fatto quello che la famiglia prima e i mariti poi ci hanno obbligato a fare. Ho 76 anni, Rocco» continuò Margherita passando improvvisamente al tu, «e di tutto questo tempo ho solo una manciata di giorni da ricordare con gioia. Il resto è stato dovere e noia profonda».

Rocco si avvicinò al tavolo del buffet. «Cosa avresti fatto se avessi potuto?».

«Sarei andata a Parigi a dipingere. Non avrei fatto la moglie e questo posto», alzò il viso per abbracciare la grande sala, «lo avrei scambiato con una mansarda al Marais». Guardò i cibi sul tavolo.

«Però t'è andata bene... Se nascevi al Tiburtino III altro che Marais, andavi a dipingere i gabbiani a Ladispoli».

«Sono molto belli i gabbiani a Ladispoli?».

«Più i sorci».

«Bene, l'ho annotato» disse divertita. «Vuoi qualcosa da mangiare? Io ogni volta che c'è un buffet non prendo quasi niente».

«Neanche io».

«È strano, no? Neanche ti conosco e già ti ho raccontato la mia vita».

«Perché non mi conosci. Non l'avresti fatto altrimenti».

«Tu sei uno che ascolta?».

«È il mio mestiere, ascoltare e osservare».

«Allora guarda bene le persone in questa stanza. Non è escluso che qualcuno lo incontrerai di nuovo in futuro».

«Dici?».

«Te l'assicuro. Qui dentro ci sono quelli che dicono di contare» lo sguardo di Rocco passò a 360 gradi sui visi degli invitati. «Politici alla Regione, imprenditori, milionari. E se li vedi a braccetto con delle ragazze sappi che non sono le figlie». Scoppiò a ridere mostrando una dentatura candida e perfetta. «Sono ridicoli. Non possono comandare il tempo. Quello è un'onda che prima o poi ti travolge. Basta, prendiamoci qualcosa da mangiare, sto bevendo a stomaco vuoto e potrei pentirmene» e prelevò uno spicchio di parmigiano tagliandolo direttamente dalla forma.

«Con chi parla tua figlia?» chiese Rocco che aveva notato vicino al camino l'unico uomo nel salone che non lo facesse sfigurare per il vestito. Sulla settantina, una giacca a quadretti degli anni '80 sopra una camicia di velluto. Il ciuffo bianco di capelli era pettinato in modo da nascondere la calvizie; l'unica concessione alla moda erano gli occhiali con la montatura nera troppo giovanili per quel viso, lo facevano somigliare a un SS scovato in Argentina negli anni '60.

«Quello è Brunetti» rispose Margherita, «credo sia la persona più importante per mia figlia. Era il suo professore di filosofia all'università, si laureò con lui».

«Lo frequenta ancora?».

«Lo frequenta da sempre» fece Margherita cercando di nascondere una punta di fastidio nella voce senza riuscirci. «Sicuramente più di suo padre o di me. È un uomo estremamente intelligente se a uno piacciono i tipi che spaccano il capello in quattro. Un idealista. Si è sempre definito un seguace di Bentham».

«Non sono così fresco di studi».

«Fu un grande uomo. Lottò contro la schiavitù, per il diritto al divorzio, ma quello su cui passò alla storia del pensiero umano è l'utilitarismo. Nella collettività un'azione è giusta e perseguibile quando produce vantaggio, rendendo minimo il dolore e massimo il piacere, più o meno».

«Sembra interessante ma anche pericolosa. Chi giudica il vantaggio e il dolore?».

«Appunto».

I crostini col pâté erano buonissimi, era il terzo che Casella ingurgitava quasi senza masticare. Gli si era scatenata una fame lupesca che non riusciva a placare. Seduto insieme a una decina di persone intorno a un tavolo imbandito come quello di un re, mangiava e osservava le altre quattro coppie, gente simpatica e accogliente che l'aveva fatto sentire subito a suo agio. Eugenia rideva e chiacchierava ed era bellissima coi suoi capelli biondi, la camicia rossa come gli occhiali e la collana di pietre chiare. Prima di citofonarle si era ripassato il discorso da fare dopo la mezzanotte, sperando che avrebbero messo un po' di musica per qualche ballo cheek to cheek. Lo ripeté mentalmente: «Cara Eugenia, è un po' che ti volevo parlare. È da tempo che aspettavo questo momento, da quella notte in cui scesi a difenderti, ricordi? Io provo per te un sentimento forte che mi spinge con questa mia a chiederti se vuoi provare a cominciare con me una storia che vada al di là dell'amicizia e dell'ammirazione che indubbiamente io provo per te. Vorresti diventare la mia donna e fare di me il tuo uomo?».

«Con chi parli?» gli chiese Eugenia. Ugo arrossì. «Eh?».

«Muovi le labbra senza dire niente. Preghi?».

«Ah, no, no, stavo mettendo a memoria un dispaccio che devo consegnare al questore. Se lo ripeto nella testa me lo ricordo».

«E dai, smettila di pensare al lavoro» e con un sorriso gli infilò una tartina col pâté di olive in bocca. Casella la mangiò. Un po' amara, preferiva quella di fegato. «Ti piacciono?» gli chiese sottovoce indicando con uno sguardo gli amici.

«Sono molto simpatici. Grazie, mi sto divertendo moltissimo».

«Meglio di un veglione un po' triste in una sala ristorante di un albergo, no?».

«Certo. E pure meno costoso».

Eugenia non reagì alla battuta di Ugo.

«Allora ho saputo che lavori in polizia» chiese ad alta voce un uomo magro con degli occhiali da vista spessi che sedeva di fronte a Casella.

«Sì» rispose Ugo, «squadra mobile».

«Siete quelli che arrivano per primi sul luogo del delitto?».

«Più o meno».

«Mestiere che non farei mai» si intromise la sua compagna, un donnone alto più di un metro e ottanta coi capelli ricci e neri e le labbra pittate di viola melanzana. «Deve essere dura, no?».

Casella ne approfittò per fare un po' di coda di pavone. «Lo è. Avere a che fare coi cadaveri, gli assassini, spacciatori, delinquenti di ogni tipo non è rilassante» gettò uno sguardo a Eugenia che si stava interessando alla discussione. E infatti intervenne. «Ugo e la sua squadra hanno appena risolto un caso, avete visto la televisione, no? Quel tizio che è morto sotto i ferri in ospedale».

«Come no!» fece l'uomo a capotavola, più di 50 anni ma con la faccia da ragazzino. «Roberto Sirchia. Ah, com'è andata davvero?».

Casella non voleva parlare del caso di fronte a estranei.

«Come ha detto il questore».

«E lei non ha una sua opinione?» domandò l'uomo magrolino.

«Già, non ce l'ha?» raddoppiò la compagna.

Casella guardò la donna dei suoi sogni. Durante il tragitto da casa alla cena l'aveva pregata di non parlare del caso. Eugenia capì il rimprovero silenzioso del poliziotto e si morse le labbra arricciando un po' il naso. «Scusa...» mormorò.

«Ma quindi l'ospedale non c'entra niente. Non è stato il solito errore dei medici?».

Casella guardò duro il tipo con gli occhialoni. «A parte che non è stato il solito errore dei medici, ma perché dice il solito?».

«Perché spesso sbagliano e i pazienti ci lasciano la pelle».

«Spesso non credo» disse Casella. «Molto raramente, direi».

«È vero» si unì il cinquantenne con la faccia da ragazzino. «Leggevo da qualche parte che in Italia ogni anno più di 4 milioni di persone finiscono sotto i ferri. Complicazioni postoperatorie si aggirano sull'8 per cento, decessi una cosa tipo il 4 per cento. Ma fra questi ci sono anche situazioni disperate quindi sono d'accordo con Ugo, i nostri medici fanno molto».

«E i batteri?» protestò l'ometto con gli occhialoni. «Lo sapete che ci sono più morti in ospedale per infezioni contratte in loco che per incidenti stradali?».

«È vero» concordò il donnone.

«Ma non parliamo di questi argomenti così tristi!» intervenne la padrona di casa, aveva i capelli corti e il naso aquilino, «è l'ultimo dell'anno, pensiamo a divertirci» e alzò il bicchiere. «A noi!» fece e tutti la imitarono.

«A noi!» urlò Casella.

«Vado a prendere le lasagne!» tutti batterono le mani.

«Hai visto molti morti ammazzati?» chiese il tipo con gli occhialoni.

«Nella mia vita? Troppi» rispose Ugo.

«Com'è?».

«Com'è cosa?».

«Che si prova quando ne vedi uno?».

«Stai male».

«E dicci un po'?».

«Il primo non me lo scorderò mai. Ero in Puglia».

«Racconta un po', dai» fece la donna.

«Non è una storia bella, credimi...» si difese Ugo.

«Eddai, sono curiosa».

«Forza» lo incitò il tipo con gli occhialoni.

«Non ti far pregare Ugo» disse l'uomo all'altro capotavola, «nessuno di noi si è trovato in una situazione simile».

«Per fortuna» fece sottovoce Eugenia.

«Forza!».

«Guardate che è triste assai».

«Dio mio, siamo adulti e vaccinati. Raccontaci del tuo primo cadavere».

Ugo deglutì e giocherellando con una mollica di pane attaccò: «Trovammo il cadavere in una casetta di campagna fuori città. Era una ragazza sui venticinque anni morta da tre giorni». Gli occhi di tutta la tavolata si erano concentrati sul poliziotto. «Era sul letto, nuda. La testa mozzata era rotolata per terra vicino a un comodino nero con le maniglie del cassetto bianche, ancora me lo ricordo. Aveva gli occhi rivoltati e i capelli lunghi sporchi di sangue. Dal collo era uscito tanto di quel sangue che le lenzuola erano diventate marroni» qualcuno cominciò a deglutire, la padrona di casa era rimasta in piedi sulla soglia con la teglia delle lasagne in mano. «L'assassino le aveva inflitto 43 coltellate e dalla pancia squarciata uscivano le budella. L'intestino, pezzi di fegato credo, e grasso biancastro erano scivolati lungo il letto per finire sul tappeto accanto alla testa mozzata. La vagina era stata chiaramente violentata con un oggetto enorme e aperta come la buccia di un'arancia, avete presente?, fin sopra l'ombelico».

«Basta così, per piacere» fece l'uomo con la faccia da ragazzino. Ugo guardò i commensali. Avevano tutti gli occhi sgranati, umidi, e le bocche stirate in una smorfia di orrore.

«Ve l'avevo detto che non era piacevole».

«Potevi evitare i dettagli» fece il tizio con gli occhialoni.

«Ma tu mi hai chiesto di raccontare e quello ho fatto io».

«Potevi dire: una ragazza morta con tante coltellate. Invece sei sceso in particolari che francamente...» protestò la donna.

«Vero, sei un coglione!».

«Fatemi capire», Eugenia mollò una manata sul tavolo, «volevate il racconto per quello che è o per quello che avreste voluto?». Casella non aveva ben capito l'obiezione ma lo stava difendendo, questo gli era chiaro. «Volevate nutrire la vostra curiosità morbosa? Ugo l'ha fatto. Ora sta a vedere che è colpa sua se il cadavere vi ha impressionato».

«C'è modo e modo».

«Ma vaffanculo Claudio!» disse Eugenia. «Questa è la realtà, e se lo volete sapere è pure peggio di quello che vi ha raccontato. Ugo ha omesso di descrivervi l'odore di un cadavere al terzo giorno di putrefazione. Le mosche che ci pasteggiano sopra, il rigonfiamento...».

«Se è per questo pure le larve cominciavano a...».

«Basta! Eugenia, ti prego, mangiamo le lasagne» la padrona di casa tentò di recuperare la situazione poggiando la teglia sul tavolo. Tutti la osservavano ma nessuno si decideva a servirsi.

«Io non ho più fame!» fece il tipo con gli occhialoni. «Sei contento, Ugo?».

«Ma...».

«Neanche io» si unì la sua compagna.

«Un po' di dieta non ti farà male, cara» l'aggredì Eugenia, poi si alzò dal tavolo. «Vieni Ugo, è ora di tornare a casa». Casella la seguì e con un sorriso imbarazzato salutò i commensali. «Non ti preoccupare Alberta, conosco la strada».

«Eddài Eugenia, non fare così».

«Io porto un ospite che non conosce nessuno e lo trattate così? Tu Claudio gli hai dato del coglione! E questa cosa me la segno, non ti preoccupare. Buon anno a tutti» e seguita da Ugo abbandonò l'appartamento.

In strada faceva freddo. Eugenia camminava nervosa verso l'auto. Casella la seguiva chiudendosi la sciarpa. Improvvisamente la donna scoppiò a ridere. «Erano anni che sognavo di fare un'uscita così. Grazie per avermelo permesso».

«Prego» rispose il poliziotto.

«Adesso io e te ce ne andiamo al primo ristorante che troviamo e ci regaliamo una cena da re. Io e te soli».

Casella sorrise. Il piano gli andava a genio. Avrebbe potuto fare il discorso senza dover aspettare un lento.

Scendendo una scala di marmo a mezza elica si ritrovarono di nuovo nel cortile. Rocco e Sandra passarono sotto un arco e arrivarono alla porta di una seconda costruzione. «Sono gli appartamenti, diciamo la casa vera e propria» disse Sandra. «Guarda» si avvicinò all'architrave di pietra annerito dagli anni. «Lo leggi?» e indicò col dito un graffito, segni profondi incisi in una grafia incerta e antica. C'era un simbolo e sotto era leggibile: Guillaume di Avise de Châtelard 1189.

«Chi era?».

«Quello che costruì il castello. Ha inciso la firma sulla porta di casa il giorno che partì per la terza crociata. Non tornò mai. Sono andata a studiare gli archivi, Guillaume aveva 24 anni. Era un cavaliere di qualche ordine, probabilmente degli Ospitalieri, vedi questa croce?».

«La vedo, sì. Perché mi mostri tutto questo?».

«Da piccola me lo immaginavo altissimo, biondo e fiero, con gli occhi chiari e un sorriso che splendeva. Invece probabilmente era basso, tarchiato, i denti li aveva anneriti dalla mancanza di igiene, la pelle scrofolosa e le mani tozze e piene di calli».

«Molto probabilmente aveva anche una certa ascella» suggerì Rocco.

«Sì, molto probabile. Però vedi? La distanza che c'è fra la realtà e l'immaginazione, soprattutto quando il tempo si mette di mezzo, mi ha sempre affascinato. Sarà per quello che scrivo? Forse sì. Come immaginiamo e come doveva essere. Succede anche con le persone. Il racconto il più delle volte è consolatorio. Fa parte della natura dell'uomo, abbiamo bisogno di credere in altro. Qualcosa di meglio, di bello, di consolatorio appunto».

«A te piace ricordare?».

«Dipende. Ci sono molte cose che ho fatto nella mia vita che vorrei cancellare, ma non ero io quella, era un'altra Sandra, parlo di tanti anni fa» le si erano inumiditi gli occhi. «Ogni tanto cerco da me stessa un'assoluzione e piego i ricordi come fil di ferro, ma so che mi sto prendendo in giro, è inutile, i rimorsi hanno la meglio. Non ho mai creduto nell'effetto curativo della memoria».

«A volte aiuta».

«A volte sì. Per esempio quando ci ricordano gli altri. In fondo questo cavaliere, io, te, vivremo nel ricordo degli altri, ci hai mai pensato?».

«Ogni giorno della mia vita».

«Ci tieni al brindisi di mezzanotte?».

«Non me n'è mai fregato niente».

Sandra gli prese la mano e gli regalò un bellissimo sorriso. Entrarono nell'edificio. Un altro salone, più modesto del principale, ma pieno di ritratti e arazzi. Da lì partiva una scala di legno. Salirono una prima rampa per giungere a un disimpegno. L'aria medievale della costruzione era sparita. Porte e cornici parlavano di secoli più vicini. Continuarono a salire in silenzio. Un altro disimpegno, più piccolo, dal quale partiva un corridoio che Sandra imboccò. C'erano almeno sei porte sui lati, raggiunsero l'ultima. Sandra l'aprì.

La stanza era enorme, un letto a baldacchino al centro, manifesti di mostre d'arte alle pareti, un camino spento e una scrivania piena di carte con una Olivetti Lettera 22 poggiata sopra. Una doppia finestra affacciava sulla valle. «Questa era la mia stanza. Ti piace?» gli disse.

«È più grande di tutta la casa dove sono nato» le rispose Rocco. Sandra l'abbracciò guardandolo negli occhi. «Ciao...» gli disse.

«Ciao...».

Si baciarono. Sandra gli slacciò la camicia, Rocco la lasciò fare. Si tolse la giacca del tuxedo. Aveva un seno pieno e rotondo. Si baciarono ancora. Sandra sapeva di vino. Gli slacciò la cinta dei pantaloni, lui cercò il bottone dei suoi. I vestiti scivolarono a terra. Rocco scalciò via le Clarks e Sandra si tolse le décolleté. L'abbracciò e la portò di peso sul letto.

Alberto Fumagalli e Michela Gambino avevano cenato a bordo piscina delle terme di Pré-Saint-Didier. Sotto un cielo di stelle all'aperto si godevano il calore delle vasche. C'erano solo altre due coppie che come loro avevano scelto quel posto per passare il Capodanno. Davanti a loro il Monte Bianco era un'ombra incappucciata di neve, la luna se ne stava alta a spruzzare d'argento il paesaggio. Il fumo saliva dall'acqua e abbracciava i due amanti. Alberto fissava l'avambraccio di Michela. «La piloerezione è una contrazione involontaria dei muscoli erettori del pelo. Sai quando avviene?».

«Certo, colpa di emozioni come la paura, la gioia, lo stupore, il freddo».

«E anche l'eccitazione sessuale. Quale di queste emozioni ti sta provocando la pelle d'oca?».

«Il freddo temo».

«Sei stanca di stare in acqua?».

«No, mi piace anche se di solito mi fido poco delle terme. Ma queste sono acque antiche, e allora passi. Mi berrei un altro po' di vino».

Alberto le sorrise e le versò un calice di bianco. «A te» e se ne servì uno anche lui. «Allora, alla nostra!» disse.

«Alla nostra». I due bicchieri si toccarono appena, sembrò il segnale per far partire una salva di fuochi d'artificio. Cascate di luce coloravano il cielo di rosso, di blu e di bianco. Michela e Alberto alzarono lo sguardo. I colori dei razzi e delle girandole si riflettevano sull'acqua. Sorrisero come due bambini. «Mezzanotte».

«Sì».

«Buon anno, Michela».

«Buon anno, Alberto» e si baciarono immersi nei colori fluorescenti e negli scoppi dei petardi.

Italo con le carte in mano guardava uno spettacolo pirotecnico dalla finestra della casa di Kevin. Erano solo loro tre a festeggiare il Capodanno, altri amici non ne aveva trovati. «Be', buon anno ragazzi» disse Kevin alzando il bicchiere di birra.

«Buon anno» rispose Santino. Italo si unì al brindisi. «Speriamo che...» ma Kevin lo interruppe. «Niente speriamo, Italo, le cose andranno sempre meglio. Buoni propositi per il prossimo anno?».

«Non lo so. La salute?».

«E vada per la salute» fece Santino scolandosi il bicchiere tutto d'un fiato.

«Anche un po' di culo non guasterebbe!» disse Kevin ridendo e con due fiotti di spumante ai lati della bocca.

Antonio era pieno di cibo fino alle orecchie. Annamaria Scandella vedova Poresson, la vicina del primo piano di Scipioni, aveva cucinato per un esercito. Il gatto Ciccio dormiva sopra il camino. Dalla finestra videro i fuochi d'artificio. Annamaria alzò il bicchiere. «Buon anno, Antonio».

«Buon anno, Annamaria» e fecero il brindisi, il viceispettore represse un rutto. «Ho mangiato troppo» e bevvero un sorso di spumante. «Vedrai Antonio, ora sei triste e ti sembra tutto difficile, ma hai fatto la scelta giusta».

«Dici?».

«Certo. Stavi prendendo in giro tre ragazze e te stesso. Ora la vita ti sembrerà più leggera. Tu mi vedi come una signora anziana che vive con un gatto. Ma sappi che a vent'anni non ero così. Diciamo che ho avuto problemi simili. In amore a volte si fanno scelte coraggiose e dolorose che lì per lì ci sembrano terrificanti, inaffrontabili. Poi invece come il mare in tempesta torna la calma, si può riprendere il viaggio e cercare altri porti. Pensa a Ulisse».

Antonio sorrise. «Che per andare a femmine s'è inventato un'odissea!». Annamaria scoppiò a ridere. «Vero. Peccato, l'avrei dovuta raccontare così ai miei allievi. Buon anno!».

Ristoranti non ne avevano trovati, e neanche pizzerie. Si erano decisi a cucinare i 4 salti in padella e a mangiare una vaschetta di gelato della Motta. Saliti sul tetto del condominio osservavano estasiati le esplosioni multicolori nel cielo. «Buon anno, Ugo!».

«Buon anno, Eugenia!». Brindarono coi bicchieri portati da casa. «T'aspettavi un Capodanno un po' diverso, eh?».

«È il più bel Capodanno della mia vita». Prese un sorso di spumante insieme a un pizzico di coraggio. «Cara Eugenia, è un po' che ti volevo parlare. È da tempo che aspettavo questo momento, da quella notte in cui scesi a difenderti, ricordi? Io provo per te un sentimento forte che mi spinge con questa mia a chiederti se vuoi provare a cominciare...».

«Sembri una lettera di assunzione».

Tutto il coraggio di Casella si sciolse scivolando giù per le tegole del tetto. «Come?».

«Dico che parli come una lettera burocratica. Dillo con parole tue».

La guardò negli occhi. Sulle lenti le si riflettevano i fuochi d'artificio alti nel cielo. Non sentiva più le esplosioni, e neanche il vento freddo. «Con parole mie?».

«Sì, Ugo, con parole tue».

Casella ingoiò un grumo di saliva. «J' t' voje tant béne ca t' strigness a mme e t' baciass fin' a duméne».

«Non ho capito» disse Eugenia ridendo.

«J' t' voje tant béne ca t' strigness a mme e t' baciass fin' a duméne» ripeté Casella aiutandosi con la mimica.

«Lo so, l'avevo intuito già la prima volta».

«Che l'avevo detto?».

«No, che ti ho incontrato per le scale. Ci hai messo un sacco» e si avvicinò. Casella ricordò il discorso di suo cugino Nicola, era il momento di baciarla sulla guancia e se quella avesse girato la guancia verso destra allora... ma Eugenia il viso non lo girò, andò dritta a cercare le sue labbra. A quel punto l'agente Ugo Casella originario del foggiano non poté più giudicare se a esplodere fossero fuochi d'artificio, petardi, tracchi e castagnole o semplicemente i suoi timpani sotto una pressione emotiva lacerante.

I polsi legati al letto, steso sul materasso, guardava Sandra in piedi, nuda, che lo osservava dall'alto. «'Sta cosa dei polsi era necessaria?» disse Rocco mentre i fuochi d'artificio sparati dal castello fischiavano e si liberavano nell'aria.

«Shhht... buon anno» gli disse. Si calò lentamente sedendosi sul petto poco sopra il cerotto. «Fai piano...» si raccomandò Rocco.

Sandra allungò la mano e cominciò a carezzarlo. Rocco sentiva l'eccitazione salire come una marea, avrebbe voluto abbracciarla e stringerla forte ma i nodi che gli bloccavano i polsi erano troppo stretti. «Liberami...».

«No» disse lei. «Fai quello che dico io, adesso, questo era il patto». Si tirò sulle ginocchia e cominciò a toccarsi il seno. «Vorresti farlo tu, giusto?».

«Giusto...».

«Dillo».

«Vorrei farlo io».

«Ma non puoi...» chiuse gli occhi e seguitò a carezzarsi. Emetteva dei lamenti rochi. Aveva un bel corpo Sandra, una pelle liscia come i sassi di fiume e a Rocco non restava che godersi in silenzio la scena e aspettare. Ma non attese a lungo. All'improvviso Sandra era scattata e Rocco si ritrovò dentro di lei, senza sapere come. Era stata velocissima, un lampo felino. «Catturato...» disse con gli occhi semichiusi e poggiando le mani sui fianchi di Rocco cominciò ad andare su e giù, lenta, assecondando e accordando il suo respiro a quello di lui. Rocco chiuse gli occhi. Ogni tanto lei stringeva le cosce sui suoi fianchi per poi riallargarle. Rocco aveva bisogno di pensare ad altro o avrebbe raggiunto l'orgasmo troppo presto. Bello il decoro del soffitto a cassettoni, comodo questo materasso. «Dobbiamo essere una cosa sola, un solo respiro» sussurrò Sandra. Gli parve che le si fossero gonfiate appena le labbra. «Un solo... respiro» seguitava lenta e continua, Rocco era al massimo grado dell'eccitazione. «Facciamo sul serio?»

disse Sandra. Perché fino ad ora che stamo a fa'?... si stava chiedendo in silenzio Schiavone, ma non riuscì a concludere quel pensiero che Sandra scatenò tutte le sue energie. Una galoppata furiosa, violenta, che lui legato non poteva controllare. Lo schiaffeggiava coi capelli, lo stritolava fra le gambe, i movimenti oscillatori sempre più ampi tanto da far temere a Rocco qualche lussazione nel bassoventre. «Pia... piano, ti prego...».

Ma Sandra non ascoltava. A occhi chiusi, una valchiria avrebbe usato più tatto, lo percuoteva con tutto il suo corpo. Perle di sudore le apparvero sulla fronte, qualche ciocca di capelli si era incollata alla pelle, Rocco induriva i glutei per mantenere l'equilibrio costante, ormai più preoccupato della sua incolumità che della ricerca del piacere. Sandra tremava e non si fermava, preda di una furia erinnica. Rocco strinse i denti, doveva lasciarsi andare, godersi quell'amplesso selvaggio, da trentenne in buona salute, ma non ci riusciva. Cominciava a sentire dolori e bruciature, lo sfregamento era cartavetraceo. «Stringimi» disse Sandra, e non stava più pensando a lui, era chiaro. Come poteva stringerla legato a quel modo? «Liberami!».

«No!» e gli mollò un ceffone in pieno viso. Rocco se lo prese in silenzio, alzò appena la testa quando notò l'orrore puro. Il cerotto candido che aveva cambiato dopo la doccia si stava colorando di rosso. «Cazzo... Sandra? Sandra! Sandra, fermati!» gridò. E Sandra si fermò. Si scostò i capelli dal viso, era tornata in sé. «Che... che succede?».

«La ferita!» disse Rocco.

«Oh... scusami... scusami...» si alzò di scatto. «Non volevo, scusami» e si precipitò a slegargli i polsi.

Appena liberata la destra Rocco si alzò il cerotto. Sotto c'era un rivolo di sangue. Qualche punto era saltato. «Vestiti, ti porto in ospedale».

«Magari è una sciocchezza e...».

«Non dirle tu le sciocchezze. Forza» lei aveva già indossato la giacca e afferrato i pantaloni. Rocco la imitò. Si guardarono. Sandra scoppiò a ridere. «Perdonami Rocco».

«Non è niente. Se fossero questi gli incidenti ne farei un paio al giorno. Sei bellissima». La baciò sulle labbra. Tre minuti dopo scendevano veloci le scale verso il cortile del castello.

«'A che 'ei tornato?».

Curreri era ancora lì, al suo posto. La ferita sul labbro sembrava migliorata ma le labiali ancora non riusciva a pronunciarle. Rocco non gli rispose. Si stese sul letto, con indosso la camicia macchiata di sangue. «Che palle...» mormorò e si mise a guardare il soffitto.

«'Uon anno» gli disse il vicino.

«Buon anno anche a te, Curreri».

«Io do'ani esco».

«Sono contento».

«'Uonanotte».

«Buonanotte» e Curreri si girò dall'altra parte. Cominciò come uno scricchiolio, poi divenne più forte, un rantolo, un gemito, un sussulto di fiati e poi finalmente si trasformò in una risata.

«*Che te ridi Mari'? Ridi ridi*». Sta vicino alla finestra e ride alle lacrime. «*Ti faccio ridere?*» annuisce ma non riesce a rispondere. «*E meno male che ti faccio ridere*» le dico. Ma lei seria non ci torna. Ha ragione, questa situazione è ridicola. Fa ridere lei e comincia a far ridere anche me. «*Mai tentare il passo più lungo della gamba*» le dico. E lei riesce a rispondermi solo: «*Mai*» e riprende a ridacchiare, si tocca la pancia, sta per cadere a terra, lo so, le succede sempre quando ride tantissimo. Finalmente pare si sia calmata. «*Quando parlavo di eupeptico...*» e niente, ricomincia a ridere, poi diventa seria e si asciuga gli occhi «*... intendevo che a volte serve qualcuno che ci sblocchi, che ci aiuti a togliere qualche peso dal cuore. Che ci apra alla vita*».

«*E certo, mi sono quasi aperto lo stomaco*».

«*Cretino. Parlavo di lei*».

Ho capito. Ce l'ho fatta a capirla. «*Un po' rischiosa*».

«*La vita è rischiosa. Buon anno, Rocco*».

«*Buon anno, amore mio*».

Sparisce. Guardo la finestra.

Nevica.

Ringrazio l'amico di sempre Marco Traversa per l'aiuto e la pazienza.

A. M.

Indice

Ah l'amore l'amore

Questo volume è stato stampato
su carta Palatina
delle Cartiere di Fabriano
nel mese di gennaio 2020
presso la Leva srl - Milano
e confezionato
presso IGF s.p.a. - Aldeno (TN)

La memoria